Schneekristalle

Eric Barnert (Jahrgang 1968) lebt in seinem Geburtsort Darmstadt. Die Wurzeln seiner Familie liegen jedoch im Altvatergebirge (Sudetenland) und in Niederschlesien. Nach Jahren als Dr. rer. nat. im Bereich Geowissenschaften in Forschung und Lehre ist er nun freiberuflich tätig, u.a. als Berater sowie als Klettertrainer, Autor und Fotograf. Durch seine Leidenschaft für gute Bücher reifte die Idee zu seinem ersten Krimi in den Bergen, »Kreuzkogel«. Mit »Schneekristalle – Martin Keller und die Schatten der Silvretta« folgt nun ein zweiter Band.
Im Alter von 14 Jahren stand Eric Barnert auf seinem ersten Viertausender, mit 16 Jahren dann das erste Mal allein. Er leistete seinen Wehrdienst im Hochgebirgsjägerzug 233 in Mittenwald ab. Viele Erstbegehungen folgten, in den Dolomiten, dem Verwall, dem Frankenjura, in Arizona oder an den Felsen des Odenwalds, und er erkletterte viele renommierte und auch weniger bekannte Berge und Wände in den Alpen und im Yosemite.
Eric Barnert gehört den Sektionen Darmstadt-Starkenburg und Bayerland (München) des Deutschen Alpenvereins an und ist geprüfter Fachübungsleiter Alpinklettern und Hochtouren. Er war Mitglied der Kommission Sport & Umwelt im Hessischen Landessportbund und des Bundesausschusses »Klettern & Naturschutz«. Bei verschiedenen Meisterschaften im Sportklettern war er als Organisator, Pressebetreuer, Sponsorensucher, Schiedsrichter oder Routenschrauber aktiv. Eric Barnert betreute für seine Heimatsektion die Darmstädter Hütte bei St. Anton am Arlberg und den Spitzenbergsport und ist heute Vorsitzender des Hessischen Landesverbands des Deutschen Alpenvereins.

Eric Barnert

Schneekristalle

Martin Keller
und die Schatten der Silvretta

Bergkrimi

Bergverlag Rother

Umschlagfotos: Vorderseite: Edwin Schmitt (2), Rückseite: Markus Stadler
Umschlaggestaltung: Edwin Schmitt
Lektorat: Carlos Westerkamp, Berlin; Barbara Wickenburg, Murnau
Druck und Bindung: Litotipografia Alcione srl., Trento
Originalausgabe

1. Auflage 2016

ISBN 978-3-7633-7069-6

„Man kann sich wohl den Weg wählen,
aber nicht die Menschen, denen man begegnet.“

Arthur Schnitzler

DIENSTAG, 9. SEPTEMBER

1

Fast hätten sie es verschoben, als noch der helle Mond seine kalten Strahlen ins Tal geworfen hatte. Um ihr Vorhaben durchzuführen, mussten sie unsichtbar sein. Nun war die Dunkelheit annähernd vollkommen. Wo zuvor nicht nur grobe Umrisse, sondern sogar einzelne Grashalme zu erkennen waren, verhinderte jetzt eine tief hängende, geschlossene Wolkendecke beinahe jede Orientierung. Aus der Ferne klang die Eisenbahnlinie. Erst war es nur ein leises Sirren, das anschwoll und nach und nach in das rhythmische Rattern der Räder beim Rollen über die Stoßlücken der Schienen überging und dann langsam verklang. Um diese Uhrzeit konnte es nur ein Güterzug sein, der eintönig und endlos die nächtliche Stille übertönte.

Es waren knapp hundert Meter zu der Baustelle am Waldrand, doch diese ließ sich nun vom Feldweg aus nur noch erahnen. Die Insassen des Ford Transit Transporters waren zufrieden mit den Bedingungen.

Sie sahen sich an: „Jetzt!"

Der Motor startete und der unbeleuchtete Transporter rollte im Schritttempo zu der Baustelle, die in bleierner Dunkelheit vor ihnen lag. Die vier Männer stiegen aus und öffneten den Bauzaun.

„Wo steht denn des Häusel?"

„Da hinterm Bauwagen. Kimmt's!", flüsterte einer der Männer und ging voran.

Die anderen folgten ihm, bahnten sich gemeinsam den Weg durch das Material, das größtenteils in der vergangenen Woche angeliefert worden war. Nebenan ahnte man die bereits stattliche Baugrube. Hinter dem Bauwagen stand etwas Helleres, in etwa von der Größe und den Abmessungen einer Telefonzelle.

„Wie viel wiegt denn des Ding, Toni?"

„Leer so achtzig Kilo, aber mir müssen erst den Tank ablassen. Da war hoffentlich noch nit so viel los, also müsst sich die Sauerei in Grenzen halten."

Ein anderer setzte einen Bolzenschneider am Vorhängeschloss der Tür an, und gleich darauf knackte es einmal kurz. Dann ging er mit einem Schlauch hinein und beleuchtete das Innere vorsichtig mit einer Stirnlampe.

„So, ihr könnt's loslegen!"

Schon mühten sich zwei der Männer an einer Pumpe, deren Schlauch in die Baugrube hing. Sie wechselten sich mit den anderen beiden ab, bis nach gut fünf Minuten die Flüssigkeit verebbte. Dafür breitete sich zunehmend ein unangenehmer Geruch aus.

„Guat, jetzt trag mer's zum Auto. Die Tür muss oben sein! Zwoa hinten, zwoa vorn."

Die Männer kippten die Kabine, trugen sie dann zu ihrem Transporter und schoben sie in den Fond.

„Fertig auswaschen können mir's dahoam. Jetzt schau mer, dass mir Land gewinnen", meinte der größte der Männer, setzte sich ans Steuer und fuhr los, nachdem alle eingestiegen waren. Mit komplett heruntergelassenen Fenstern rollte das Auto langsam davon. Erst nach ein paar hundert Metern ging die Beleuchtung an.

FREITAG, 12. DEZEMBER

2

Seine schmalen Finger verrichteten routiniert und fast zärtlich ihre Arbeit. Nur noch eine Gravur war an diesem Freitag zu erledigen, der zweite Trauring eines jungen Pärchens aus Hall in Tirol, den ersten hatte er bereits fertig. Zwei seiner günstigsten Ringe hatten sie bestellt, die ihm nicht viel mehr einbrachten als die Gravur auf ihrer Innenseite. Trotzdem, er machte das gern. So konnte er als Goldschmied an einem bedeutenden Ereignis im Leben dieser Menschen teilhaben und seine Arbeit wurde wertgeschätzt, was nicht immer selbstverständlich war. Die meisten Besucher seines Geschäfts kamen herein, schauten sich um, erkundigten sich nach dem einen oder anderen Stück und führten ein bisschen Smalltalk, während ihm schon klar wurde, dass sie eh nichts kaufen würden. Die wirklich betuchten Männer öffneten das Portemonnaie für ihre Frauen bei den großen Juwelieren im Zentrum von Innsbruck, bei einem Abstecher nach Salzburg oder Wien oder zu einem der Nobelskiorte wie Lech oder Kitzbühel. Fast niemand aus dieser Klientel ging zu einem kleinen Juwelier am Rande der Stadt.

Als Florian Wolf seine Lehre bei einem der besten Juweliere Wiens gemacht hatte, träumte er noch von einem eigenen edlen Geschäft in der Fußgängerzone, sah sich wohlhabenden Kunden funkelnde Kostbarkeiten präsentieren, wertvolle Einzelstücke aus Handarbeit, bewundert und anerkannt als Meister seines Fachs, als Teil der gehobenen Gesellschaft seiner Heimatstadt.

Stattdessen betrieb er immer noch sein kleines Ladengeschäft „Juwelier & Goldschmied Wolf“ im elterlichen Haus. Über mangelnde Unterstützung seiner Eltern hatte er sich wirklich nicht beklagen müssen. Sie hatten ihm, dem einzigen Sohn, die Fläche ihres ehemaligen Gemischtwarenhandels kostenlos zur Verfügung gestellt und nach dem Tod seiner

Mutter vor zwei Jahren war das Haus ganz in seinen Besitz übergegangen. Sein Opa hatte es einst erstanden, Ende der dreißiger Jahre, es war eine Gelegenheit gewesen, wie sein Vater einmal erzählte, als er noch lebte.

Erst viel später, nach dem Tod seiner Mutter, erfuhr Florian Wolf, wie sein Opa zu diesem Haus gekommen war. Seine Mieter, die nun die einstige Wohnung seiner Eltern im ersten Stock bewohnten – er selbst lebte darüber im Dachgeschoss –, hatten es durch Zufall in Erfahrung gebracht. Seitdem fühlte er sich zu Hause nicht mehr wohl, auch wenn er selbst nichts dafür konnte.

Seine Eltern hatten die teure Ausbildung bezahlt und ihm ihre Ersparnisse als Startkapital zur Verfügung gestellt. Er hatte ihnen versprochen, dass es funktionieren würde, hatte fleißig gearbeitet und penibel seine Kunstwerke geschaffen. Und das Beste war: Es funktionierte tatsächlich! Er hatte viele Ideen gehabt und umgesetzt, und während dieser Anfangsjahre gab es einen schnell wachsenden Kundenstamm, der seine Kreationen schätzte, was manchmal Arbeit bis spät nach Mitternacht bedeutete. Seine Mutter stand dann vormittags im Geschäft. Sie verdienten gut in dieser Zeit, machten Urlaube in Übersee, er kaufte sich seinen Allradbus, man musste nicht so sehr aufs Geld schauen beim Einkaufen, und am Ende des Jahres war sogar noch genug da für eine großzügige Spende an die UNICEF, ein Brauch, den seine Eltern seit Jahren pflegten. „Für die armen Kinder, die es nicht so gut haben wie wir", sagte seine Mutter immer.

Nach dem 11. September 2001 änderte sich alles, erst langsam, dann rasant. Er hatte nicht gleich realisiert, dass die unwirklich in die weit entfernten Türme des World-Trade-Centers einschlagenden Flugzeuge für ihn direkte Auswirkungen haben könnten. Der Börsencrash, der ja eigentlich schon im Jahr davor begonnen hatte, beschleunigte sich nochmals und erwischte ihn kalt. Zwar hatten sich die Kurse dann langsam erholt, und auch seine Geschäfte liefen wieder besser, aber 2007 stürzte die Börse abermals ab und die Leute gaben nicht mehr so unbeschwert ihr Geld aus. Und seitdem war es nur noch abwärts gegangen.

Anfangs dachte er noch, auch diesmal wäre die Flaute bald vorüber und er könnte sich bis zum nächsten Aufschwung wieder etwas mehr dem Bergsteigen widmen. Mit seinen Freunden Max Unterberger, Hans Kröll und Toni Schmid, mit denen er schon seit einer gefühlten Ewigkeit sein Hobby teilte, schwärmte er aus in die Berge rund um Innsbruck, in die Westalpen, die Dolomiten, die Sportklettergebiete jenseits des Brenners oder nach Südfrankreich.

Aber es wurde nicht besser, und so begann Florian irgendwann, Schmuckstücke umzuarbeiten, auch wenn deren Herkunft nicht ganz zweifelsfrei war. Ein Kunde namens Peter Vogel hatte ihm immer öfter solche Stücke gebracht, bis er ihn fragte, ob er auch vertraulich solche Ware umarbeiten würde. Vogel würde alles an einen Abnehmer im Ausland weiterleiten und Florian gut dafür bezahlen. Er solle sich keine Gedanken machen, nur seine Arbeit.

Was sollte er tun? Das Letzte, was er wollte, war das Elternhaus verkaufen zu müssen, seinen Eltern den verdienten Lebensabend mit etwas Komfort zu verwehren, also zu scheitern und ihr Vertrauen nicht zu rechtfertigen. Zweimal schon waren Beamte der Kriminalpolizei bei ihm gewesen mit Bildern von Stücken, die er umgearbeitet hatte. Er hatte geschwitzt, aber natürlich beteuert, die Teile nie gesehen zu haben.

Seine Lage begann ihn mehr und mehr zu deprimieren, sodass er eigentlich therapeutische Hilfe hätte gebrauchen können. Kati hatte das auch gesagt, ohne zu wissen, woran es lag, aber er hatte es damals abgelehnt.

Dazu kam, dass er jetzt alleine war im Geschäft, seine Mutter fehlte an allen Ecken und Enden. Im Grunde hätte er eine fesche Verkäuferin einstellen müssen, aber die konnte er nicht bezahlen. Wenn die Kati ihn geheiratet hätte, hätte sie ihm vielleicht helfen können, aber sie wollte auch ihr Leben als Physiotherapeutin weiterführen. An seinem Ringfinger trug er immer noch den Verlobungsring aus Weißgold, den er damals angefertigt hatte. „Kati & Flori" war innen eingraviert, daneben das Datum. Ihren hatte sie ihm auf den Tisch gelegt und war gegangen, er lag hinten im Tresor. Vor zwei Monaten hatte Kati ihn verlassen, weil sie seine depressiven Phasen nicht mehr ertragen hatte, weil er nichts dagegen tat, weil sie nicht mehr dieselbe Sprache sprachen, weil sie ihn nicht mehr lieb hatte. Er konnte es nicht glauben. Sie wollten doch mal Kinder haben, er hatte immer von Kindern geträumt, sie war acht Jahre jünger, es hätte doch noch klappen können mit einer kleinen Familie. Aber seine Kati war fort und langsam spürte er, sie würde nicht mehr wiederkommen. Die Kati gab es nicht mehr.

Trotz all dem liebte er noch seinen Beruf. Er liebte seine Selbstständigkeit. Und er liebte vor allem die Berge. Morgen stand die Saisoneröffnung mit seinen alten Freunden an. Die erste Skitour ins Sellrain, wie jedes Jahr. Er würde gleich seine Ausrüstung in seinen alten VW-Bus packen, wenn er diese Gravur fertig hatte.

SAMSTAG, 13. DEZEMBER

3

In der Dämmerung ging es von Kematen im Inntal links hinauf in das Sellrain, vorbei an der Abzweigung nach Lüsens im südlich gelegenen Lisenstal, wo es auch eine Reihe klassischer Skitouren gab, die sie fast alle kannten: Zischgeles, Längentaler Weißer Kogel, Lisenser Fernerkogel oder andere Touren mit klangvollen Namen. Neben dem Zirmbach führte die Straße teils steil empor Richtung Kühtai, die farbigen Stecken am Rande der Straße verschwanden immer tiefer im Schnee.

In einer lang gezogenen Linkskurve oberhalb des Talgrunds parkte bereits ein schwarzer Ford Galaxy zwischen zwei Lawinengalerien. Hans und Max waren schon dabei, ihre Ski fertig zu machen. Die beiden waren ein ungleiches Paar. Während Max gut eins neunzig groß und hager war, wirkte Hans eher stämmig und untersetzt, zudem war er fast einen Kopf kleiner. Dafür hatte Hans, der KFZ-Meister mit den kräftigen Händen, trotz seiner fünfzig Jahre noch volles rotbraunes Haar, während der zwei Jahre jüngere Max seine ausgehenden dunkelbraunen Haare stets auf wenige Millimeter Länge stutzte.

Hans, der einen Autohandel mit Werkstatt in Hall in Tirol betrieb und bis vor kurzem sogar noch Vertragshändler gewesen war, hatte Max heute Morgen mit seiner Familienkutsche abgeholt. Leider brauchte er das Auto nur noch selten für die Familie, seit seine Ehe in die Brüche gegangen war und die beiden Buben bei der Mutter wohnten. Florian wusste, dass ihn das sehr getroffen hatte, auch wenn der manchmal etwas aufbrausende Hans ungern darüber sprach.

Max hingegen war eher ein ruhiger Typ, der alles plante und durchdachte, aber auch er hatte seine Sorgen, nachdem er vor ein paar Monaten seinen Job im Bewachungsgewerbe verloren hatte. Heute aber waren solche Dinge erst einmal nebensächlich.

Die beiden Freunde standen jetzt am Beginn des Aufstiegs auf den Rietzer Grieskogel. Rund tausend Höhenmeter ging es hinauf, bevor man auf 2884 Metern die prächtige Aussicht auf das weit unten gelegene mächtige Inntal genießen durfte, vorausgesetzt, das Wetter ließ es zu. Heute würde das wahrscheinlich schwierig werden, es hatte angefangen ganz leicht zu schneien. Aber es ging ihnen vor allem um das gemeinsame Ritual der immer gleichen ersten Skitour. Florian und Toni stiegen aus.

„Na servus, griaß eich! Seid's fit? Heut hat's minus zehn Grad aufm Autothermometer, schau mer gleich amal, dass mer warm wearn", rief Hans ihnen von oben zu.

„Morgen, Max, Morgen Hans! Von uns aus kann's sofort losgehen, oder, Toni?", erwiderte Florian, und Toni, der ihnen zuzwinkerte, bejahte.

Wenig später brachen sie auf, nachdem sie ihre Verschüttetensuchgeräte kontrolliert hatten, und liefen Kehre um Kehre den steilen, von Bäumen durchsetzten Hang empor. Nach einer guten halben Stunde legte sich der Hang zurück, das Gelände verflachte und sie schauten in das lang gezogene Klammtal hinein, durch das der Weg am Bach entlang verlief. In gemächlicherem Tempo ging es dahin, alle schnauften durch.

„Und, Max, wie war's gestern?", fragte Florian.

„Alles beim Alten. Dasselbe Auto, die gleiche Zeit. I denk, des könnt tatsächlich funktionieren."

„Guat! Da können mir ja heut Abend drüber reden", meinte Toni kurzatmig. „I hab euch auch noch was zu erzählen. Aber jetzt gehn mer erst amal auf den Rietzer auffi, und heute Abend trinken mir dann an Roten bei mir. I hab sechs Flaschen Magdalener ausm Keller auffagestellt."

„Des dürft für den ersten Durst reichen", meinte Florian lachend.

Anton Schmid, den sie alle nur Toni nannten, war sechsundvierzig Jahre alt, mittelgroß, hatte dickes schwarzes Haar, blaue Augen, ein eher bleiches, rundes Gesicht mit auffällig roten Wangen. Er war Elektriker und lebte in Arzl, einem

Stadtteil Innsbrucks, der im Nordosten jenseits des Inns lag. Dort hatte er bis zum letzten Jahr noch einen kleinen Installationsbetrieb geführt, musste sich schließlich aber der Übermacht der Konkurrenz beugen, sodass er nun bei Alois Eberl arbeitete, einem der Platzhirsche der Branche in Innsbruck, der ihn mit seinen stets günstigeren Angeboten bei den meisten Ausschreibungen in die Knie gezwungen hatte.

Florian kannte Toni genauso wie die anderen schon seit der gemeinsamen Zeit in der Jugend des Alpenvereins. Die Ausdauer Tonis, vor allem auf Ski, war schon damals legendär gewesen, auch wenn er nicht der eleganteste Skifahrer war.

Am Ende des Tals steilte es wieder etwas auf, die Spur führte zu den Narrenböden hinauf, wo sie eine Trinkpause einlegten. Es war inzwischen heller geworden, aber die Sonne versteckte sich hinter den Wolken, die feine Schneekristalle über die Südhänge des Rietzer Grieskogels rieseln ließen. Der Gipfel, der normalerweise von hier aus schon zu sehen war, war verhüllt. Ein leichter Wind kam auf. Unterhalb von ihnen sahen sie eine größere Gruppe aufsteigen, ansonsten war nichts los auf der Tour, die bei guten Verhältnissen recht überlaufen war.

„Na, dann gehn mer mal zua, besser wird's Wetter heut sicher nit mehr", meinte Toni, der vorausging.

Der kleine Skitourenexpress legte nun einen Zahn zu, und alle waren nur noch damit beschäftigt, ein gleichmäßiges Tempo zu halten, das vom rhythmischen Pfeifen der Felle und dem regelmäßigen Atmen der Freunde bestimmt war. Über eine Stufe ging es nordöstlich hinauf, unter einem Felsabbruch entlang in einen Sattel. Der steile, südexponierte Gipfelhang lag nun vor ihnen. Sie erstiegen ihn mit einigen Spitzkehren, bis sie am Skidepot ankamen. Von dort aus folgten sie dem Westgrat zum Gipfel, der, wie erwartet, keinerlei Aussicht, sondern schneidenden Wind bot und ausgesprochen ungemütlich war.

„A guate Saison wünsch i uns allen!", meinte Toni, und sie schüttelten sich die Hände, wohl wissend, dass diese Saison möglicherweise noch ganz neue Herausforderungen bereithielt.

Nach kurzem Aufenthalt kehrten sie zum Skidepot zurück, stiegen in die Bindungen und fuhren der Tourengeher-Gruppe entgegen, die deutlich langsamer als sie den Aufstieg bewältigte. Der frische, feine Schnee auf der harten Grundlage stob unter den Schwüngen auf, die sie, allesamt gute Skifahrer, in den Hang zauberten. Es war eine Freude, johlend zu Tale zu rauschen.

An den Autos angekommen, verstauten sie ihre Ausrüstung und fuhren durch dichter werdenden Schneefall wieder hinab. Nach einem kurzen Zwischenstopp an einer Bäckerei, es war erst früher Nachmittag, erreichten sie mit reichlich Kuchen ausgestattet das Haus von Toni Schmid, der erst einmal die Kaffeemaschine anwarf.

„I muss euch was zeigen", eröffnete er ihnen, als vom Backwerk nichts mehr übrig war. „Kommt's mal mit rüber in die Werkstatt."

Die Freunde waren sichtlich beeindruckt von dem, was sie dort sahen.

Später kochten sie. Es sollte ein ausgelassener, richtungsweisender Abend werden. Der Wein war schließlich leer, die letzten Zweifel beseitigt und es gab kein Zurück mehr.

FREITAG, 13. MÄRZ

4

„Magst noch an Kaffee?“, fragte Walter seinen Kollegen Hubert, während er auf dem Beifahrersitz die Thermoskanne hochhielt.

„Ja, gern. Den kann i gut brauchen.“

Walter Brandstätter und Hubert Draxl von der TransSekuritas Austria waren schon den halben Tag unterwegs. Morgens um 4.30 Uhr waren sie mit ihrem gepanzerten anthrazitfarbenen 5er BMW von ihrem Stützpunkt in Imst gestartet und durch den Arlbergtunnel an Bludenz und Feldkirch vorbei über die Grenze nach Vaduz in Liechtenstein gefahren. Dort hatten sie die Fracht eingeladen, zwei Kassetten für Lech am Arlberg, einen kleinen Stahlkoffer für Innsbruck. Abfahrt Richtung Lech war um 8.00 Uhr, nachdem der ganze Papierkram erledigt war. Zurück ging es wieder über Bludenz, danach aber nicht durch den Tunnel, sondern auf die Arlberg-Passstraße. Ankunft in Lech war um 9.30 Uhr bei der Filiale des Edel-Juweliers Gruber, für den die beiden Kassetten aus der Zentrale in Vaduz bestimmt waren. Von ihm übernahmen sie eine andere Kassette für einen Geschäftspartner in Wien, die noch heute Nachmittag von Kollegen dorthin weitertransportiert würde, sobald sie den Stahlkoffer in Innsbruck abgeliefert hatten. Der war am wichtigsten und kam folglich zuerst dran.

Um 9.50 Uhr waren sie beim Gruber in Lech aufgebrochen in Richtung Flexenstraße und Arlbergpass, den sie in vielleicht fünf Minuten erreichen würden. Gleich kam die Abzweigung, an der es entweder links hinauf Richtung Arlberg oder rechts runter nach Bludenz ging. Mühelos bogen die beiden nach links ab, noch vor dem Pritschenwagen einer Baufirma mit einem Plastikklosett auf der Ladefläche, hinter dem ein paar andere Autos herfuhren. Leider war die flotte Fahrt bald schon vorüber, weil ab St. Christoph, dem Skizentrum nach der Arlberg-Passhöhe, ein Lieferwagen vor ihnen herkroch. So war es inzwischen schon bald halb elf.

„Na, des wird wieder a Schleicherei“, meinte Hubert Draxl.

„Des macht doch nix, mir san guat in der Zeit, und woaßt ja eh, Sicherheit geht vor Schnelligkeit“, erwiderte Walter Brandstätter.

In der Kolonne rollten sie die Straße nach St. Anton hinab, die nach zwei großen Kehren in den Ort führte.

„Da rechts unten an der alten Rendlbahn geht's zur Darmstädter und zur Konstanzer Hütten auffi, kennst des?“, fragte Walter.

„Ja klar, da war i scho mit der Barbara droben. Is nett, die Darmstädter. Mir sind dann über's Kuchenjoch und den Scheibler hinüber zur Konstanzer und abends wieder heim.“

„Alles an einem Tag?“

„Naa, auf der Darmstädter ham mir übernachtet, super Knödel ham's da, a richtig urige alte Hüttn. Auf der Konstanzer sind mir noch amal eingekehrt und dann zurück zum Auto.“

Sie fuhren unter der neuen Rendlbahn durch, durch den Kreisel, am futuristischen Bahnhof und der Kletterhalle vorbei, immer entlang der Rosanna, die aus dem Verwalltal kommend durch St. Anton floss.

Walter Brandstätter erblickte vor sich eine Schlange, im Rückspiegel sah er immer noch den Pritschenwagen mit dem Baustellenklosett auf der Ladefläche. Dahinter waren noch mindestens zehn weitere Autos.

„Bah, is des heut zäh“, stöhnte Hubert Draxl.

„Entspann di“, meinte Walter Brandstätter. „Wo viele Leut fahrn, sind mir am besten aufgehoben.“

5

„Möchtest du ein Ei?"

„Ja, gerne, wenn du auch eins nimmst."

„Das ist doch egal, ich mach auch nur eins für dich. Sag mir einfach, was du willst!", erwiderte Nadine Mercier-Keller. Den zweiten Teil ihres Nachnamens trug sie erst seit knapp drei Wochen, seitdem sie ihn geheiratet hatte, diesen für seine vierundvierzig Lebensjahre recht schlanken Mann mit den kurzen blonden Haaren und den Geheimratsecken, der da am Frühstückstisch saß und sich gerade nicht entscheiden konnte, ob er ein Ei nehmen sollte oder nicht.

Martin Keller, dem man so sitzend seine eins vierundachtzig nicht ansah, blickte seine Frau immer noch verliebt an, er hatte sie eben einfach nur bewundert. Wie schön sie war, ihre flinken Bewegungen, ihre zarten, schlanken Arme und Hände, ihre langen braunen Haare, die sanft über ihre Schultern fielen, wie sehr er einfach alles an ihr mochte! Es war eine ungeheure Wärme in ihm und eine tiefe Zufriedenheit. So konnte es ihm dann schon mal passieren, dass er, wie gerade eben, instinktiv und nicht ganz optimal antwortete.

Nadine, die einen halben Kopf kleiner war als er, wendete sich ihm zu und sah ihm in die Augen. Ihr leicht genervter und resoluter Gesichtsausdruck verlor seine Kanten und wich einem Lächeln.

„Hallo? Jemand zu Hause?", fragte sie. Sie kannte und mochte diesen träumerischen Blick und konnte ihn einordnen.

„Ich liebe dich, Nadine!"

„Ja, ich weiß, ich dich ja auch, aber damit kann ich immer noch nicht die Eier aufsetzen", war ihre Antwort, bevor sie sich zu ihm hinabbeugte, ihn auf den Mund küsste und sich von ihm auf den Schoß ziehen ließ. So saßen sie eine Weile da, eng umschlungen, genossen die Nähe, das Zusammensein, diesen gemeinsamen Morgen nach einer zärtlichen Nacht, die Harmonie zwischen ihnen und die Geborgenheit, die sie in sich fühlten.

„In einer Stunde kommt der Kurt. Vielleicht willst du ja doch noch was essen, bevor du zum Bahnhof fährst?“, meinte Nadine, nachdem sie zur Küchenuhr hinübergeschaut hatte.

„Ja, will ich! Und ich nehme ein Ei!“

„Na also“, erwiderte sie grinsend. „Dann sind’s also zwei!“ Lachend stand sie auf und ging zum Herd.

„Wo wollt ihr eigentlich genau hinfahren, der Hias, der Kurt und du?“

„Ich weiß es noch nicht so genau. Der Hias meinte, wir könnten in die Silvretta fahren, er wüsste da eine gemütliche Hütte bei der Bielerhöhe. Wir wollen ja keine große Tour machen, sondern einfach eine nette Hütte, das Gebirge und den Schnee genießen.“

„Da muss man dann mit der Seilbahn hoch, oder?“

„Ja, die Hochalpenstraße ist im Winter zu. Von Partenen im Montafon fährt die Bahn rauf und dann geht’s mit dem Bus weiter durch zwei lange Tunnel und über ein paar Kehren die normale Straße zur Bielerhöhe am Silvretta-Stausee hinauf. Ich kenn’s nur vom Vorbeifahren im Sommer und hab da noch nie eine Skitour gemacht, obwohl die Silvretta ja fast ein Mekka ist für die Tourengeher. Komm doch mit, dann kannst du dir einen gemütlichen Tag in der Wintersonne machen. Es ist wirklich sehr schön dort. Am nächsten Tag sind wir wieder zurück und gehen vielleicht noch ein bisschen zusammen Lifteln, da gibt es einen Schlepper. Was meinst du?“

„Hm, ich weiß nicht.“

„Jetzt bist du ja genauso unentschlossen wie ich gerade.“ Martin Keller lachte, stand auf, legte ihr die Arme von hinten um die Hüften und küsste sie auf den Hals.

„Na ja, das ist ja schon etwas komplizierter als zu entscheiden, ob man ein Ei will oder nicht.“

„Mag sein, aber eigentlich gibt es doch nur eine Frage zu beantworten: Habe ich Lust darauf oder nicht?“

„Hm, ich glaube, mir ist das für eine Nacht zu viel Stress, und dann auch noch ohne dich … Ob es jetzt noch gut ist, Ski zu fahren, weiß ich auch nicht. Macht ihr nur eure Skitour, und ich fange an, unser zukünftiges Kinderzimmer aufzuräumen. Vielleicht schau ich auch schon mal nach Möbeln."

„Okay", flüsterte Martin und schmiegte sich an sie. Mit einer Hand streichelte er über ihr Bäuchlein und merkte, dass er feuchte Augen bekam. In diesem Augenblick wollte Martin Keller viel lieber bei ihr bleiben, als in der Kälte der Berge herumzustapfen. Er fürchtete, die Skitour gar nicht genießen zu können, wenn er die ganze Zeit Sehnsucht nach ihr hatte. Und was, wenn ihm etwas zustieß? Nadine war schließlich im sechsten Monat schwanger.

Passiert war es im Oktober in Südtirol, in jenem Urlaub, in dem er sich ihr ganz geöffnet hatte. Nichts Wichtiges war unerwähnt geblieben. Eigentlich hatte ihre Beziehung da erst richtig begonnen, obwohl sie da schon fast ein halbes Jahr zusammen waren, Martin, der als Onkologe für eine Pharmafirma arbeitete, und Nadine, die Oberärztin, die er bei der Zulassungsstudie eines Krebsmedikaments kennengelernt hatte. Erst seitdem alles ausgesprochen war, was sich vorher jahrelang in seine Seele hineingefressen hatte, fühlte er sich ihr wirklich nah, und erst seit diesen Tagen war er bereit gewesen für eine gemeinsame Familie. Sie wussten beide, was sie taten, als sie immer wieder ohne zu verhüten miteinander geschlafen hatten, sie hatten sich das Kind gewünscht.

Zuvor waren sie bei seinen Rettern in Oberkaltern zu Besuch gewesen. Das waren Hilde und Josef Brugger, der Hüttenwirt, der ihm seinerzeit so selbstverständlich geholfen hatte. Auch dessen Schwester Sieglinde und ihr Mann Markus Schuster waren gekommen. Markus hatte ihn damals dazu gebracht, aus einem fahrenden Sessellift abzuseilen. Und zu guter Letzt natürlich Hias Steger, der Bergführer, der während des Horrortrips rund um den Kreuzkogel anfangs ein Feind zu sein schien und schließlich zu seinem Lebensretter wurde. Und nun gingen sie gemeinsam mit seinem alten Kumpel und Trauzeugen Kurt Schubert auf Skitour, wie sie es auf der Hochzeit vor drei Wochen ausgemacht hatten, nach stattlichen Mengen Alkohols. Es sollte vor allem eine nette, ungefährliche Aktion werden, mit einer gemütlichen Hütte möglichst, auf der man nur das Knacken der Holzscheite im Ofen hören würde. Sie würden ein Glas Wein zusammen trinken und die Stimmung gepaart mit der unvergleichlichen Stille des winterlichen Hochgebirges genießen – sofern nicht schon jemand im Lager schnarchte oder eine temperamentvolle Jugendgruppe sich dummerweise dasselbe Ziel ausgesucht hatte.

Nach dem Frühstück verabschiedete Martin sich liebevoll von Nadine und fuhr zum Bahnhof. Um 9.16 Uhr rollte der Zug ein, der Kurt nach einem frühen Aufbruch und zweimaligem Umsteigen von Freiburg nach Konstanz brachte. In Freiburg waren sie sich damals bei einer WG-Party begegnet, Kurt Schubert, der bergverrückte Geologie-Student, und er, Martin Keller, Medizinstudent und ein ebenso leidenschaftlicher Bergsteiger. Daraus wurde eine enge Freundschaft fürs Leben, auch wenn der nur wenige Monate jüngere Kurt inzwischen in Kanada seine Brötchen verdiente. Als Geologe war es in Deutschland nicht einfach, von seinem Beruf zu leben, sofern man sich nicht auf die angewandten Themen wie Altlasten, Geothermie, Ingenieur- oder Hydro-Geologie spezialisiert hatte.

Kurt aber befasste sich mit Lagerstätten aller Art und bezeichnete sich selbst scherzhaft als „geologisches Trüffelschwein". Nun suchte er in ganz Kanada nach den begehrten Rohstoffen, und nach einigen bedeutenden Funden hatte er keine finanziellen Nöte mehr. Durch seine Tätigkeit war er gut zu Fuß, zumindest hatte er sich auf der Hochzeit schon mal keine Blöße gegeben. Als Letzter auf der Tanzfläche musste er schließlich aufgeben, als fast alle gegangen waren.

Das Quietschen der Räder auf den Geleisen wurde immer lauter, bis der dröhnende Triebwagen an Martin Keller vorbeifuhr und der Zug kurz darauf zum Stehen kam. Martin musterte die vielen Menschen, die sich auf den Bahnsteig ergossen und die, winterlich verpackt, mit ihren Gepäckstücken dem Ausgang entgegenstrebten. Normalerweise hätte er Kurt schon bald an seiner inzwischen recht übersichtlichen Frisur erkannt: Sein ehemals volles, wildes braunes Haupthaar hatte sich dramatisch gelichtet, sodass er inzwischen nur noch einen Kranz mit einem Kurzhaarschneider zu bearbeiten hatte. Doch da er eine rote Strickmütze trug, sah Martin den etwas kleineren Freund erst, als er breit grinsend unmittelbar vor ihm stand und rief: „Grüß dich, Herr Doktor, alles schon gepackt?"

„Hallo Kurt, ja klar! Schön, dass du da bist!"

Sie umarmten sich kurz, Martin nahm ihm seinen Rollkoffer ab und sie gingen zum Auto.

Am Mittag wollten sie in Partenen sein, wo Hias auf dem Parkplatz vor der Vermuntbahn auf sie warten würde. Aber vorher wollte Martin noch einmal schnell nach Hause und Nadine umarmen, denn obwohl es sicher schön werden würde mit den beiden Freunden, hatte er gerade überhaupt keine Lust mehr auf die Silvretta.

6

Walter Brandstätter und Hubert Draxl passierten den zweiten Kreisel in St. Anton und folgten weiter der Bundesstraße Richtung Landeck. Vor ihnen war immer noch eine Kolonne von vielleicht fünf Autos, hinter ihnen der Wagen des Bauunternehmens. Draxl trippelte nervös mit den Fingern auf dem Lenkrad herum, voller Ungeduld, dieser quälend langsamen Schlange zu entkommen und endlich die Autobahn zu erreichen. Links der Straße reihten sich ein paar Hotels, die teilweise in den Hang gebaut waren, um vor allem die vielen Skitouristen während der Saison zu beherbergen.

„Magst a Manner-Schnitte?“, fragte Walter Brandstätter.

„Ja gern“, entgegnete Hubert Draxl und griff nach rechts. „Was machst du heut Abend?“

„Mir sind beim Klaus eingeladen, der Klaus und i spielen schon ewig Fußball zusammen. Der kocht gern und da gibt’s dann immer an guaten Wein dazu, der kennt sich da aus, des is a echter Enthusiast. I hab mi no nit mit der Frau geeinigt, wer fahrn muss“, antwortete Brandstätter und Draxl lachte.

In weiten Kurven verlief die Straße in Richtung St. Jakob, gleich danach kam man am östlichen Ende des Arlbergtunnels wieder auf die Autobahn. Sie passierten einen neuen Supermarkt, eine moderne Stahlkonstruktion mit großen Glasflächen, und eine Tankstelle. Hundert Meter weiter stockte es, weil offenbar eine Baustelle die Bundesstraße blockierte und der Verkehr durch eine Unterführung rechts unter der Eisenbahn hindurchgeleitet wurde. Ein Bauarbeiter, der vor der Absperrung stand, winkte die Autos mit einer Fahne in die Umfahrung.

„Na, dann müsst’s ihr wohl losen, oder du machst deiner Frau a gutes Angebot, also quasi als Gegenleistung“, schlug Draxl vor, während sie nach der Unterführung eine Linkskurve nahmen, die sie an einem Sägewerk vorbeiführte.

„Was meinst du damit?“

„Na zum Beispiel a Wellness-Wochenende in am netten Hotel. Herrgottsack!“, schrie Draxl und stieg in die Eisen. Der

Lieferwagen vor ihm hatte abrupt angehalten. Hier war die Straße so schmal, dass man nicht überholen konnte, und zu beiden Seiten stapelten sich die langen, dicken Baumstämme des Sägewerks.

„Was soll das denn? Der hat doch niemand mehr vor sich, scheiße noch mal!", rief Brandstätter.

Draxl blickte in den Rückspiegel. Da war immer noch der Pritschenwagen mit der grünen Baustellentoilette. Ein Mann saß darin und schaute nach vorne. Als Draxl ebenfalls wieder nach vorne sah, stieg ein Vermummter in blauer Arbeitsmontur aus der Fahrertür des Transporters und kam auf sie zugelaufen. Gleichzeitig öffneten sich die Hecktüren. Draxl riss die Augen auf und musste zweimal hinschauen, ehe er begriff. Da kniete jemand und hielt ein rundes, längliches Gerät über der Schulter, dessen Spitze auf sie zeigte. Eine Panzerfaust.

„Des is a Falle!", rief Draxl und drückte die Alarmfunktion ihres GPS-Überwachungssystems, auch wenn ihm klar war, dass es für sie beide erst mal nichts ändern würde.

Der Mann mit der Panzerfaust hatte eine Strumpfmaske über seinem Gesicht, genauso wie der Mann, der aus dem Transporter gestiegen war, und wie der Fahrer des Pritschenwagens hinter ihnen, der inzwischen auf ihrer Beifahrerseite stand.

„Los raus, aufmachen, dalli!", rief der Mann vor Draxls Tür und fuchtelte mit einer Walther P1 Automatik vor dem Fenster herum. Ein altes Modell, aber mit einer berüchtigten Durchschlagskraft.

Der auf der anderen Seite hielt eine Uzi in den Händen, den uralten Maschinenpistolen-Klassiker mit dem langen 32-Schuss-Magazin. Ein zweites war mit Tape daran befestigt, mit einer Patrone als Abstandshalter. Draxl begriff glasklar, dass sie keine Wahl hatten. Ein kurzer Blick zu Brandstätter, der nur die Augen rollte und mit den Schultern zuckte, zeigte ihm, dass dieser genauso dachte. Also öffneten sie die Türen und stiegen aus.

„Waffen her, Waffen her!", brüllte der Vermummte auf Draxls Seite und zielte mit der Walther P1 auf ihn.

„Los! Kofferraum auf!“, kommandierte er weiter, während er Draxl entwaffnete. Auch Brandstätter wurde seine Pistole abgenommen. Als sie beide nach hinten gingen, sahen sie, dass hinter dem Pritschenwagen kein Auto mehr war. Sie waren allein. Draxl öffnete den Kofferraum, und gleich darauf wurden ihm seine Hände mit einem Kabelbinder auf dem Rücken fixiert. Dann mussten Brandstätter und er in den Transporter einsteigen, wurden dort auf zwei Isomatten dirigiert und mit Handschellen an einen eingeschweißten Ständer gebunden. Der Mann, der die Panzerfaust gehalten hatte, half dabei, während der andere sie weiter mit der Pistole bedrohte. Danach steckten die vermummten Täter sie in Schlafsäcke, verließen den Laderaum, der nur ein kleines Fenster nach vorne zur Fahrerkabine hatte, und schlugen die Türen zu.

Die verdammten Hunde! Dass i das nach fast zwanzig Jahren in der Firma noch erleben muss, Herrgott nomal, des derf nit wahr sein!, dachte Draxl. Sprechen konnte er nicht, da sein Mund, ebenso wie der seines Kollegen, mit Paketband verklebt war.

Der Transporter fuhr los, hielt aber gleich darauf wieder an. Die Fahrertür wurde zugeschlagen. Schritte entfernten sich eilig, dann vernahmen sie das Brummen eines Autos, das rasch leiser wurde. Plötzlich war es unheimlich ruhig. Draxl blickte Brandstätter an, der im Halbdunkel tief durch die Nase atmete und, wieder mit den Schultern zuckend, vor sich hinschaute.

Es sah so aus, als würde er nicht mehr mit seiner Frau losen müssen, wer heute Abend nach Hause fuhr.

7

„Gönn dir doch einfach was, und ich wurschtel hier zwei Tage ein bisschen vor mich hin. Das tut mir auch mal gut, kannst du mir ruhig glauben! Es ist alles in Ordnung, also keine Angst, fahrt unbesorgt los!“, sagte Nadine leise und drückte Martin noch einmal an sich.

„Okay, ich denke an dich. Vielleicht wird es wirklich ganz schön.“

„Bestimmt, mit dem Hias und dem Kurt kann ja gar nix schiefgehen“, erwiderte Nadine.

„Ich rufe heute Abend an, wenn wir oben sind. Pass auf dich auf, nichts übertreiben.“

„Nein, versprochen! Auf jetzt, der Kurt wartet!“ Sie hob kurz den Kopf Richtung Kurt Schubert, der an der Beifahrertür von Kellers Bus stand und lächelnd zu ihnen herüberschaute.

„Gut, dann bis bald. Ich liebe dich“, sagte Keller und küsste sie noch einmal auf den Mund.

„Ich dich auch. Viel Spaß!“

Nachdem sie die Grenze zur Schweiz passiert hatten, führte die Straße am Südufer des Bodensees entlang, meist oberhalb der Ortschaften, vorbei an Weinbergen, Obstplantagen und Industriegebieten. Links konnten sie die Weite des Sees bewundern, der an diesem Wintertag nicht von Nebel verhüllt, sondern in der Sonne glänzend und den blauen Himmel spiegelnd in voller Pracht vor ihnen lag. Kurz vor Arbon begann die Autobahn, und die nächste Verzweigung führte sie weiter Richtung Chur, bevor sie schließlich bei Diepoldsau den Rhein und somit auch die Grenze zu Österreich passierten. Vor Hohenems fuhren sie auf die Autobahn Richtung Bludenz, entlang langsam höher werdender Berge, linker Hand jene des Bregenzer Waldes, rechter Hand begannen dann, bald nachdem sie das Rheintal verlassen hatten, die Ausläufer des Rätikons. Von Bludenz ging es schließlich, die Autobahn war zuvor einspurig geworden, rechts ab ins Montafon, vorbei an

Skihochburgen wie Schruns oder Gaschurn, zuletzt durch einen kurzen Tunnel, bis nach Partenen am Fuße der Silvretta-Hochalpenstraße.

Ein paar hundert Meter nach diesem Tunnel bogen sie rechts ab auf den Parkplatz der Vermuntbahn, wo ein silberner VW T4 Caravan mit Landecker Kennzeichen schon auf sie wartete. Die Standheizung lief und Hias Steger lag hinten auf der Liegefläche, mit einem Schlafsack zugedeckt, und las in einem dicken, bunten Buch, auf dem ganz groß „Alpen“ stand. Sie klopften am Seitenfenster.

Hias strich seine kräftigen, bis auf die Schultern reichenden braunen Haare zurück, die sein von Sonne und Wind gegerbtes und von Falten durchzogenes Gesicht umrahmten, setzte sich auf, winkte und deutete ihnen an, sie sollten die Schiebetür öffnen.

„Griaß eich!“, empfing er sie mit einem freundlichen Blick aus seinen warmen, dunklen Augen.

„Servus Hias. Na, wartest du schon lange auf uns?“

„Na, vielleicht a Stund. I hab ja was zum Lesen, is hochinteressant“, entgegnete er und hielt ihnen den Einband des Buches entgegen, sodass sie nun den ganzen Titel lesen konnten: „Hast du meine Alpen gesehen? Eine jüdische Beziehungsgeschichte“, stand da und man sah einen Mann mit Brille und Schiebermütze, der, an ein Geländer gelehnt, in die Weite eines sich vor ihm öffnenden Alpenpanoramas blickte.

„Habt’s ihr gewusst, dass der Paul Preuß a Jud war? Naa, oder?“

Die beiden schüttelten den Kopf.

„Und da gab’s a ganze Menge, die richtig guate Bergsteiger waren, echte Pioniere. Des is scho a Bildungslücke.“

„Dann nimm doch den Schinken mit und wir können oben noch ein bisschen darin schmökern“, meinte Martin Keller.

„Naa, i bin eh fast fertig. Des Ding is zu schwer, i nehm lieber an Wein mit. Wennst di dafür interessierst, leih i dir’s nachher aus. Da gibt’s gerad a Ausstellung im Jüdischen Museum in Hohenems, da haben’s des Buch gemacht. Wirklich guat, i kann euch ja unterwegs a bisserl was erzählen!", meinte Hias und legte das Buch zu Seite, um sich aufzusetzen.

„Gern. Hohenems, wart mal … Ja, da sind wir vorhin erst dran vorbeigefahren."

„Na, dann geht amal nei in des Museum, des lohnt sich. Des Wetter soll ja ab morgen Abend eh nit so guat werden. So, na dann pack mer mal die Sachen und fahren auffi, oder? Des san deine Ski, Kurt, und von dene zwoa Paar Schuh sollt dir eins passen. Probier mal", meinte er und zeigte auf die Ausrüstung zu seinen Füßen.

„Wohin gehen wir eigentlich, Hias?", fragte Martin, während Kurt anfing, die Schuhe zu testen.

„Mir gehen auf die Klostertaler Umwelthütte. Und morgen ganz gemütlich auf die Schneeglocke, die is 3223 Meter hoch, und des is do herinnen a echter Klassiker. Gegen Mittag san mir dann wieder unten."

„Ist die Hütte bewirtschaftet?"

„Naa, aber wenn man an Alpenvereinsschlüssel hat, kommt man in den Selbstversorger-Raum mit Lager eini. Die zwoa Räume sind schon wirklich gemütlich, mit Holzherd und so weiter, aber ansonsten ist die scho recht exotisch. Sollte nämlich mal a Riesenhüttn werden, dann hat lange nur der Rohbau gestanden und jetzt ham's halt a Selbstversorger-Hütte draus gemacht. Na ja, ihr werd's des ja nachher selbst sehen. Habt's gnuag zum Essen dabei?"

„Ich hab nur ein paar Riegel und Teebeutel", rief Kurt aus dem Bus, während die anderen bereits ihr Gepäck herausgeholt hatten und ihre Rucksäcke fertig machten.

„In meiner Fresskiste gibt es Nudeln mit Saucen und Pesto, Parmesan, Salami, Brot, Butter, Käse, Instant-Kaffee, Milchpulver, Müsli und noch ein paar Kleinigkeiten", sagte Keller. „Soll ich das mal einpacken?"

„Ja, des ist guat, aber des Pesto lass mer da, i hab noch a bisserl Gemüs zum Reinschnippeln für die Soß. Gib mir mal was ab von deinem Geraffel, und der Kurt kann ja auch no was tragen. Gewürze und Zucker gibt's da vielleicht noch doba."

Zwanzig Minuten später war das Trio abmarschbereit und lief mit dicken Rucksäcken und geschulterten Ski zur Vermuntbahn hinüber. Durch die Glasscheiben der Talstation, die aus einem türkisfarbenen Stahlgerüst errichtet worden war, erahnte man die rote Gondel, die sie gleich besteigen würden. In einem flacheren Anbau ging es zur Kassa, bei der Hias drei Tickets für sie löste. Auf einem gelben Schild mit einer einstellbaren Uhr sahen sie, dass die nächste Fahrt um 13.00 Uhr bergwärts ging. Sie hatten also noch fünf Minuten Zeit.

Sie liefen den Gang weiter, an dessen rechter Wand große Übersichtsbilder der Skitourengebiete hingen. So konnte man beispielsweise die Reviere der Heidelberger und der Jamtalhütte studieren. Die Touren waren je nach Schwierigkeit und Lawinenrisiko in der entsprechenden Farbe eingezeichnet: blau für wenig schwierig, rot für schwierig und gepunktet waren jene Routen, die nur bei guten Lawinenbedingungen zu begehen waren. Piz Buin, Dreiländerspitze und das Fluchthorn waren zu sehen, die großen Namen der Silvretta, sowie eine Unzahl kleinerer Gipfel und Übergänge.

Auch für das Tourenrevier südlich der Bielerhöhe mit dem Silvretta-Stausee gab es ein Übersichtsbild. Die Wiesbadener Hütte, die Klostertaler und Saarbrücker Hütte waren eingetragen. Die drei studierten den Hüttenanstieg und die Route auf die Schneeglocke, ihr morgiges Ziel. Es sah machbar aus, erst rot markiert der Weg über den zugefrorenen Silvrettasee und rechts ab in das Klostertal bis zur Hütte, dann noch etwas weiter auf der roten Route, die später über einen Pass namens Rote Furka in die Schweiz führte, hinüber zur Silvrettahütte und von da hinab nach Klosters. Noch vor der Passhöhe bog jedoch der blau markierte Aufstieg links, also südwestlich zur Schneeglocke ab.

„Macht's euch mal koa Sorgen, des is a viel begangene Route, und für einen normalen Skifahrer koa Problem. Würd mi wundern, wenn's da nit auch scho a Spur gäb. A guter Geher macht des vom See aus an einem Tag, aber mir gönnen uns no wie gewünscht a gemütliche Nacht in der Klostertaler Umwelthütten. Dann haben mir morgen nur noch knapp neunhundert Höhenmeter und a Wahnsinnsaussicht. Es is wirklich sehr schön dort droben, ihr werd's scho sehen!" Während er sprach, fuhr Hias mit dem Finger die Aufstiegsroute entlang.

„Und wie steht's mit dem Wetter, Hias?", fragte Martin.

„Also für morgen is no super gemeldet, ab morgen auf d'Nacht kimmt Schnee, aber da simmer scho lang wieder drunten und treffen uns mit dem Josef Brugger und seinem Schwager Markus, wenn ihr mögt. I bin mit ihm zum Abendessen verabredet am Arlberg drüben, beim Sailer in Sankt Anton. Kommt's ihr mit? Mir ham dacht, da habt ihr's nit so weit."

„Hm, ich weiß nicht recht, ich möchte Nadine eigentlich nicht so lange allein lassen in ihrem Zustand."

„Ach geh, Martin, ihr braucht ja nit über Nacht bleiben und könnt's danach heimfahren. Aber schaut's halt, wie ihr euch morgen fühlt's. Der Josef is mit dem Schuster Markus übrigens auch hier in der Nähe, auf der Jamtalhütte. Wir rufen ihn morgen mal an."

„Gut, dann entscheiden wir das morgen einfach spontan. Ich würde die beiden natürlich auch gerne wiedersehen."

Neben ihnen wartete noch eine fünfköpfige Gruppe mit Tourenausrüstung, die allerdings auf die Wiesbadener Hütte gehen wollte. Wenig später stiegen sie in die Gondel, die erst langsam, dann immer schneller empor schwebend das enge Talende des Montafons hinter sich ließ. Links von ihnen verlief entlang großer Masten eine mächtige Stromleitung, die den wertvollen Strom von den Stauseen hinaus zu den Kunden brachte, während die Kabine den steilen Berg emporflog, über sich langsam ausdünnende und zunehmend verschneite Nadelwälder hinweg.

„Na, da scheinen sie ja eine Menge Strom zu produzieren mit den beiden Seen", meinte Kurt Schubert.

„Ja, allerdings, die Illwerke, denen des alles gehört, haben da sogar noch a paar Seen mehr, nit nur den Vermunt- und den Silvrettasee. Da gibt's no den Kopsspeicher am Zeinisjoch, der is auch noch mal gigantisch, da passt mehr nei als in den Silvrettasee. Und den Lünersee, des is a Pumpspeicherkraftwerk, des is no größer. Und noch a paar kleinere Werke. Die sind alle mehr oder weniger miteinander verbunden und werden zentral gesteuert von den Illwerken. Die liefern den Strom dann nach Vorarlberg in a paar Umspannwerke bei Bludenz und sogar bei Bregenz, außerdem nach Tirol, aber auch viel nach Deutschland raus. Des is a ganz wichtiger Teil von der Stromversorgung in dem Raum. Soviel i weiß, beliefern's sogar die RWE, zumindest haben's des lange getan. Die waren früher sogar mal Miteigentümer von den Illwerken."

„Und die Illwerke haben auch die Silvretta-Hochalpenstraße gebaut, oder?"

„Ja, die gehört dene auch. Und da bekommen's natürlich die Straßenmaut. Auch die meisten Gebäude und des Hotel Silvrettahaus auf der Bielerhöhe gehören dazu. Ach und natürlich auch die Seilbahn, in der mir grad fahren. Die haben's übrigens erst in die neunziger Jahr eröffnet, das is vorher a Schrägaufzug gewesen. Und die Seilbahn gegenüber, die Tafamuntbahn, is au im Besitz der Illwerke, die fährt aber nur im Sommer."

„Na, dann haben die hier ja offenbar eine mächtige Stellung."

„Ja, aber die sichern natürlich auch a Menge Arbeitsplätze, als einer der größten Arbeitgeber in Vorarlberg, und zahlen entsprechend viel Steuern. Inzwischen ham die meisten da vor Ort a ganz guats Verhältnis zu die Illwerke, glaub i, aber früher gab's scho öfter mal Ärger."

„Na ja, der konnte ja gar nicht ausbleiben. Die haben ja sicher eine Menge Land gebraucht", meinte Martin.

„Und dann massiv in die Landschaft eingegriffen, richtig?", ergänzte Kurt.

„Ja, natürlich. Gerade die Galtürer, denen fast alles da oben gehört hat, waren nit immer einverstanden mit den Plänen und haben sich gegen manches zur Wehr gesetzt. Aber des war nicht der einzige Grund. Gerade beim Silvrettasee is auch die Frage, wie man den gebaut hat, problematisch. Aber so richtig interessiert des leider die meisten heut nit mehr, obwohl des in letzter Zeit doch wieder ab und an diskutiert wird“, sagte Hias. „So, da kommt die Bergstation, da steig mer jetzt um in den Bus zur Bielerhöhe.“

Die kleine Gruppe Skitourenbegeisterter drängte bald darauf aus der Gondel hinaus durch die Bergstation „Trominier“ dem wartenden Bus der Illwerke entgegen.

Nachdem alle ihre Ausrüstung verstaut hatten und eingestiegen waren, fuhr der Bus gleich in einen langen Tunnel, der im Inneren des Berges ohne jegliche Lawinengefahr zum Vermuntsee führte, und verschwand gleich wieder im nächsten Tunnel. Auf der anderen Seite des Sees, beim oberen Vermuntwerk, welches das Wasser des Silvrettasees in Strom verwandelte, kam er wieder heraus und schraubte sich danach langsam in weiten Kehren Richtung Bielerhöhe empor.

Die Sonne am noch immer makellosen Himmel beschien die Schneeflanken, die sich glitzernd und majestätisch zu immer höheren Gipfeln emporzogen. Die ganze Landschaft sah derart winterlich verpackt viel imposanter und hochalpiner aus, als es Martin Keller vom Sommer in Erinnerung hatte.

„So die Herren, jetzt isses glei halb zwei, und jetzt gehn mir erst amal am Madlenerhaus no was essen“, verkündete Hias. „Auf die Klostertaler Hütten san’s no höchstens zwoa Stund. Die Tage sind scho wieder länger, da wird’s erst nach sechse dunkel.“

Die anderen nickten zustimmend. Eine Haltestelle vor der Bielerhöhe stiegen sie aus und liefen mit geschultertem Rucksack auf ihren Ski zum Madlenerhaus hinüber. Es stand unterhalb der großen Staumauer zwischen lang gestreckten Holzhäusern, überragte diese aber nicht nur in seinen Abmessungen, sondern sah auch ganz anders aus mit seinen weiß verputzten Wänden, den blau-orange gestreiften Fensterläden und den holzverkleideten Giebeln.

8

Erst hörten sie, wie ein Auto in der Nähe hielt, das Schlagen der Türen, Stimmen eines Mannes und einer Frau, Schritte, Wortfetzen, die unklar zu ihnen drangen, dann pochte es laut an der Hecktür des Transporters.

„Polizei. Herr Draxl, Herr Brandstätter, sind Sie da drin?“, fragte ein Mann.

Draxl konnte nur grunzend mit den Füßen auf den Boden trommeln. Auch Brandstätter war nicht in der Lage, anders zu reagieren.

„Okay, wir holen euch gleich raus, wartet's an Moment.“

Kurze Zeit später wurde die Tür gewaltsam geöffnet, Licht drang in den Laderaum und zwei Polizisten schauten sie kopfschüttelnd an.

„Na, was ham's denn mit euch gemacht? So a Sauerei! Wir helfen euch gleich“, sagte ein kahlköpfiger Beamter in Uniform, während seine junge, sommersprossige Kollegin erstaunt ihre Handschellenschlüssel hervorkramte.

Gleich darauf waren die Handschellen geöffnet, die Kabelbinder durchgeschnitten und das Paketband vom Mund entfernt, sodass Hubert Draxl endlich reden konnte.

„Überfallen ham's uns, mit a Panzerfaust ham's auf uns gezielt, da konnten mir gar nix machen …“ Es sprudelte nur so aus ihm heraus.

„Ganz ruhig, die kriegen wir. Eins nach dem anderen. Gleich kommen die Kollegen aus Landeck, und die nehmen alles auf“, sagte der kahlköpfige Beamte, der sich als Heini Lechner von der Polizei in St. Anton am Arlberg vorstellte.

Im Hintergrund gab die junge Polizistin über Funk erste Informationen weiter, und ein paar Minuten später waren bereits die Sirenen der Einsatzfahrzeuge aus Landeck zu hören.

Durch die offenen Hecktüren des Kastenwagens sahen Draxl und Brandstätter, dass sie vom Tatort gerade mal rund hundert Meter gefahren waren und der Wagen neben einer Reihe von Holzschuppen stand. Der Pritschenwagen mit dem Baustellenklo parkte etwa zehn Meter hinter ihnen und versperrte die Zufahrt zu den Holzschuppen.

Draxl und Brandstätter saßen immer noch in den Schlafsäcken und rieben sich die Handgelenke, die an den Stellen schmerzten, wo sich zuvor die Kabelbinder eingeschnitten hatten.

„Chefinspektor Zangerl vom LKA Tirol, griaß Gott, die Herren! Ihnen scheint es ja den Umständen entsprechend gut zu gehen, das ist erst einmal des Wichtigste."

Draxl und Brandstätter grinsten gequält und betrachteten den mittelgroßen Mann in Zivilkleidung mit dem kleinen Bauch, den kurzen grauen Haaren und dem wachen Blick aus dunklen braunen Augen.

„Na, dann erzählen Sie mal, was abgelaufen ist, ganz ruhig und der Reihe nach. Wer von Ihnen ist Herr Draxl und wer Herr Brandstätter?" Zangerl zog einen Notizblock aus der Brusttasche, öffnete ihn und zückte einen Bleistift.

Die beiden berichteten von ihrer Fahrt, der fingierten Umleitung, dem Überfall, den vermummten Männern und wie sie im Transporter angebunden worden waren, und Inspektor Zangerl schrieb, fragte nach, schüttelte den Kopf.

„Zangerl?" Ein kleiner drahtiger Beamter blickte geschäftig in den Transporter.

„Ja, Lechleitner?"

„Der BMW von der TransSekuritas Austria steht da fünfzig Meter weiter vor dem Transporter. Den ham's mit einer Plane abgedeckt gehabt. Da hat's noch Trittspuren im Schnee. Wir sind gerade dabei, die zu sichern."

„So, deshalb also. Wisst's", Zangerl wandte sich zu Draxl und Brandstätter, „die Kollegen aus Sankt Anton sind da nämlich vor einer guten Stund schon mal vorbeigefahren und haben nach euch gesucht, aber nix gefunden. Jetzt wissen wir warum."

Während die Befragung voranschritt, beobachtete Draxl, wie zwei Beamte der Spurensicherung in weißen Anzügen begannen, den Pritschenwagen unter die Lupe zu nehmen.

Dann schaute er wieder Zangerl an und fragte unvermittelt: „Wie habt's ihr uns eigentlich entdeckt?"

„Über das GPS-Signal. Ihr wart über drei Stunden von eurer Zentrale nicht mehr zu orten gewesen, und auch eure Handys waren nicht erreichbar. Wie es in solchen Fällen üblich ist, hat eure Zentrale uns direkt verständigt. Wir haben dann sofort eine bundesweite Fahndung nach eurem Fahrzeug rausgegeben. Im Raum Landeck bis Innsbruck waren alle Streifen zur Sofortfahndung aufgerufen. Vor einer guten halben Stunde war das Signal dann plötzlich wieder da, wir konnten den Standort gleich ermitteln und die Kollegen aus Sankt Anton sind dann sofort hierher gefahren."

„Kollege Zangerl?", rief einer der beiden anderen Beamten vom Pritschenwagen herüber. Er stand auf der Ladefläche und hatte die dunkelgrüne Tür des hellgrünen Klosetts geöffnet.

„Ja, was ist, Gruber?"

„Des musst dir ansehen, des is der Wahnsinn!"

„Einen Moment bitte", entschuldigte sich Zangerl, ging hinüber und kletterte auf den Wagen. Auf der Tür des Plastikklos stand der Name der WC-Verleihfirma ALPE pipifine, von der das Klosett offenbar stammte.

„Na, des gibt's ja nit, so a Mordstrumm hab i no nia g'sehn", flüsterte er vor sich hin, während er ins Innere des mobilen WCs blickte. „Also, wenn ich mich nicht täusche, ist das der größte Jammer", er sprach das Wort englisch aus, „den ich je gesehen hab. Kein Wunder, dass des Signal weg war."

„Ja, und als der Störsender keinen Saft mehr gehabt hat, haben wir des Signal wieder empfangen. Ich denk mal, des war Absicht, die wussten genau, wie lang der Strom reicht und wollten die zwei nicht erfrieren lassen. Die Toilette haben's braucht, weil die aus Plastik ist, Metall hätt des Ding abgeschirmt. Und wie ich des seh, kann so ein Riesengerät nur ein Fachmann gebaut haben", ergänzte Gruber.

Zangerl sah immer noch fassungslos auf den metallenen Kasten mit den fünf etwa einen Meter langen Antennen in der Toilette und nickte.

„Fahrt das Ding nach Innsbruck, die sollen das auseinandernehmen. Das kann ja nicht vom Fließband sein. Und ruf mal bei der Firma …“, Zangerl blickte auf den Aufkleber auf der Tür, „ALPE pipifine an und frag die, ob die so ein Ding vermissen, und wenn ja, wo es verschwunden ist!“, befahl er Gruber. „Vielleicht hat es ja eine Nummer oder so, für den Fall, dass da mehrere weggekommen sind.“ Er ging zurück zum Transporter, drehte sich dann aber noch mal um. „Gruber? Noch eine Bitte!“

„Ja?“

„Wenn das Klo auf einer Baustelle verschwunden ist, dann möchte ich wissen, welche Firmen da gearbeitet haben, besonders welche Elektrofirmen und welche Elektriker, okay?“

„Ja, das krieg ich raus.“ Gruber grübelte. „Warum?“

„Naa, Gruber“, antwortete Zangerl seufzend, „schau halt noch mal ins Häusel eini!“

„Ah ja, klar! Aber so ein normaler Elektriker is ja kein Elektroniker. So was zu bauen, ist schon etwas anderes.“

„Na, vielleicht gibt’s da ja jemanden, dem es nicht genug ist, Leitungen zu ziehen und Sicherungskästen zu setzen. Ein Bastler oder einer, der noch was anderes nebenher macht. Frag halt mal nach.“

„Wird gemacht, Chef!“

Zangerl stieg wieder zu Draxl und Brandstätter in den Transporter.

„Jetzt wird`s aber Zeit. Bevor ihr mir erfriert, fahren wir zur Dienststelle in Sankt Anton. Im Warmen redet sich’s bedeutend leichter“, sagte Chefinspektor Zangerl, den es mittlerweile sichtlich fröstelte.

In der Polizeiinspektion St. Anton angekommen, bat Zangerl die beiden Werttransportfahrer in eines der hinteren Büros. Auf seine Bitte hin brachte die junge sommersprossige Beamtin drei Tassen mit dampfendem Kaffee.

Nach einem genüsslichen Schluck aus der heißen Tasse setzte Zangerl seine Befragung fort.

„Also, wie haben die ausgesehen? Fangen wir mit dem Mann an der Straßenabsperrung an, der euch in die Umleitung gewunken hat."

Draxl und Brandstätter schauten sich an.

„A Sonnenbrille hat er aufgehabt, vielleicht eins siebzig groß, an Bart hat er gehabt, rot, glaub i. Ja, an roten Vollbart hat er ghabt!", antwortete Brandstätter.

„Gut. Und die anderen drei?" Zangerl kritzelte weiter in seinen Notizblock.

„Na ja, die zwoa im Transporter ham mir ja erst gesehen, wie die schon maskiert waren, aber der auf dem Pritschenwagen, der hat an braunen Bart gehabt, des hab i im Rückspiegel erkannt. Und a Sonnenbrille hat er auch aufgehabt", meinte Draxl.

„Aha, noch ein Bärtiger und noch eine Sonnenbrille. Na, das ist ja nicht wirklich überraschend. Lechleitner?"

„Lechleitner!", schrie ein weiterer Beamter, der gerade aus dem Gang durch die halbgeöffnete Tür in das Büro blickte.

„Ja?" Der kleine Polizeibeamte kam gleich darauf angelaufen.

„Wir müssen eine Radiodurchsage machen. Da muss doch jemand was gesehen haben. Kannst du das organisieren?"

„Alles klar, Chef!" Lechleitner nickte kurz und verschwand.

9

Toni Oberschmid, der unermüdliche, schlanke Senior-Chef des Berggasthofes Piz Buin mit dem vollen grauen Haar, in der Region auch als leidenschaftlicher Musiker geschätzt, fuhr heute schon zum zweiten Mal ins Tal hinunter, um Touristen mit seinem roten Kässbohrer-Ratrac abzuholen. Die meisten davon transportierte er in der Extrakabine, die hinter dem Fahrerabteil der Pistenraupe montiert war. Wenn es nicht so viele Gäste waren, nahm er bei guten Verhältnissen gerne den historischen, aber perfekt restaurierten „Schneewiesel". Aber heute waren es laut Anmeldungen nochmals elf Leute, die von Galtür auf die Bielerhöhe hinauf wollten. Am Morgen hatte er schon eine Fahrt mit ebenfalls elf Gästen erledigt, mehr passten nicht in den PistenBully.

Je weiter er hinabfuhr, umso näher kam er der dörflichen, während der Saison schon fast städtischen Zivilisation. Zu dieser Jahreszeit flaute der Skizirkus des lang gestreckten Paznauntales schon langsam ab, das zwischen den steilen Bergflanken des Verwalls im Norden und der Silvretta im Süden eingekeilt lag. Es beherbergte einige renommierte Skiorte wie Kappl, Ischgl oder eben Galtür, jenen Ort, der am 23. Februar 1999 so hart von einer tragischen Lawinenkatastrophe getroffen wurde, dass ihn dann plötzlich fast jeder kannte, nicht mehr nur die Wintersportbegeisterten oder Bergsteiger. Viele erinnerten sich an die Bilder der unfassbaren Schneemassen, der zerstörten Häuser, an die Hubschrauber, die ständig über den Köpfen der rund um die Uhr arbeitenden Retter an- und abflogen und weitere Helfer, Ausrüstung, Treibstoff oder Verpflegung brachten und Verletzte, Kranke, Touristen, schließlich auch Todesopfer, mitnahmen. Doch als am Morgen des 24. Februar endlich der erste Hubschrauber kommen konnte, war Wesentliches schon getan, hatten die Galtürer gemeinsam mit den Gästen bereits eine Schicksalsgemeinschaft gebildet. Sie hatten Unglaubliches geleistet, ja leisten müssen. Den einunddreißig Toten aus Deutschland, den Niederlanden und eben aus Galtür standen über zwanzig Lebendbergungen gegenüber.

Es gab in diesen Tagen viele Schicksale, die zu begreifen oder zu verstehen nicht möglich war. Die südlich oberhalb von Galtür gelegene Jamtalhütte hatte schon einen Tag zuvor, am Montag, eine Lawine abbekommen und war teilweise zerstört worden. Gottlieb Lorenz, der Hüttenwirt, harrte mit zwei Mitarbeitern und drei Gästen teilweise ohne Strom dort aus, alle glücklicherweise unverletzt, bis er am Mittwoch von einem Militärhubschrauber evakuiert werden konnte. Von seinem Vater, der mitgeflogen war, musste er erfahren, dass seine junge Frau und seine Mutter im zuvor als sicher erachteten Haus in Galtür ums Leben gekommen waren.

Die Familie Oberschmid, die in Galtür wohnte, war damals auf der Bielerhöhe ebenfalls von der Außenwelt abgeschnitten worden, hatte in ihrem Berggasthof ausgeharrt und war von der großen Katastrophe verschont geblieben. Trotzdem waren auch ihnen diese Tage unvergesslich.

Heute erinnerten vor allem die Schutzwälle, die den Ort zukünftig vor den bedrohlichen Lawinen schützen sollten, an die große „Lahn“, und auch die Bergflanken waren mit massiven Verbauungen entschärft worden.

Toni Oberschmid passierte die Mautstation, die jetzt natürlich geschlossen war, und dann linker Hand den Abzweig zum Zeinisjoch, an dem eine Brücke über den Vermuntbach führte. Wenig später ließ er die Pritzenalpe rechts liegen und erreichte schließlich das Pumpwerkshaus Kleinvermunt, an dem er seine Passagiere üblicherweise abholte. Diese parkten auf dem großen Parkplatz in Wirl, dem kleinen letzten Ort vor der Mautstraße, und liefen bis hierher rund einen halben Kilometer zu Fuß.

Eine bunte Ansammlung normaler Touristen und Skitourengeher mit Rucksäcken und winterlichem Sportgerät wartete bereits auf ihn.

Toni stieg aus und war sofort von Fahrgästen umringt, die auf ihn einredeten, aber er fragte einfach schmunzelnd in die

Menge: „Griaß Gott zusammen, seid's ihr die Leut, die zur Bielerhöhe hinauffahren wollen?"

Eine vielstimmige Zustimmung kam als Antwort. „Guat. Also, i kann leider nur die mitnehmen, die reserviert haben, mehr passen nit eini."

Nachdem die Ski verstaut und die Gäste mit ihrem Gepäck eingeladen waren, startete er die Pistenraupe, die nun voll beladen wieder bergan fuhr. Trotz des großen Dieselmotors spürte Toni die zusätzliche Last deutlich.

Neben ihm saß ein Junge, der ihn mit allerlei Fragen zu dem imposanten Fahrzeug eindeckte: Wie viel es wiege, wie schnell es sei oder ob man damit nur im Winter fahren könne und dergleichen. Er gehörte zu einer vierköpfigen norddeutschen Familie, die eine Übernachtung im Piz Buin gebucht hatte. Sichtlich genoss er das Privileg, im Führerhaus mitfahren zu dürfen.

Ungefähr auf der Hälfte des Rückwegs überholten sie eine mit Tourenski tapfer aufwärtssteigende Vierergruppe, die offenbar die Fahrkosten sparen wollte.

Als sie oben ankamen, es war gegen 13 Uhr mittags, stiegen alle aus und zahlten den Fahrpreis. Ein Pärchen und fünf Männer marschierten anschließend auf ihren Tourenski in Richtung der Hütten, die Familie mit dem Sohn, der schließlich stolz wie ein alter Pistenraupenpilot ausgestiegen war, checkte im Berggasthof Piz Buin ein.

„260 PS hat der PistenBully, und der kann natürlich noch viel steiler den Berg rauffahren, macht der Toni aber natürlich nicht mit den ganzen Leuten hinten drin, damit die keine Angst kriegen …", erzählte der Junge seinem Vater begeistert, der ihm schmunzelnd die Tür zum Gasthof aufhielt.

10

„Das ist ja ein richtiges Dorf hier oben!“, rief Kurt Schubert beim Anblick der Gebäude aus, die sich rund um das Madlenerhaus gruppierten.

„Das trifft es genau“, erwiderte Hias Steger. „Das ist das Silvrettadorf, man nennt es auch so. Das Madlenerhaus war ja auch schon viel früher da als der Staudamm, des hat die Sektion Vorarlberg errichtet, scho vor 1900, und die haben es dann, weil sie finanziell klamm waren und die erste Hütte inzwischen zu klein geworden war, an die Sektion Wiesbaden verkauft. Die konnten die notwendige Erweiterung bezahlen und haben ja scho die Wiesbadener Hütte gebaut ghabt, und so hat des gut z’samm passt. Allerdings hat es ursprünglich ganz anders ausgesehen, aber da hat’s leider vor a paar Jahr gebrannt.“

Hias, Martin und Kurt liefen auf ihren Tourenski zwischen den Holzhäusern hindurch auf das Madlenerhaus zu, dessen Eingang auf der Rückseite lag.

„Die Häuser da sehen aber irgendwie mehr nach Baracken aus, die sind noch nicht so alt, oder?“, fragte Martin Keller.

„Ja, das sind die ehemaligen Unterkünfte der Arbeiter, die den Staudamm gebaut haben. Manche freiwillig, aber die meisten unfreiwillig.“

„Wie, unfreiwillig?“

„Na ja, das waren vor allem Zwangsarbeiter.“

„Bitte?“

„Ja klar, bei den Illwerken haben im Krieg über fünftausend Männer aus aller Herren Länder gearbeitet. Alle möglichen Kriegsgefangenen haben da im Zweiten Weltkrieg schuften müssen.“

„Ach du meine Herren, das wusste ich nicht!“, erwiderte Kurt Schubert.

„Tja, des wissen viele nicht! Bei uns war’s seit den neunziger Jahren ein wenig in der Diskussion, als es um die Entschädigung von den Zwangsarbeitern gangen is. So, aber jetzt essen mir erst amal was Gscheit's!" Hias schnallte sich die Ski ab, lehnte sie an einen Ständer, trat in einen Vorraum, in dem man die Skischuhe gegen Hüttenschuhe tauschte, und hielt seinen zwei Begleitern die Tür zur Gaststube auf, über der in roten Lettern die Aufschrift „Hemingway-Stube" zu lesen war. Leise Musik erfüllte den Raum.

Gleich links war ein langer Tisch, über dem ein Bild des noch jungen amerikanischen Schriftstellers John Dos Passos an der Wand hing. Bärtig, mit Mütze und dickem Pullover schaute er in die Kamera. Es stammte aus dem Jahr 1925, in dem sein epochaler Erfolg „Manhattan Transfer" erschien, einer der großen Romane des letzten Jahrhunderts. Dos Passos hatte die Hemingways auf dem Madlenerhaus besucht und dieses als eine Art Skihütte beschrieben, war unter dem Foto zu lesen. Nochmals darunter, auf einem Holzschild, stand „Hemingways Ecke".

„Nehmen wir gleich den Tisch hier?", schlug Kurt Schubert vor, da alle Plätze noch frei waren.

„Von mir aus, der Hemingway wird ihn uns nit mehr streitig machen, denk i mal", meinte Hias schmunzelnd. „Setzt's euch, i kimm glei!" Er ging an einem schönen Kachelofen vorbei an die Theke, um den Wirt zu begrüßen.

Martin schaute sich in der liebevoll eingerichteten Gaststube um. Tische, Stühle, Schränke, ein Raumtrenner und auch die Stubendecke waren gekonnt aus Holz gefertigt, wirkten aber doch recht neu. Alt hingegen waren die Bilder und diverse Ausrüstungsgegenstände wie Skistöcke, Schneeschuhe, Pickel, rostige Schlaghaken, ein alter Hammer oder geschmiedete Steigeisen, die an der Wand hingen.

Hias kam mit zwei Speisekarten zurück. „So, bittschön. Da könnt's mal neischaun, aber i tät vorschlagen, mir machen nit groß rum und bestellen alle Kaasspatzn. Die san hier besonders guat, gehen am schnellsten und der Edi hat nit so viel Verschiedenes zu richten."

Martin und Kurt stimmten zu, aber Kurt blätterte trotzdem in der Speisekarte. „Sag mal, Hias, die Einrichtung ist ziemlich neu, aber die Hütte ist ja die älteste auf der Seite der Silvretta, die war ja lange vor dem Staudamm da. Wie kommt das?", fragte er dann.

„Tja, die is vor a paar Jahren abgebrannt, des hab i euch ja vorhin scho gesagt. Aber des kann dir der Edi sicher genauer erzählen", meinte Hias und zeigte auf den Wirt, der gerade kam, um die Bestellung aufzunehmen. Sein freundliches Gesicht zierte ein gezwirbelter blonder Schnurbart.

„So, was wollt's gern essen?", fragte er in die Runde.

„Mir nehmen die Kaasspatzn, Edi."

„Und zum Trinken?"

„Eine große Apfelschorle bitte", antwortete Kurt, die anderen schlossen sich an.

„Sag amal, Edi, wie war des, als die Hüttn abbrannt is?"

„Ah, des war an Allerheiligen 2001, am ersten November, muss a ganz klarer Tag gewesen sein. Dummerweise war genau in der Zeit keiner droben. Die Familie vom Toni, vom Berggasthof Piz Buin, die haben die Rauchsäule gesehen, sind vorgefahren und haben dann sofort die Feuerwehr alarmiert. Die Straße war ja noch offen und die Feuerwehr kam von beiden Seiten auffi. Und wie des manchmal so is, hatten's wohl damals koane Atemschutzgeräte dabei und konnten nit eini, weil es war ja a Schwelbrand, wohl a Kurzschluss, und alles voller Rauch. Deshalb haben's dann des Dach aufgemacht, aber da is des Feuer erst richtig losgangen. Im Schlafbau waren der erste Stock und der Dachstuhl abgebrannt und der Rest stand danach unter Wasser. Des haben die Wiesbadener gsagt, ob's wirklich so war, kann i nit sagen, mir sind erst seit 2007 hier Pächter. Jedenfalls war's a richtig großer Schaden. Die Sektion Wiesbaden hat's dann wieder aufgebaut, und im Sommer 2003 is des Haus dann wieder eröffnet worden."

„Wie schade um die alte Hütte, wenn man die Bilder sieht", bemerkte Kurt.

„Ja, sicher, aber auch die alte Hüttn is ja dauernd umgebaut und erweitert worden. Und des Schlafhaus musste ja nach am Sturmschaden 1974 schon amal erneuert werden. Und gleich a paar Jahr danach, nämlich 1980, hat's da auch schon mal im Erdgeschoss gebrannt, aber nit so verheerend wie dann 2001."

Edi ging in die Küche und kümmerte sich um das Essen.

Die drei Freunde sprachen über den Aufstieg zur Hütte und die morgige Tour auf die Schneeglocke, eine nicht steile, eher harmlose Tour, die dem Umstand Rechnung trug, dass laut Lawinenlagebericht die Gefahrenstufe drei herrschte.

Nach vielleicht zehn Minuten servierte Edi die herrlich duftenden Kaasspatzn.

„War das Madlenerhaus eigentlich das erste Haus hier oben?", wollte Martin Keller von ihm wissen.

„Ja, des ist 1884 gebaut worden, vorher gab's da nur a Alm. Des Madlenerhaus hat sogar des Recht gehabt, eigenes Vieh zu halten. Des Silvrettadorf entstand erst mit dem Staudammbau Ende der dreißiger Jahre, da haben's Arbeiter und Zwangsarbeiter drin untergebracht. Die Barbara-Kapelle und die anderen Häuser oben am Damm kamen erst viel später."

Die Kaasspatzn waren vorzüglich und die Gäste zufrieden, und nachdem sie gezahlt und sich sehr herzlich und dankbar vom Wirt verabschiedet hatten, traten sie nach draußen, zogen die Felle auf, legten die Ski an und stiegen hinauf Richtung Silvrettasee.

Edi, der Hüttenwirt, ging zurück in die Küche und bereitete das Abendessen für die gut vierzig Hausgäste vor. Ein Schlager dudelte aus dem Radio, und er hatte noch eine Menge zu richten.

Die Musik verebbte und ein Sprecher war zu hören.

„Radio Tirol … Wir unterbrechen unser Programm für eine wichtige Durchsage der Polizei: Wie bereits in der Mittagsinformation kurz berichtet, kam es heute gegen 10.30 Uhr im Gemeindegebiet von Sankt Anton am Arlberg im Bereich der Bundesstraße 197 zu einem Raubüberfall auf ein Werttransportfahrzeug, bei dem Diamanten im Wert von ca. 1,5 Millionen Euro erbeutet wurden.

Das Landeskriminalamt Tirol bittet in diesem Zusammenhang dringend um Ihre Mithilfe zur Aufklärung des Tatherganges. Das betroffene Werttransportfahrzeug, ein anthrazitgrauer BMW der Fünfer-Baureihe, wurde an einer vorgetäuschten Straßenbaustelle in Sankt Jakob am Arlberg von der B 197 durch eine Unterführung in den Bereich eines angrenzenden Sägewerkes umgeleitet und dort überfallen.

An der Tat beteiligt waren zwei weitere Fahrzeuge, ein weißer Kastenwagen Ford Transit sowie ein hellblauer VW-Pritschenwagen, der ein auffallendes, grünes Baustellen-WC geladen hatte. Sie dürften, so wie das überfallene Werttransportfahrzeug, ebenfalls auf der B 197 in Fahrtrichtung Landeck unterwegs gewesen sein.

Wer kann Angaben zu der vermutlich männlichen Person machen, die an der vorgetäuschten Baustelle die Fahrzeuge der Fahrtrichtung Landeck in die rechtsseitige Unterführung umleitete?

Wer im genannten Zeitraum auffällige Beobachtungen, insbesondere im Bereich Sankt Jakob am Arlberg gemacht hat, die mit der Tat im Zusammenhang stehen könnten, wird dringend gebeten, mit dem Landeskriminalamt Tirol unter der Rufnummer 059 133 70 Kontakt aufzunehmen.

Sachdienliche Hinweise zu diesem Vorfall, die vertraulich behandelt werden, nimmt aber auch jede andere Polizeidienststelle gerne entgegen."

Edi, der gerade Tomaten schnitt, hatte erstaunt aufgehorcht und rief, während bereits der nächste Schlager aus dem Lautsprecher plätscherte, zu seiner Frau nach hinten: „Hast g'hört, Lina? In Anton drüben hat's an Überfall auf a Werttransportauto geba! Dass so eppes bei uns do passiert?"

An der Staumauer angekommen, konnten sie über die ganze Bielerhöhe schauen. Noch weiter oberhalb lag die Kapelle, unterhalb die Betriebsgebäude der Illwerke, dahinter das Silvrettahaus mit Restaurant, das ebenfalls die Illwerke betrieben, und gut hundert Meter weiter der Berggasthof Piz Buin mit dem Skilift, hinter dem es wieder hinabging nach Galtür in das Paznauntal. Direkt neben dem imposanten Betondamm stand ein weiteres Gebäude der Illwerke. Es diente im Sommer dazu, Souvenirs, Karten, Verpflegung und dergleichen den Touristen zu offerieren, die über die mautpflichtige Silvretta-Hochalpenstraße heraufkamen und auf dem großen Parkplatz davor Halt machten. Bei gutem Wetter kamen sie in Scharen, um den See und die Gipfel und Gletscher der Silvretta zu bewundern oder die Bielerhöhe als Ausgangspunkt für Touren zu den Bergen und Hütten oberhalb zu nutzen.

Der zugefrorene, verschneite Stausee erstreckte sich über zweieinhalb Kilometer nach Süden, hinein in die Bergwelt. Das war das Herz der Silvretta. Der Kleine und der Große Piz Buin mit seinen 3312 m ragten wie zwei ebenmäßige dunkle Zähne über den seicht ansteigenden, weiß leuchtenden Gletschern auf. Sie waren die bekanntesten Gipfel der Gebirgsgruppe, möglicherweise auch dank einer populären Sonnencreme. Links oberhalb des Sees stand das Hohe Rad, ein im Sommer leicht zu erwandernder Aussichtsgipfel, vor dem blauen Märzhimmel.

„Wow“, entfuhr es Kurt, „das ist wirklich toll hier oben.“

„Gell? Ich kenne es ja auch nur aus dem Sommer, da ist es schon schön, aber jetzt im Winter sieht es noch mal beeindruckender aus“, ergänzte Martin.

„Des find i auch! So, aber jetzt zieh mer die Felle wieder runter, weil jetzt lauf mer erst mal über den See. Da gleitest ohne Felle einfach besser ummi.“

Ein paar Meter ging es hinab, bis sie auf einer gut benutzten Spur bretteben über den See auf die Berge zuhielten. Es war Viertel nach drei.

11

„Na, Ruedi, jetzt wartest amal ab, es gaht no weiter nauf, wirst scho sehn!“, sagte Peter zu seinem erheblich jüngeren Kollegen Ruedi, dem immer größere Fragezeichen ins Gesicht gemalt schienen, nachdem sie eben an der Silvrettahütte einfach vorbeigestiegen waren. Die anderen beiden liefen schmunzelnd hinterher.

Die Vierergruppe in ihren grauen Hosen und blauen Jacken legte ein flottes Tempo vor, man sah den Männern an, dass sie allesamt gute Alpinisten waren. Sie gehörten einer Sondereinheit der Kantonspolizei Graubünden an, dem sogenannten Alpinkader. Dessen Mitglieder arbeiteten als normale Polizeibeamte in alpinen Orten, verfügten aber über eine Zusatzqualifikation, die sie für Einsätze im Hochgebirge befähigte. Dann wurden sie zusammengerufen und suchten beispielsweise mit Hunden oder per Helikopter nach vermissten Personen, verfolgten Flüchtige im Gebirge oder untersuchten Unglücke.

Ruedi, sportlich und eher klein gewachsen mit blonden gewellten Haaren, der diese Ausbildung gerade abgeschlossen hatte und Teil der Sondereinheit geworden war, war nun von den Kollegen zu einer „Übung“ hinzugezogen worden, allerdings ohne ihm zu sagen, wohin und worum es eigentlich ging. Bis eben hatte er noch geglaubt, sie würden nur auf der Silvrettahütte einkehren, die auch um diese Zeit bewirtet war, da diese Gegend ja ein klassisches Skitourenareal war. Der nette junge Hüttenwirt Stefan hätte ihnen in der alten Stube von 1920, die kürzlich in den neuen Anbau eingepasst worden war, etwas Leckeres serviert. Daneben hätte heimelig der Kaminofen gewärmt – aber es sollte nicht sein. Allerdings hatten auch die vollen Rucksäcke der anderen dagegen gesprochen, genauso wie die Tatsache, dass sie ihm aufgetragen hatten, Matte und Schlafsack mitzunehmen.

„Keine Angst, wir haben es nimmer weit!“, meinte Marcel, ein atlethischer Polizist um die fünfzig, mit grauen Augen und einem akurat gestutzten braunen Bart. Er war der Ranghöchste von ihnen und hatte offenbar die ganze Aktion ausgeheckt. Er lief inzwischen voraus und drehte sich nicht um, sonst hätte Ruedi sein breites Grinsen sehen können.

Klar, weit konnte es nicht mehr sein, denn sie stiegen ja direkt in Richtung der Roten Furka, jenes Übergangs, der genau auf der Grenze zu Österreich lag. Und es gab wohl gerade keinen Grund, bewaffnet im Nachbarland herumzulaufen.

Als sie sich der Scharte näherten, steilte der Hang auf. Sie spurten einige Kehren, bis es flacher wurde, und Marcel lief nicht weiter in den Pass, sondern bog nach links in die Felsen ab, wo bald eine kleine Hütte zum Vorschein kam. Die alte Schweizer Zollhütte war die letzten Jahre noch verpachtet gewesen und nun vom Staat der Gemeinde Klosters übertragen worden. Marcel stieg aus den Ski, setzte den mächtigen Rucksack ab und zog die Lawinenschaufel aus den seitlichen Befestigungen. Die alte Holztür war bis zur Hälfte hoch verschneit.

„So, dann wolln mir mal ufsperre“, bemerkte er lakonisch, während er begann, den Eingang frei zu schippen.

„Haben wir denn einen Schlüssel?“, fragte Ruedi.

„Sag amal, was hältst jetzt von uns? Meinst, mir schleppen unsere Rucksäck da einfach so ufä? Natürlich haben wir einen Schlüssel!“, antwortete Marcel mit einem triumphierenden Unterton, zog ihn aus der Jackentasche und hielt ihn in die Höhe. Nun mussten auch die anderen beiden lachen, die froh waren, ihre überschweren Rucksäcke endlich abstellen zu können.

Einige Minuten später drehte Marcel den Schlüssel um und öffnete die Tür. Drinnen war es stockdunkel. Ein Tisch stand vor einer kleinen Eckbank, ein paar Stühle davor, ein Holzofen, daneben ein Schrank, ein Hängeregal mit ein paar Kochutensilien darüber und zwei alte Stockbetten auf der anderen Seite des Raumes. Ein paar Bergbilder zierten die Wände. Marcel tastete sich nach rechts zu den beiden Fenstern vor, öffnete sie und stieß die Läden auf, sodass das helle Licht des winterlichen Gebirges in die Hütte drang.

„So, dann chömmet inni, ich heiz derweil mal an.“ Marcel begann die Holzscheite und das Anzündholz, das er vorbereitet hatte, aus seinem Rucksack zu holen und bestückte geschickt den Ofen damit. Bald züngelten darin die Flammen. Währenddessen packten die Kameraden ihre zahlreichen Mitbringsel aus: Raclettekäse, kleine Racletteöfchen, Teelichter, Kartoffeln, Tomaten, Gurken, Zwiebeln, vier Flaschen Fendant und Dôle aus dem Wallis, ein Fläschchen Kirsch, Weißbrot, Kaffee, Milch, Marmelade, Butter, Wurst, Eier ...

Ruedis Augen wurden immer größer. „Sagt amal, was gibt jetzt das?“

„Herzlichen Glückwunsch, lieber Ruedi, zu deiner bestandenen Ausbildung. Du bist jetzt einer von uns, und da haben wir uns gedacht, wir müssen das mit dir angemessen feiern. Was meinst, mach mir uns an netten Abend?“

„Ts …“ Ruedi rang noch nach Worten. „Da habt ihr mich schön angeschmiert: Ernstfallübung …“ Ruedi schüttelte den Kopf.

„Na, des isch ja au a Ernstfall, oder? Also ich hab jetzt Durst, und ihr?“ Marcel schaute sich zu den beiden Kollegen um, die lachend nickten.

„Ja unbedingt, des isch a ganz dringender Notfall!“, antwortete Peter, der ältere der beiden. Er war fünfundvierzig, hatte kurze graue Haare, ein mittelgroßer, drahtiger, bergbegeisterter Kollege, der gleich darauf die erste Flasche Fendant öffnete und die Gläser auffüllte, die er aus dem Regal genommen hatte.

„So Ruedi, wir trinken auf dich!“, sprach René, der Vierte im Bunde, der aus dem nahen Davos kam, Mitte dreißig war und dessen wüster blonder Haarschopf die anderen drei Polizisten um mehr als einen Kopf überragte.

„So, gehen wir noch mal einen Blick über die Grenze werfen, oder?“, schlug Ruedi vor und ging Richtung Tür, als sie die Gläser geleert hatten.

Die anderen stimmten zu, und während es in der Hütte langsam warm wurde, liefen sie beschwingt die restlichen zweihundert Meter in die 2688 Meter hohe Rote Furka, um hinüber nach Österreich ins Klostertal zu schauen, das sich zum Silvrettasee hinab zog.

Aus dem Schornstein der kleinen Hütte rauchte es einladend. Es würde ein schöner Abend werden.

12

Am Ende des Sees teilte sich die Spur. Links ging es ins Ochsental zur Wiesbadener Hütte, rechts zur Klostertaler Umwelthütte.

Nachdem Hias, Kurt und Martin den kurzen steileren Aufschwung vom Ufer bis ins flacher werdende Klostertal überwunden hatten, konnten sie die Hütte schon sehen. Sie stand links oberhalb einer Talverengung auf einem Felsriegel. Das Tal wurde von steilen Bergflanken eingerahmt, die eine Begehung bei schlechten Verhältnissen gefährlich machten. Die Sonne stand inzwischen tief, es wurde kälter und die Berge der Silvretta warfen lange Schatten.

Nach einer knappen Stunde passierten sie die felsige Verengung und stiegen dahinter in einer großen Kurve links hinauf zur Klostertaler Umwelthütte, deren tatsächliche Größe sie erst jetzt erkennen konnten. Der Eingang befand sich an der südexponierten Schmalseite, an der große Sonnenkollektoren montiert waren. Durch eine zweigeteilte Tür mit einem oberen und einem unteren Flügel gelangte man in das Untergeschoss. So konnte man die Hütte auch betreten, wenn der untere Teil der Türe verschneit war. Oberhalb befand sich ein zweiter Eingang, der über eine Treppe und einen Vorbau zu erreichen war. Diese Tür war jedoch vom Schnee blockiert und verschlossen.

Die drei Freunde schnallten ihre Ski ab und zogen die Felle runter, um sie zum Trocknen mit hineinzunehmen. Drinnen war es dunkel, rechts ein Holzverschlag, die restlichen Räume waren nur schemenhaft erkennbar. Die Wände waren unverputzt, der Boden im Eingangsbereich war aus grobem Beton, weiter im Inneren lagen Bretter und loser Schutt.

„Gebt's die Ski her, mir stellen sie da in den Keller", sagte Hias, nachdem er das Licht angeschaltet hatte. „Die Felle könnt's ihr oben aufhängen."

Sie lehnten die Ski an den Holzverschlag. Gegenüber führten zwei Gänge in das weitläufige Untergeschoss der großen Hütte, das man nicht überblicken konnte, da das wenige Licht nur ein paar Meter weit reichte. Die Räume schienen in einem schwarzen Nichts zu enden.

Rechts ging eine Treppe hinauf, das Geländer war aus unbehandelten Holzbrettern zusammengeschraubt. Alles vermittelte einen behelfsmäßigen, unfertigen Eindruck, wie auf einer Baustelle. Am Ende der Treppe war eine Tür, die in den ausgebauten Bereich führte. Durch einen Flur ging es rechts durch eine weitere Tür in einen größeren Raum. Rechter Hand waren drei Lager, die auch ohne einen Alpenvereinsschlüssel zugänglich waren, gegenüber eine Biertischgarnitur, links davon ein SOS-Telefon, ein Gang, der zu weiteren Räumen führte und links des Ganges ein raumhohes Schuhregal, in dem bereits einige Tourenstiefel standen. Man konnte schon die Stimmen der anderen Tourengeher hören, sie waren also nicht allein.

Sie zogen die Stiefel und die Jacken aus und legten die Felle über die Biertischgarnitur. Dann gingen sie den Flur weiter, an dessen Ende rechts die Toilette, geradeaus die versperrte Tür zum Bereich der österreichischen Bergrettung und links der Selbstversorgerbereich der unbewirtschafteten Hütte lagen. Dieser war normalerweise nur mittels Alpenvereinsschlüssel zugänglich, aber nun natürlich bereits offen. Hias betrat als Erster den gemütlichen holzverkleideten Aufenthaltsraum. Rechts standen drei Tische, linker Hand waren ein Regal, darunter ein Schrank und der Holzherd, welcher, mit Töpfen bestückt, eine wohlige Wärme ausstrahlte. Hinten links, neben einem hohen Schrank, ging es weiter ins Matratzenlager. Grelles Licht fiel durch die Fenster gegenüber der Eingangstür, sodass Martin Keller fast versucht war, seine Sonnenbrille wieder aufzusetzen.

„Griaß eich!“, sagte Hias.

Die restlichen Gäste, die an zwei der drei Tische saßen, wendeten kurz ihren Blick zu ihnen und erwiderten die Begrüßung, um gleich darauf ihre Gespräche weiterzuführen.

Martin, Kurt und Hias suchten erst mal das helle Matratzenlager auf, das achtzehn Schlafplätze auf zwei Etagen bot.

Die obere Ebene war über zwei Holzleitern zu erreichen. Am Ende des Raumes war ein Regal mit großen Fächern, in dem sie ihre Rucksäcke verstauten, nachdem sie die Zutaten für das Abendessen herausgenommen hatten.

Sie gingen zurück, um zu kochen. Gleich der erste Tisch war noch frei. Am Ecktisch neben ihnen saßen zwei Männer und eine Frau, am Tisch rechts davon, neben der Eingangstür, aßen vier Männer von ihren dampfenden Tellern. Hias kümmerte sich um Töpfe, Geschirr und Bestecke, während Kurt und Martin am Tisch Platz nahmen und begannen, das Gemüse zu zerkleinern.

„Sag mal, Hias, wie war das mit dem Staudamm?", fragte Kurt. „Du hast gesagt, über fünftausend Zwangsarbeiter hätten da mitgebaut, hat's denn für die später eine finanzielle Wiedergutmachung gegeben?"

„Ja, nach langem Hin und Her. Erst haben's gesagt, dass des ja gar nit mehr richtig zu rekonstruieren gewesen wär, wer da alles gearbeitet hat. Dann, als die Historiker immer mehr Namen zusammengetragen hatten, war irgendwann klar, dass des so nit geht. Ab 2001 haben sie dene Leut dann doch eppes vergütet, aber da hat eh kaum noch einer gelebt", führte Hias Steger aus. „Die Illwerke haben in den dafür gegründeten Fonds der österreichischen Industrie eingezahlt, und aus dem haben's die Leut dann entschädigt, immerhin. Vorher haben sie versucht, die Forderungen an den deutschen Entschädigungsfonds weiter zu verweisen, aber des hat natürlich nit viel Sinn gemacht, weil man den Deutschen ja nach dem Krieg ihre Anteile weggenommen hat. Die haben die Illwerke ja mitgegründet in den zwanziger Jahren, vor allem die RWE, die Energieversorgung Schwaben und das Land Württemberg. Denen hat ja mehr als die Hälfte gehört und dann gar nix mehr."

Martin war erstaunt, dass Hias offenbar gut Bescheid wusste. „Und wie kamen die Zwangsarbeiter hierher?"

„Na ja, die meisten waren ja Polen, Ukrainer und Russen, die haben's mit der Bahn gebracht nach Bregenz und dann nach Bludenz. Anfangs kamen die Arbeiter noch freiwillig aus der Ukraine, da haben's dort richtig Werbung gemacht, aber des waren nit genug, und so wurden dann die Leut zwangsverpflichtet. So, I geh mal naus Schnee holen, für's Nudelwasser", verkündete Hias und verschwand mit einem großen Topf.

„Entschuldigen Sie, wenn ich mich einmischen darf?", sagte ein kleiner, rothaariger Mann neben ihnen am Ecktisch. „Ihr Freund hat recht, im Wesentlichen waren die Zwangsarbeiter Ukrainer, Polen und Russen, anfänglich jedoch vor allem Franzosen, Belgier und später auch viele Griechen."

Neben ihm saßen eine zierliche blonde Frau und ein weiterer Mann, die aufmerksam zuhörten. Auch die vier Tourengeher am dritten Tisch schienen inzwischen ihre Aufmerksamkeit auf das Gespräch zu lenken.

„Aber vielleicht muss man die Frage etwas anders beantworten", fuhr er fort. „Es gab die Zwangsarbeiter, die man damals zivile Arbeitskräfte genannt hat, und es gab die kriegsgefangenen Soldaten. Insgesamt waren Menschen aus über zwanzig Nationen auf den Baustellen."

„Sie scheinen sich ja gut auszukennen", sagte Martin. Hias war inzwischen wieder mit einem Topf voller Schnee zurückgekehrt und hatte die letzten Worte noch mitbekommen.

„Tja, ich bin Historiker. Das ist zwar nicht mein Forschungsgebiet, aber ich beschäftige mich trotzdem ein wenig damit, weil des ja mei Heimat is, und es ist ja auch ein Teil unserer Geschichte. Andreas Mader ist mein Name. Ich hab in Innsbruck studiert. Des is mei Freundin Angelika und des is a guater Freund von uns, der Stefan", sagte er, auf die anderen zeigend.

„Freut mich!" Martin stellte sich und seine Begleiter vor. „Guten Appetit, ich hoffe, wir stören euch nicht."

„Naa, natürlich nit. Ich zumindest find die Themen immer interessant. Jedenfalls haben sie die Zwangsarbeiter damals schon auch unterschiedlich behandelt. Die Russen, Polen und Ukrainer hatten es am schlechtesten, die waren in der Rassenideologie der Nazis am wertlosesten. Aber man hat alle gnadenlos ausgebeutet. Für die Russen und Ukrainer war es allerdings doppelt schlimm: Als die nach Hause kamen, sind sie noch mal bestraft worden, weil sie für den Feind gearbeitet hatten.“

„Wie das?“, fragte Angelika, Andreas’ hübsche Freundin, die noch kleiner war als er.

„Die haben daheim einfach keinen Fuß mehr auf den Boden gebracht, die hatten keinerlei Aufstiegschancen mehr und mussten teils den doppelten Wehrdienst ableisten. Deren Leben war verpfuscht.“

„Wie viele Zwangsarbeiter gab’s damals eigentlich?“, fragte der eher stämmige Stefan, der neben Angelika saß.

„In ganz Österreich waren es etwa eine knappe Million. In der Vereinbarung über den österreichischen Versöhnungsfonds aus dem Jahr 2000 mit den betroffenen europäischen Ländern ging man dann noch von 150 000 Empfängern aus. Der Fonds sollte rund 850 Millionen Euro schwer sein. Letztendlich ist aber nur etwas mehr als die Hälfte eingezahlt worden, rund 440 Millionen, aus denen man dann ungefähr 132 000 Menschen entschädigt hat.“

„Wie viel hat denn da ein einzelnes Opfer bekommen?“, wollte Angelika wissen.

„Wenn man das ausrechnet … Moment …“, Andreas zückte sein Handy und tippte in den Taschenrechner, „kommt man im Schnitt auf etwas über 3300 Euro pro Person. Das ist natürlich wenig für mehrere Jahre Arbeit unter diesen Bedingungen.“

„Und die Illwerke? Was haben die gegeben?“, wollte Hias wissen.

„I mein, gut 600 000 Euro. Wenn man sieht, dass es über fünftausend Männer waren, die bei den Illwerken Zwangsarbeit verrichtet hatten, ist die Entschädigung ziemlich günstig gewesen.“

„Das ist ja unglaublich!“, entfuhr es Martin.

„Ja, aber ihr Deutschen habt’s auch nit früher entschädigt, und auch in einer vergleichbaren Höhe“, entgegnete Andreas.

„Beschämend“, antwortete Martin, und Kurt schüttelte nachdenklich den Kopf.

„Die Arbeiter da auf den Baustellen haben ja brutal hungern müssen. Den Ukrainern und den Russen haben's gerade mal eine Tasse Kaffee, dreihundert Gramm Brot und einen Teller Suppe am Tag geben, und damit haben's zum Teil drei, vier Jahre arbeiten müssen. Des ist ja klar, dass des nit alle durchgestanden haben", meinte nun Hias.

„Na ja, aber zu Hause hätten's wahrscheinlich no mehr hungern müssen!", mischte sich der größte der Männer aus der Vierergruppe ein, ein hagerer Typ mit kurzen, schütteren dunklen Haaren und einem stechenden Blick. „Wer weiß, ob sie den Krieg in ihrer Heimat überhaupt überlebt hätten. Außerdem haben sie, soviel ich weiß, zu essen bekommen je nachdem, wie schwer ihre Arbeit war."

„Also i kann nur sagen, was i gelesen hab, was die Ukrainer selbst erzählt haben. Was ihnen theoretisch zugestanden hätt, is doch oft gar nit bei die Arbeiter ankommen. Außerdem hat mir mei Vater da auch einiges berichtet, der hat nämlich auch auf der Baustelle arbeiten müssen", entgegnete Hias. Wer ihn kannte, konnte einen leicht gereizten Unterton bemerken.

Der dunkelhaarige Große wollte gleich etwas entgegnen, aber sein kleinerer Sitznachbar, der ein rundes Gesicht mit auffallend roten Wangen und volles schwarzes Haar hatte, legte ihm beschwichtigend die Hand auf den Arm. Schließlich sagte er aber doch: „Na, mir warn nit dabei. Schlimme Zeiten warn des halt, und des warn schon arme Teufel, klar. Aber mir ham ja dann auch unseren Teil zahlen müssen." Damit widmete er sich wieder seinem Essen.

Andreas aber, der Historiker, war hellhörig geworden und fragte: „Hias, dein Vater hat da am Staudamm mitgearbeitet?"

„Ja, aber man muss wohl sagen, er hat mitarbeiten müssen."

„Warum?", wollte Martin wissen.

„Sie haben ihn gezwungen. Er hatte sich unbeliebt gemacht, weil er eine Arbeitervertretung mitgegründet hatte in der großen Elektrofirma, wo er bis dahin angestellt war", erzählte Hias. „Das hat den Chefs da nit gefallen, und da haben's ihn als politisch unzuverlässigen Mitarbeiter denunziert. Daraufhin is er zur Arbeit auf den Baustellen der Illwerke verpflichtet worden. Da haben's ja Elektriker guat brauchen können." Er schickte einen scharfen Blick in Richtung des Mannes, der sich vorher kurz eingemischt und auch jetzt weiter zugehört hatte, doch der schaute nur auf seinen Teller hinab, ohne sich noch mal zu Wort zu melden.

„Das ist ein typischer Fall für die zunehmenden Repressionen den Arbeitern gegenüber nach dem Anschluss", sagte Andreas. „Wer sich nicht gefügt hat, an dem wurde ein Exempel statuiert, auch um die anderen einzuschüchtern. Schlimm. Hat er das überlebt?"

„Ja klar, sonst gäbs mi ja nit, aber er hat nach dem Krieg nit mehr als Elektriker, sondern als Jäger gearbeitet und den Hof vom Onkel übernommen. Der hat niemand mehr gehabt, der des hätt machen können, die zwoa Söhne warn gefallen und die Tochter konnt des nit, die war scho auf am anderen Hof im Montafon eingeheiratet."

„Tja, das waren die Kriegsschicksale. Und du bist dann Bergführer geworden?"

„Ja, bin i, aber mir sind privat unterwegs. Was macht ihr morgen?"

„Mir gehen auf die Schneeglocke. Und ihr?"

„Auch. Da werden mir zusammen an schönen Tag haben, ist ja a entspannte Tour von hier. Da kann man ruhig noch an Veltliner aufmachen, oder?", fragte Hias, der bereits mit dem Korkenzieher dabei war, eine Flasche Grumello aus dem Valtellina zu öffnen.

„Na, aber sicher", erwiderte Martin Keller, der gleich aufgestanden war, um Gläser zu holen.

Ihm war der Themenwechsel nicht unwillkommen, die Stimmung im Raum war angespannt. Er hoffte, die Distanz zu den Männern am Nachbartisch würde sich nun mit ein paar Gläsern Rotwein legen. Sie schienen erfahrene Tourengeher zu sein, nur etwas zurückhaltend – aber nach Hias giftiger Reaktion vorhin war das auch kein Wunder. So kannte er ihn gar nicht. Bislang hatte er ihn nur als geduldigen, gutmütigen

Menschen erlebt, aber jeder hatte halt seine empfindlichen Seiten, verständlich war es allemal.

„Den Wein hab i im Sommer gekauft, als i im Val di Mello zum Klettern war", erklärte Hias, als er einschenkte und sich an den Tisch setzte. „Wisst's ihr eigentlich, dass des Valtellina im 19. Jahrhundert mal zum Königreich Lombardei-Venetien gehört hat? Und des unterstand dem österreichischen Kaiser. Des ist also mal a österreichischer Wein gewesen!"

„War das zu den Zeiten, als Österreich-Ungarn noch einen Zugang zum Mittelmeer hatte?", fragte Kurt lächelnd.

„Exakt! Mit Triest hatte die K.u.K.-Monarchie eine wirkliche Hafenstadt, und da lag auch die österreichische Kriegsmarine. Erst 1918 haben mir Triest an Italien verloren, nach über sechshundert Jahren! Zum Wohl!", beendete Hias seine Ausführungen und sie stießen an.

Andreas, Angelika und Stefan prosteten vom Nebentisch kopfnickend zu.

„Entschuldigt mich bitte kurz", sagte Martin dann. „Ich gehe mal raus zum Telefonieren, meine Frau ist allein zu Hause und sie ist schwanger. Bin gleich wieder da."

Er schnappte sich sein Handy und verließ den Raum. Die ganze Zeit schon hatte er an sie denken müssen. Wie es ihr wohl ging? Es war so ungewohnt ohne sie. Sie fehlte ihm schon den ganzen Tag, jede Minute, seit sie aufgebrochen waren. Die Skitour war zwar schön gewesen und die Gespräche und die Leute waren interessant, aber irgendwie schien ihm alles unwirklich.

13

Gruber war als Letzter in den Tagungsraum gekommen, wo die Ermittlungsgruppe des LKA Tirol versammelt war.

Chefinspektor Zangerl, Ermittlungsleiter dieses Falles, hatte die Polizeiinspektion Landeck schon aufgrund der Tatortnähe als Zentrale der Erstermittlungen ausgewählt. Praktischerweise wohnte er auch unweit des Geschehens im Nachbarort Zams.

„Also, was haben wir?“, eröffnete er die Besprechung. Gruber hob die Hand, Zangerl nickte ihm zu.

„Zuerst vielleicht mal zu dem Störsender und dem Leih-WC. I hab bei ALPE pipifine angerufen.“

„Wo haben Sie angerufen?“, unterbrach ihn Oberstleutnant Sigl, ein bereits ergrauter Mann Ende fünfzig, der aufgrund der Wichtigkeit des Falles als Leiter des Bezirkskommandos der Polizei Landeck der Sitzung beiwohnte.

„Bei der Firma ALPE pipifine, die den WC-Verleih betreibt. Die sitzen in Thaur, des ist zwischen Innsbruck und Hall in Tirol …“

„I weiß, wo Thaur liegt“, entgegnete Sigl mürrisch.

„Ah … äh … guat. Also jedenfalls sind denen im letzten Jahr drei so Häuseln gestohlen worden. Eins auf einer Baustelle bei Telfs in der Nacht vom achten auf den neunten September, eins nach einem Konzert in Innsbruck eine Woche später, und noch a weiteres nach einer Sportveranstaltung in Seefeld in der Nacht vom 15. auf den 16. Januar.“

„Ah! Weltcup Nordische Kombination“, bemerkte Zangerl knapp.

„Bitte?“

„Da war der Weltcup der nordischen Kombinierer“, erklärte Sigl, der selbst ein begeisterter Langläufer war.

„Ah ja … äh, richtig!“, meinte Gruber und nickte.

„In Ordnung. Mich interessiert vor allem die Baustelle“, sagte Zangerl. „Welche Elektrofirma war da zu dem Zeitpunkt tätig?“

„Keine."
„Keine?"
„Naa, da war erst die Baugrube ausgehoben und die wollten in der Woche die Bodenplatte betonieren."
„Aber es muss doch schon eine Firma beauftragt worden sein?"
„Ja, des war die Firma Elektroinstallation Eberl aus Innsbruck. Die sind allerdings ziemlich groß und auf allen möglichen Baustellen tätig."
„Haben dann später Leute von denen an dem Haus mitgebaut?"
„Ja, ich hab die Namen, hab sie gerade erst vor zwanzig Minuten bekommen."
„Gut, alle überprüfen auf Vorstrafen et cetera. Wenn sich da nix findet, die Mitarbeiter von den anderen Firmen durchchecken, okay?"
„Mach i. Des Klosett mit dem eingebauten Jammer is übrigens inzwischen bei der kriminaltechnischen Untersuchung in Innsbruck. Die Kollegen von der KTU schicken mir heute Abend noch an Bericht. In jedem Fall ist des Eigenbau, und des war a Fachmann, ham's mir vorhin schon mal gesagt. Spuren an der Toilette und an dem Sender haben wir bislang keine gefunden."
„Gut, Gruber, war's das von dir?"
„Ja, ich meld mich, sobald ich mehr weiß."
„In Ordnung. Lechleitner?"
„Die Plane, mit der der BMW abgedeckt war, die ist aus einem Baumarkt. Die wird zu Tausenden verkauft, da kommen mir nit weiter. Die Kennzeichen sind geklaut. Das Bregenzer Kennzeichen wurde vor zwei Wochen von einem Mercedes E-Klasse abgeschraubt, der auf dem Parkplatz ganz hinten in Lüsens im Sellrain gestanden hat. Der Besitzer war auf Skitour mit einem Freund, und als er zurückkam, waren die Kennzeichentafeln weg."
Lechleitner warf einen Blick auf seine Notizen und fuhr dann fort: „Das Innsbrucker Kennzeichen ist letztes Wochenende,

in der Nacht von Sonntag auf Montag, von einem VW Caddy Life abmontiert worden, vorm Haus des Fahrzeughalters in Innsbruck-Hötting. Beide Fahrzeughalter haben den Diebstahl umgehend angezeigt und sind absolut unverdächtig."

„Und die Autos?", wollte Zangerl wissen.

„Zu dem VW T5 Pritschenwagen wiss mer noch nix. I hab a Anfrage nach Deutschland und nach Südtirol geschickt, vielleicht geht des Fahrzeug da ab."

„Und der Transporter?"

„Der Ford Transit ist vor zwei Tagen in Schwaz bei einer Baufirma geklaut worden, auch nachts. Er ist völlig unbeschädigt, und die Wegfahrsperre is professionell ausgeschaltet worden. Den Ständer im Laderaum ham die Täter angebracht, und das ganze Auto weist keine Spuren auf, außer von den Leuten von der Baufirma, so wie i des seh, aber das überprüfen wir noch."

„Na dann warten wir das mal ab. Was ist mit der Radiodurchsage, hat da jemand was Brauchbares zu erzählen gehabt?", fragte Zangerl in die Runde.

„Ja, wir haben einen interessanten Hinweis bekommen von einem Jogger, der mit seinem Hund da vorbeigelaufen ist", antwortete Lechleitner. „Der hat ausgesagt, dass am Straßenrand der kleinen Straße, die nach Sankt Jakob reinführt, also gegenüber von der Unterführung, ein dunkelblauer Ford Mondeo Turnier gestanden ist. Er meint, der hätte vielleicht zu dem Mann von der Baustellenumleitung gehört, weil da sonst kein Auto gewesen ist. Die Absperrung und des Umleitungsschild haben's übrigens einfach am Straßenrand liegen lassen. Die Spurensicherung hat dazu allerdings auch nichts Verwertbares ergeben."

„Hat der Jogger ins Auto reingeschaut?", fragte Sigl.

„Da hätt man nichts sehen können, weil die Kofferraumabdeckung über der Ladefläche von dem Kombi war. Ich hab den Wagen zur Fahndung ausgeschrieben. Ein Imster Kennzeichen, mehr hat er nimmer gewusst."

„Schau doch mal, ob da in letzter Zeit Kennzeichen weggekommen sind", befahl Zangerl. „Wenn ja, dann schreiben wir die mit dem Auto zusammen zur Fahndung aus."

„Wird gemacht, Chef."

„Und die Diamanten, an wen verkaufen sie die?", fragte Sigl und blickte in die Runde.

„Wenn wir des wüssten", sagte Zangerl. „Bekanntlich haben wir im Großraum Innsbruck in letzter Zeit eine Menge Einbrüche gehabt, bei denen wertvoller Schmuck entwendet worden ist. Der ist dann nie mehr aufgetaucht, nicht ein Stück. Deswegen gehen wir davon aus, dass der umgearbeitet und/oder außer Landes gebracht worden ist. Vielleicht gibt's ja da einen Zusammenhang?"

„Das kann schon sein, wobei sie den Schmuck ja haben liegen lassen, die haben nur die Diamanten mitgenommen. Trotzdem, da sollten wir dran bleiben", entgegnete Oberstleutnant Sigl.

„Also, wir haben zwei Bärte, zwei Sonnenbrillen, zwei Fahrzeuge der Marke Ford. Einen Elektrofachmann, einen Autofachmann, einen fürs Grobe, der die Waffen und vielleicht auch die Informationen besorgt hat, und einen, der die Beziehungen hat, um die Ware abzusetzen. Macht vier Männer, so viele waren auf jeden Fall an der Tat beteiligt", resümierte Zangerl. Dann wandte er sich an den schlanken, großen Beamten, der am Tisch gegenüber zwischen Gruber und Lechleitner saß. „Kessler, wie weit seid ihr bei den Leuten von der Werttransportfirma?"

„Wir sind dabei. Wir überprüfen alle, die dort gerade beschäftigt sind, und auch die Angestellten, die das Unternehmen in den letzten zwei Jahren verlassen haben. Laut Auskunft der Firma fahren sie diese Transporte erst seit drei Jahren, vorher hat ein Mitbewerber den Auftrag gehabt. Bis jetzt haben wir noch niemanden im Visier, aber die haben einige Leute, die den Transport schon mal selbst gefahren sind. Wir haben heute Nachmittag eine Liste von allen aktuellen und ehemaligen Mitarbeitern der Firma erhalten, mit Namen und Adressen, soweit bekannt. Die Kollegen vor Ort klappern sie gerade ab."

„Wenn wir da niemanden finden, müssen wir noch mal bei dem anderen Unternehmen, das vorher gefahren ist, nachfragen. Und was ist mit den Angestellten von der Firma in Vaduz in Liechtenstein, die die Steine verschickt hat?“

„Die haben die Kollegen dort alle schon gecheckt. Es waren nit viele, die Bescheid wussten, und die san alle sauber, wie's ausschaut.“

„Warum?“, bohrte Zangerl nach.

„Na ja, sag mer mal so: Die haben alle a Alibi und da war niemand dabei, der nur ansatzweise Geldsorgen gehabt hat“, erläuterte Kessler.

Die Beamten schmunzelten.

„Na gut. Sonst noch was?“ Zangerl blickte in die Runde. „Okay. In zwoa Stund treffen mir uns wieder hier.“

Es war kurz nach acht Uhr abends und schon dunkel draußen. Der Tag war vorüber, aber die lange Nacht hatte für Zangerl und seine Truppe gerade erst angefangen.

14

Der Schnee knirschte unter seinen Füßen, als Martin Keller vor die Hütte ging. Es war eiskalt. Der Himmel war voller Sterne, jedes Geräusch schienen der Schnee und die Weite des Gebirges zu verschlucken. Schon als er den Gemeinschaftsraum verlassen hatte, war es immer leiser geworden, aber hier draußen herrschte vollkommene Stille. Er sah auf sein Handy: 20.32 Uhr. Dann rief er Nadine an.

„Keller-Mercier?"

„Hier auch Keller! Wie geht's dir? Ist alles in Ordnung?"

„Ja, es geht mir gut."

„Was hast du heute gemacht?"

„Ich hab mir Kinderzimmermöbel angeschaut."

„Und hast du schon was gekauft?"

„Nein, das hat ja noch Zeit. Ich dachte, das erledigen wir dann zusammen. Die Sachen sind ja schwer, außerdem hab ich mich auch noch nicht entschieden. Es gibt da tolle Sachen!"

„Klar, da fahren wir zusammen hin. Ich hatte schon Angst, du übernimmst dich."

„Nein, musst du nicht, es war ganz entspannt und hat Spaß gemacht. Und du? Ist es schön auf der Hütte?"

„Ja, es sind sogar noch ein paar andere Leute da, wir unterhalten uns sehr nett, und das Essen ist gleich fertig, Hias hat schon eine Flasche Rotwein geöffnet."

Nadine lachte.

„Na, dann schaut mal, dass ihr morgen noch fit seid!"

„Keine Bange, so viel haben wir nicht hochgeschleppt", antwortete Martin kichernd. „Nadine?"

„Ja?"

„Du fehlst mir."

„Du fehlst mir auch, aber ich weiß ja, dass du morgen Abend wieder hier bist, und dann wird es doppelt schön."

„Ja, da freu ich mich drauf."

„Ich mich auch. Aber jetzt genieß mal deinen Abend auf der Hütte und lass die anderen nicht so lange alleine."

„Mach ich. Ich küsse dich!“

„Ich dich auch. Ach, übrigens: Bei Sankt Anton wurde heute Morgen ein Werttransport überfallen, habe ich gerade in den Nachrichten gesehen.“

„Echt? Und, haben sie die Täter schon erwischt?“

„Nein, ich glaube nicht. Ich hab's aber nur mit einem Auge verfolgt.“

„Na, dann bin ich ja froh, dass ich hier bin und nicht im Tal, da ist es wenigstens sicher.“

„Genau. Grüß die anderen von mir, ich umarme dich!“

„Ich dich auch. Bis bald!“

„Bis bald!“

Martin Keller küsste ins Telefon und steckte das Handy wieder ein. Er schaute noch mal auf die beeindruckende winterliche Berglandschaft, hinauf zu den Sternen, drehte sich um und ging zurück zur Eingangstüre. Als er sie öffnete, hörte er ein Knirschen und sah dann das Gesicht jenes großen hageren Mannes aus dem Dunkel hervortreten, der sich vorhin in ihr Gespräch eingemischt hatte. Martin zuckte erschrocken zusammen. Der Mann hielt eine Zigarette zwischen den Fingern und lächelte, als er ihn sah.

„Die Sucht ruft“, meinte er entschuldigend.

„Tja, da kann man dann nichts machen“, sagte Keller. „Es ist wunderschön hier draußen.“

„Ja, es is scho toll da heroben. Bis nachher.“

„Ja, bis nachher“, entgegnete Keller, kletterte durch den Eingang und ging wieder hinein.

Das Essen stand schon dampfend auf dem Tisch.

„So, Martin, kimm, hock di her!“, empfing ihn Hias.

„Danke dir, guten Appetit!“

„Ebenso! Und danke fürs Kochen, Hias“, sagte Kurt und erhob das Rotweinglas.

„Gerne, i hoff es schmeckt. Danke fürs Schnippeln! So, dann essen mir amal.“

Die drei stießen miteinander an und stellten vorübergehend die Unterhaltung ein, um sich den Bauch vollzuschlagen.

Andreas, der Historiker am Nebentisch, nahm den Faden der Unterhaltung zuvor wieder auf.

„Lasst's euch schmecken. Wir sprachen gerade über die Geschichte der Silvretta als Skigebiet“, führte er mit Blick auf Martin Keller aus. „Das war ja zusammen mit dem Arlberg so was wie die Wiege des alpinen Skisports, und da war nicht nur der Hemingway da. Obwohl man schon sagen muss, dass der a echter Trendsetter war.“

„Ja, mein Vater war hier schon seit den fünfziger Jahren auf Skitour“, antwortete Martin kauend, „und ich habe als junger Bub das Silvretta-Buch vom Walther Flaig verschlungen. Das steht heute noch bei den Eltern im Bücherschrank. Ich war dann allerdings nur im Sommer da, irgendwie hat's mit den Skitouren hier nie geklappt. Aber das holen wir ja jetzt nach“, schloss Martin und aß weiter.

Andreas und Hias wechselten einen Blick.

„Der Walther Flaig war da ja a bedeutende Figur, der hat seit den zwanziger Jahren da alle Führer geschrieben, aber auch Lehrbücher, Bildbände und so weiter. Übrigens war er a Landsmann von euch. Aber der war auch a zwiespältige Persönlichkeit“, entgegnete Hias Steger.

„Warum?“, fragte Martin und blickte kurz auf, um nach einem Schluck Wein gleich weiter zu essen.

„Na ja, der is halt a Nationalsozialist gewesen.“

„Echt?“

„Ja, ich fürchte, da hat der Hias zumindest teilweise recht“, fiel Andreas ein. „Wobei des ja damals viele waren, viel mehr, als sich später noch daran erinnert haben“, fügte er lächelnd hinzu. „Jedenfalls war er weit vor der Machtergreifung Hitlers schon NSDAP-Mitglied. Er hat ab 1929 in Klosters gewohnt und is da offenbar ab und zu mit am Hakenkreuz-Anstecker rumgelaufen, bis man ihm des verboten hat, weil das die Schweizer nicht so lustig fanden. Andererseits hat er in Tirol und speziell in der Silvretta natürlich auch viel für die Region getan. Aber einiges hätte er sicher nicht machen müssen.“

„Was zum Beispiel?“

„Soviel bekannt ist, hat er in der ‚Abwehr' gearbeitet, dem militärischen Geheimdienst. Und er war vorher als Kassierer für den deutschen Hilfsverein in Davos tätig. Davos war ja damals eine Hochburg der Nazis in der Schweiz. Das endete dann allerdings recht abrupt, als dort der Chef der Schweizer Auslandsorganisation der NSDAP, der Wilhelm Gustloff, am 4. Februar 1936 von einem jüdischen Medizinstudenten namens David Frankfurter in seiner Wohnung erschossen worden ist. Übrigens gibt es das Haus noch, wenn ihr mal nach Davos kommt. Es steht, wenn man von Klosters reinfährt, direkt hinter dem Konferenzzentrum, in dem die Mächtigen der Welt jedes Jahr im Januar ihr Weltwirtschaftsforum abhalten, links unterhalb der Promenade, Am Kurpark 3. Natürlich gibt's da koa Gedenktafel oder so eppes und des is sicher au besser so, nicht dass die Unverbesserlichen da noch flanieren gehen."

„Der Gustloff von dem Schiff, das dann so katastrophal untergegangen ist?", fragte Kurt Schubert nach.

„Ja, genau der. Nach dem Attentat haben sie es nach ihm benannt, und im Januar 1945 ist es dann in der vereisten Ostsee von einem russischen U-Boot versenkt worden. Man schätzt so um die 9300 Tote, vor allem Flüchtlinge."

„Oh Gott, wie furchtbar!" Kurt schüttelte den Kopf.

„Ja, schrecklich. Aber wir hatten es ja eigentlich von etwas anderem. Nach dem Mord an dem Gustloff sind sie in der Schweiz aufmerksamer gegenüber den Deutschen im Land geworden und haben die nationalsozialistischen Umtriebe entschiedener bekämpft. Der Walther Flaig ist jedenfalls danach nach Bludenz gezogen und hat dann später für die ‚Abwehrstelle Salzburg' zumindest einen Spion mehrfach in die Schweiz geschickt, der schließlich verhaftet wurde. Und dieser Spion hat den Flaig damals als seinen Führungsoffizier angegeben. Der Walther Flaig wurde dann in der Schweiz in Abwesenheit zu zweieinhalb Jahren Gefängnis verurteilt und schließlich mit einem lebenslangen Einreiseverbot belegt. Das traf ihn sicher hart und er hat wohl später versucht, das aufheben zu lassen, aber sie haben ihn nicht mehr rein gelassen. Er hat selber offenbar immer beteuert, dass er keine militärische Spionage betrieben, sondern nur für die Abwehr gearbeitet hätte. Na ja, es ist schwer, heute darüber zu urteilen, aber natürlich hat er Schweizer Recht gebrochen."

„Wobei die Schweizer ja mit den Flüchtlingen und auch jüdischen Emigranten auch nicht immer gut umgegangen sind", warf Martin Keller ein.

„Tja, die Schweiz war nicht immer hilfsbereit", stimmte Andreas zu. „Es sind ja auch viele von den Zwangsarbeitern Richtung Schweiz geflohen, allein von denen, die auf den Baustellen der Illwerke mitgearbeitet haben, sind fast fünfzig in Schweizer Archiven dokumentiert. Aber es kam schon auch vor, dass sie die an der Grenze gleich wieder zurückgeschickt haben, was für die natürlich fast ein Todesurteil war. Die landeten dann im Arbeitserziehungslager Reichenau bei Innsbruck oder im KZ. Andere haben's fertiggemacht und dann wieder auf die Baustelle zurückgebracht, zur Abschreckung."

„Übrigens hab i des Silvretta-Buch vom Walther Flaig auch dahoam", sagte der Hias. „Da is im Anhang hinten a langer Bericht über die Illwerke, auch über den Silvrettasee, wie viel da rein passt, wie lang er is, wie viel Strom sie damit erzeugen können, alles Mögliche. Aber darüber, wer den gebaut hat, also über die Zwangsarbeiter, steht da kein Wort drinnen."

Er schenkte Wein nach, mit dem Essen waren alle inzwischen fertig.

„Das war aber auch typisch für die Nachkriegszeit", meinte Kurt. „Da hat man alles Hässliche weggedrückt, wollte am liebsten von der Vergangenheit nichts mehr wissen, und vieles wurde einfach weiß gewaschen."

„Man wusste ja auch nicht, wer von seinen Mitbürgern vielleicht Täter oder Opfer war. und hat dann diese Themen lieber ausgespart", ergänzte Martin. „Viele waren traumatisiert, durch Kriegserlebnisse, Verfolgung und so weiter, und die meisten waren damit beschäftigt, erst einmal ihre Lebensgrundlage wiederherzustellen."

„Das stimmt. Es gibt da übrigens noch eine interessante Verbindung“, sagte Andreas. „Der Walther Flaig war mit dem Generaloberst Eduard Dietl befreundet, aus dem der Goebbels den ‚Helden von Narvik‘ gemacht hat. Der Dietl war ein Nazi der ersten Stunde und galt als der Lieblingsgeneral vom Hitler.“

Andreas trank einen Schluck und fuhr dann fort: „Jedenfalls sind die zwei, der Flaig und der Dietl, Bergfreunde gewesen, und als der Dietl 1940 Ehrenmitglied vom Alpenverein worden is, hat der Flaig einen schwülstigen Artikel in der Sprache der Zeit dazu geschrieben, voller Superlative, eine einzige Nazipropaganda. Kann man sich heute noch im Archiv vom Österreichischen Alpenverein in Innsbruck durchlesen. Der Alpenverein war ja als einer der letzten großen Verbände gleichgeschaltet worden, nach dem Einmarsch in Österreich 1938, vorher is es nicht gegangen, weil der Deutsche und Österreichische Alpenverein ja ein länderübergreifender Verein gewesen ist.“

Nachdem Andreas sein Glas geleert hatte, schenkte ihm Hias noch mal etwas Wein nach.

„Danke, der ist gut!“, sprach Andreas weiter, den anderen zuprostend. „Jedenfalls haben sie danach auch im Alpenverein das sogenannte Führerprinzip eingeführt, den alten Vorstand des Amtes enthoben und den Österreicher Arthur Seyß-Inquart als Führer des von da an nur noch Deutschen Alpenvereins eingesetzt. Der Kerl war einer der Obernazis und ist dann auch in den Nürnberger Prozessen als Kriegsverbrecher zum Tode verurteilt und 1946 hingerichtet worden.“

„War der nit au Minister?“, wollte Hias wissen.

„Ja, der war kurz vorm Anschluss Minister und dann drei Tage lang sogar Bundeskanzler in Österreich, und als solcher hat er das Gesetz zum Anschluss unterschrieben. Danach war er dann Reichsstatthalter in Österreich, hat jüdisches Eigentum beschlagnahmen und die jüdische Bevölkerung sowie politische Gegner ins KZ deportieren lassen. Und er war in Polen und insbesondere in den Niederlanden für Deportationen und die Rekrutierung von Zwangsarbeitern verantwortlich, die dann im ganzen Reich verteilt wurden und auch hier auf den Baustellen gelandet sind."

„Tja, so hängt alles immer irgendwie zusammen", seufzte Martin.

„Das tut es in der Geschichte fast immer. Übrigens, interessant ist auch, dass die Gustloff auch als Truppentransporter unterwegs gewesen ist und die Gebirgsjäger vom Generaloberst Dietl oben in Norwegen abgeholt hat. Aber das ist natürlich reiner Zufall."

„Was ist aus dem Dietl eigentlich geworden?", fragte Kurt.

„Der is 1944 mit dem Flugzeug abgestürzt, war wahrscheinlich besser so, denn den hätten's ganz sicher wegen Kriegsverbrechen verurteilt", erklärte Andreas. „Übrigens hat der Walther Flaig seine Verbindung zum Generaloberst Dietl auch genutzt, um Bergsteigern, die zur Gebirgstruppe wollten, zu helfen. Die waren nämlich oft, nachdem sie sich gemeldet hatten, an der Ostfront gelandet. So hat er wahrscheinlich manchem das Leben gerettet. Viele sind dann an die Heeresgebirgsschule in Fulpmes gekommen, wo auch der berühmte Hias Rebitsch war. Das ist dann halt wieder die andere Seite. Es ist eben nicht so einfach."

„Was machst du jetzt eigentlich mit deinem ganzen Wissen?", fragte Martin.

„Na ja, i hab a Weile noch an der Uni gearbeitet, und jetzt bin i Lehrer, des is auch in Ordnung", antwortete Andreas, und Martin nahm ihm das ab.

„Es ist ja auch wichtig, bei den nachkommenden Generationen ein Bewusstsein zu schaffen für das, was war", sagte er. „Außerdem: Geschichte ist spannend."

„Stimmt!", meinte Hias und prostete in die Runde.

Anschließend unterhielten sie sich noch eine Weile übers Bergsteigen und die morgige Tour, über berufliche Dinge und die aktuelle Politik.

„So, der Hias hat gekocht und ich spül mal ab", kündigte Martin schließlich an und stand auf. „Übrigens hat es heute

Morgen bei Sankt Anton einen Überfall auf einen Werttransport gegeben, hat mir vorhin die Nadine am Telefon erzählt. Es kam heute Abend in den Nachrichten."

„So? Na da is ja doch noch was los bei uns", kommentierte Hias die Information nur knapp und die anderen schmunzelten. Es schien niemanden wirklich zu interessieren.

Da Martin Keller mit dem Rücken zu den vier Männern am dritten Tisch stand, als er das sagte, konnte er nicht die Blicke sehen, die sie dabei austauschten.

Sie hatten Karten gespielt, und auf dem Tisch standen zwei leere Flaschen Südtiroler Rotwein. Der Kleinste der Gruppe, dunkelhaarig und eher schmächtig, mit auffallend feingliedrigen Händen, mit denen er seine Karten nur beiläufig zu halten schien, hatte das Gespräch allerdings die ganze Zeit über aufmerksam verfolgt.

Es war inzwischen schon kurz vor zehn. Die Hüttengäste erhoben sich, um die leeren Teller und das Besteck abzuräumen. Eine halbe Stunde später lagen alle im Lager.

15

„Hat's noch an Chas?", wollte Peter wissen.

„Ja, aber sicherlich!", antwortete Marcel und legte Peter noch zwei Scheiben auf den Teller.

Auf dem Tisch standen ein Topf mit dampfenden Kartoffeln sowie vier kleine Raclette-Geräte, die mit Teelichtern betrieben wurden. Darum saßen die vier Schweizer Polizisten, die mit immer noch stattlichem Appetit die kalorienreiche Nahrung verspeisten.

„Gibt es eigentlich noch a Programm für morgen?", wollte Ruedi wissen, der sich nicht sicher war, ob die anderen noch weitere Überraschungen für ihn parat hielten.

„Nei, mir frühstücken, räumen zusammen und fahren wieder retour. Wir wollen ja nicht, dass deine Freundin gar nichts mehr von dir hat!", erwiderte Marcel, über beide rote Backen schmunzelnd. Die anderen lachten.

„Na dann merci vielmals für die schöne Tour. Ich habe ja erstmal gedacht, dass des gerade noch fehlt, nach der anstrengenden Woche noch a Zusatzdienst. Wobei, bei dem Wetter war es ja nicht so schlimm. Nei, wirklich a tolle Idee, danke!"

„Is scho recht!", meinte René und erhob sein Glas. „Uns hat's ja auch Spaß gemacht. Du hättest mal solle dei Gesicht sehen, als wir an der Silvrettahütte vorbeigelaufen sind. Des isch es allemal wert gsi!"

Sie lachten, stießen an und ließen noch mal die Ereignisse der letzten Woche Revue passieren, erzählten von Rettungen und Erlebnissen am Berg. Vor allem Marcel, der schon zwanzig Jahre dabei war, hatte unzählige Erfahrungen gesammelt, die natürlich nicht immer schön gewesen waren. Lawinenbergungen, abgestürzte Bergsteiger, Wanderer und Kletterer, aber auch teils aufwändige und gefährliche Bergungen von Leuten, die ohne sie sehr wahrscheinlich nicht mehr leben würden. Und trotzdem begeisterten ihn die Berge immer noch.

Danach spielten sie noch ein paar Runden Troccas, eine Art Graubündner Tarock. René, der aus Domat/Ems stammte, erklärte es Ruedi, der da gänzlich unbedarft und anfangs sichtlich überfordert war, natürlich sehr zur Belustigung der anderen.

Gegen halb elf richteten sie ihre Schlafplätze her und nahmen noch etwas von dem Wasser vom Herd, um vor der ehemaligen Zollhütte die Zähne zu putzen. Die Sterne funkelten über den Bergen, die sie, in sanftes, blauweißes Nachtlicht getaucht, rundherum umgaben. Ganz unten im fernen Tal waren ein paar Lichter zu sehen. Es war ein faszinierender, sehr exklusiver, fast unwirklicher Ausblick, der allein schon die Mühe des Aufstiegs gelohnt hätte. Sie redeten nicht mehr viel, sondern ließen einfach die Stimmung auf sich wirken.

Schließlich kehrten sie zurück ins warme Innere der Hütte, krochen in ihre Schlafsäcke, und kurz nach elf Uhr waren alle eingeschlafen.

16

Martin hörte das Atmen der anderen, vor allem von Kurt, der neben ihm lag.

Die meisten schienen schon zu schlafen, zumindest bei ihnen unten. Martin suchte sich meistens ein Lager unten aus, wenn er die Wahl hatte, es hatte etwas Heimeliges, Höhlenartiges, er fühlte sich geschützter.

Ich mag Kurt, dachte er, aber ich läge lieber neben Nadine, mir fehlt ihre Wärme, ihre weiche Haut, ich vermisse ihre Berührungen, ihre sanften Finger, ich will neben ihr erwachen und in ihre wunderschönen Augen sehen, ihr über ihre Wangen streicheln und sie küssen.

Trotzdem war es vielleicht richtig und ganz normal, mal mit den Freunden unterwegs zu sein und die Dinge, die ihn immer angetrieben hatten, nicht aufzugeben, auch wenn sich seine Einstellung zum Bergsteigen und Klettern inzwischen gewandelt hatte. Früher war er aufgebrochen, um bestimmte Berge zu besteigen oder eine bekannte Klettertour zu begehen, sich als Bergsteiger weiterzuentwickeln, intensive Erlebnisse zu spüren. Während dieser Zeit hatte er eine Reihe echter Freundschaften geschlossen, mit Leuten, in denen das gleiche Feuer brannte und die auch jemanden brauchten, um ihre Träume zu verwirklichen. Mit der Zeit wurden ihm diese Freunde immer wichtiger und seltsamerweise die Touren selbst, ihr bergsteigerischer Wert, immer nebensächlicher. Er begann zu begreifen, dass es im Leben in erster Linie um Beziehungen ging, Beziehungen der Menschen untereinander, dass die Berge und Felsen nur der Grund waren, auf dem sich diese Beziehungen entwickelten, wuchsen oder aneinander rieben, auf dem Zuneigung oder Liebe entstand oder Abneigung, Enttäuschung, möglicherweise sogar Hass – wie überall anders auch. Es war nur vielleicht ein wenig intensiver als im „normalen“ Leben, aber nicht einmal da war er sich sicher.

Jedenfalls genoss Martin es immer mehr, die schönen Momente mit lieb gewonnenen Menschen zu teilen. Das war die eigentliche Qualität, nicht mehr die schnelle Zeit weit unter der vorgesehenen Angabe im Führer, nicht mehr der Ruf der begangenen Route, nicht mehr der imposante Schwierigkeitsgrad oder es den anderen zu zeigen.

Kindereien. Das war vorbei.

Er dachte an das Wochenende mit Kurt im Kaisergebirge, damals, als sie jung und übermütig waren, ein ganz feiner, leichter Nieselregen über der Steinernen Rinne lag und sie sich entschlossen, eine kurze Tour zu klettern, den Führer wälzten, keine Lust mehr hatten, weiter hinaufzusteigen, sich für die Rebitsch-Risse am Fleischbankpfeiler entschieden, keine Ahnung hatten, welchen Nimbus diese Tour umgab, einfach einstiegen und erstaunt waren, wie frei die Kletterei war. Er stieg die meisten Längen vor, weil der Freund noch tags zuvor Fieber gehabt hatte, und konnte sich noch an seine Entschlossenheit erinnern, als er sich endlich dazu überwunden hatte, über das Dach an der Schlüsselstelle im soliden sechsten Schwierigkeitsgrad zu klettern, nahezu ungesichert. Der Haken darunter, der von oben in eine Tasche geschlagen und dann nach unten umgebogen worden war, hätte nie gehalten, da war er sich sicher. Dann nur noch der Kamin, eigentlich nicht schwer, aber ungesichert, Kurt unten am Stand auf dem Absatz, auf dem er eingeschlagen wäre, oben das Licht, der Ausstieg, dem er immer näher kam, hinausspreizend aus dem dunklen Schacht, hinaus aus der Angst, die er unterdrückte und die doch in ihm war, noch ein paar Meter alles oder nichts, hochkonzentriert, bis er endlich oben in der kleinen Scharte war, den Stand einrichtete und hinüber zum Stripsenjochhaus sah, wo sie beide wenig später zusammen im Licht standen, zurück im Leben.

Das war eine echte Erfahrung gewesen, er hatte zum ersten Mal realisiert, dass er in den Bergen sterben konnte. Die Tiefe hatte ihn angesaugt, eine kleine Unachtsamkeit hätte das Ende bedeuten können, er war nicht unsterblich! Damals war es gut, heute würde er es nicht noch mal tun, auch wenn man die Tour inzwischen mit großen Klemmgeräten viel besser absichern konnte. Aber es war einer der Momente, die ihn mit Kurt auf immer verbanden.

Eigentlich ist es in Ordnung, hier zu sein, sinnierte er, hier neben Kurt. Nadine geht es gut, sie wollte, dass ich auch mal was für mich unternehme, ich brauche kein schlechtes Gewissen zu haben. Es wird ein schöner Tag morgen, und abends werde ich sie an mich drücken. Es ist normal, sich für ein paar Tage nicht zu sehen, die Liebe leidet nicht darunter, dachte er, und trotzdem hatte er das Bedürfnis, sich an sie zu schmiegen, er konnte fühlen, wie schön es jetzt wäre und spürte, wie trotz der Sehnsucht langsam die Schwere des Schlafs über ihn kam.

SAMSTAG, 14. MÄRZ

17

Es war draußen noch dunkel, als das Klingeln des Handys ihn endgültig aus den Träumen riss. Schon vorher hatte er im Halbschlaf die Aktivitäten neben sich registriert, aber sich noch mal umgedreht, er war noch nicht bereit gewesen, sich dem neuen Tag zu stellen. Martin zwinkerte verschlafen in das Lager, in das spärliches Licht durch die einen Spalt weit geöffnete Tür fiel. Gedämpfte Stimmen waren zu hören, das Klappern von Geschirr. Er blickte nach links, das Lager von Kurt war leer, die Decken schon zusammengelegt, auch Hias war schon aufgestanden. Martin erinnerte sich, dass Kurt am Abend zuvor versprochen hatte, sich um das Frühstück zu kümmern. Offenbar konnte Hias es sich trotzdem nicht verkneifen, seine Schützlinge zu umsorgen, er war halt eine gute Seele.

Er schlug die Decken zurück, setzte sich auf und verweilte einen Moment. Wie schön doch diese Vorfreude auf einen erlebnisreichen Tag in den Bergen war, auch wenn sein Kreislauf erst langsam auf Touren kam. Dann stand er auf, zog sich an und ging zu den anderen.

„Guten Morgen, Martin, setz dich. Kaffee?“ Kurt strahlte ihn an. Er schien schon mitten im Geschehen zu sein, während Martin sich noch nicht ganz wach fühlte.

„Gerne. Ihr habt ja schon richtig aufgetischt, besten Dank!“

Martin ließ seine Augen über den reich gedeckten Frühstückstisch gleiten. Marmelade, Käse, Schinken, dazu Vollkornbrot, Müsli und sogar Frühstückseier, die nur Hias mitgebracht haben konnte.

Der Nachbartisch war auch schon besetzt, nur Andreas, der Historiker, und die Vierergruppe fehlten noch.

18

„So, guten Morgen, die Herren, willkommen zur Lagebesprechung“, begrüßte Zangerl seine Truppe, nachdem auch Oberstleutnant Sigl eingetroffen war. „Ich hoffe, ihr habt’s wenigstens zwei, drei Stunden geschlafen. Wie schaut’s aus? Wo stehn mir?“, fragte er in die Runde. Es war zehn nach sechs Uhr morgens.

„Guat, dann fang i mal an“, meinte Lechleitner. „Also, von den Mitarbeitern der Werttransportfirma haben wir noch nit alle durch, etliche waren nit daheim. Auch die anderen Spuren verfolgen wir noch, aber da is noch nix Konkretes rausgekommen. Vielleicht erst amal des Wichtigste. Wer’s no nit gehört hat: Wir haben den blauen Ford Mondeo gefunden!“

„Sehr guat! Wo ist er denn entdeckt worden und woher wissen wir, dass der wirklich mit der Tat in Zusammenhang steht?“, wollte Oberstleutnant Sigl sofort wissen.

„Nun, er stand in Ischgl auf dem großen Parkplatz für die Skitouristen. Da war eins von den gestohlenen Imster Kennzeichen drauf, allerdings leicht verändert. Die haben aus einer Drei eine Acht gemacht, deshalb warn die Kollegen heute Nacht auch erst unsicher. Aber als sie mit der Taschenlampe näher hingeschaut haben, war erkennbar, dass die Nummerntafel manipuliert worden is. Bei der weiteren …“

„Des heißt aber doch noch nicht sicher, dass des Auto des Fluchtfahrzeug von unseren Tätern vom Raubüberfall gewesen ist“, fuhr ihm Sigl ins Wort.

„Doch, des is definitiv der Fluchtwagen, sie haben nämlich im Kofferraum einen Gegenstand gefunden, der das beweist“, antwortete Lechleitner etwas genervt. Sigl war gestern nach der letzten Lagebesprechung nach Hause gefahren und ausgeschlafen, während er gerade mal zwei Stunden auf einer Pritsche in der Dienststelle hatte dösen können. Und jetzt kam der Sigl als Letzter und meinte, er müsste ihnen noch zeigen, wie man richtig ermittelt.

„So, was denn?“, fragte Sigl.

„Ganz einfach: Im Kofferraum lag die Panzerfaust. Sie ist bereits von den beiden Werttransportfahrern als Tatwaffe identifiziert worden“, gab Gruber Auskunft, der neben Lechleitner saß, und schaute Sigl direkt an.

„Aha. Des is dann natürlich a klare Sache“, gab Sigl zu und lehnte sich in seinem Stuhl zurück.

„Deshalb müssen wir nun davon ausgehen, dass die Täter sich über das Skigebiet nach Samnaun in die Schweiz absetzen wollen oder bereits abgesetzt haben“, folgerte Zangerl. „Vielleicht haben sie den Wagen aber auch dort abgestellt, um uns in die Irre zu führen.“

„Und was glauben Sie, Zangerl?“, fragte Sigl.

„Ich glaube nicht, dass sie dort ein weiteres Fahrzeug deponiert und benutzt haben, aber wer kann das zum jetzigen Zeitpunkt schon sagen? Jedenfalls haben wir die Schweizer Kollegen schon eingeschaltet. Sie werden im Skigebiet und in Samnaun verstärkt kontrollieren. Gruber, sagen Sie doch noch etwas zu den Spuren!“

„Ja, wir haben im Kofferraum eine Reihe Stofffasern gefunden, Skiwachs und Waffenöl.“

„Aber keine Kleidung?“, wollte Lechleitner wissen.

„Nein, das war alles, außer den üblichen Nahrungskrümeln und Erdpartikeln. Aber die Frage ist natürlich richtig. Die sollen ja Blaumänner angehabt haben und normale Halbschuhe. Wenn sie mit den Ski weitergefahren sind, haben sie die Sachen inklusive der Strumpfmasken entweder mitgenommen oder anderswo entsorgt. Deshalb haben die Kollegen bereits alle öffentlich zugänglichen Müllbehälter zwischen dem Parkplatz und der Liftstation gecheckt und haben auch angefangen, den Abfall oben im Skigebiet zu untersuchen. Dafür mussten wir die Leute in Ischgl aus dem Bett holen. Ein Team ist gegen drei Uhr mit der Gondel hochgefahren und noch vor Ort.“

„Aber bisher wurde nichts gefunden“, ergänzte Zangerl. „Wir haben inzwischen die Suche auf die Müllbehälter zwischen dem Tatort und Ischgl ausgeweitet, bislang ebenfalls ohne Erfolg.“

„Und im Fahrzeug? Haben wir da DNA-Spuren? Fingerabdrücke?“, erkundigte sich Sigl.

„Wiss mir no nit“, antwortete Gruber. „Also, damit meine ich die DNA-Spuren. Abdrücke haben’s keine gefunden, dafür aber ein paar einzelne Haare mit Klebstoffresten, die wohl zu den Bärten gehört haben, die offenbar nicht echt waren, so die Kollegen. Der Wagen ist bei der KTU in Innsbruck.“

„Wir befragen zusätzlich das Personal des Skigebiets, ob gestern gegen Mittag bis zu vier Männer aufgefallen sind, auf die die Beschreibung passt, ferner die Bus- und Taxifahrer, aber das ist natürlich schwierig, weil die Personenbeschreibung nicht viel hergibt“, erklärte Zangerl. „Aber noch mal zu den Spuren im Kofferraum. Skiwachs haben’s gefunden, Gruber?“

„Ja, reichlich.“

„Das eine Nummernschild ist doch in Lüsens im Kühtai entwendet worden. Das ist doch ein Skitourengebiet?“

„Ja, eins von die Besten!“, meinte Sigl mit erhobenem Zeigefinger.

„Und wenn sie gar nicht übers Skigebiet in die Schweiz gehen, sondern per Skitour?“, gab Zangerl zu bedenken.

„Na, dann telefonier i noch mal die Hütten ab, denn dann wern’s vielleicht übernachten haben müssen, oder?“, bot Lechleitner an.

„Ja, mach das. Möglicherweise brechen sie ja jetzt erst auf“, meinte Zangerl nachdenklich.

„Wenn sie allerdings von Ischgl auf die Heidelberger Hüttn sind, haben mir a hoheitliches Problem.“

„Wieso?“, wollte Gruber wissen.

„Na, die liegt schon auf Schweizer Grund“, erklärte Lechleitner. „Aber vielleicht sind sie auch woanders, Jamtalhütte oder Wiesbadener Hütte. Ich telefonier mi mal durch.“

„Gut, bei der Heidelberger Hütte müssten wir dann um Amtshilfe bitten. Einen Hubschrauber bräucht mer vielleicht auch. Kannst du schauen, dass da einer bereit ist, Gruber?“, sagte Zangerl.

„Mach ich. Soll ich vielleicht auch den Kollegen von der Cobra Bescheid geben, dass die ein Einsatzkommando für uns bereithalten?“

„Ja, das kannst ja vorsichtshalber mal machen. Vielleicht kriegen wir sie ja noch. Sonst no was?“ Zangerl blickte sich noch einmal um.

„Was ist mit dem Plastik-Häusel und dem Störsender? Weiß man da scho was?“, erkundigte sich Sigl.

„Nein, des is a Puzzlespiel, aber die Kollegen sein dran“, gab Gruber Auskunft. „Ein paar Teile sind ganz sicher nicht aus Österreich.“

„Sondern?“

„Wahrscheinlich aus Deutschland und Italien, nach Südtirol is ja nit weit.“

„Aha. Na, dann sind mir mal gespannt“, erwiderte Sigl und erhob sich.

„Also, auf geht’s, dann leg mer amal los“, beendete Zangerl die Runde.

19

Draußen war es während des Frühstücks hell geworden. Es war ein stimmungsvoller Moment gewesen, das Erwachen des Hochgebirges durch die Fenster zu beobachten. Martin spülte das Geschirr zusammen mit Andreas, dem Historiker. Ihre Begleiter packten noch ihre Sachen, die überzähligen Lebensmittel, den Proviant für unterwegs und ihre Ausrüstung, bevor es gleich losgehen würde.

„Na, die anderen vier lassen's aber ruhig angehen“, meinte Martin Keller. „Die schlafen ja noch länger als wir.“

Andreas Mader lachte. „Na ja, wir sind ja trotzdem noch zeitig dran, jetzt ist es grad mal sieben. Die genießen halt ihr Wochenende.“

Gleich darauf kam der Erste der Vierergruppe mit Zahnbürste und Zahnpasta bewaffnet aus dem Lager. Es war der große Hagere, der sich am Abend eingemischt hatte und dem Martin an der Hüttentür begegnet war. Später war er noch ein paar Mal mit seinem eher stämmigen Begleiter draußen gewesen, der ebenfalls an dem Tisch gesessen hatte.

„Guaten Morge!“, sagte er freundlich lächelnd. „Habt's ihr vielleicht a bisserl Wasser?“

„Ja klar, hier im Topf auf dem Herd ist noch was“, sagte Martin, während er den Deckel anhob, sodass sich der schlaksige Mann bedienen konnte. Dieser schöpfte sich etwas in ein Glas und verließ mit einem „Danke“ den Raum.

Nachdem Andreas den letzten Teller einsortiert hatte, gingen sie in den Vorraum. Sie verstauten ihre Brotzeit und setzten sich, um die Skischuhe anzuziehen, als der größte der Männer noch mal an ihnen vorbeikam.

„Servus, an schönen Tag wünsch i euch!“, meinte er.

Sie verabschiedeten sich, und der Hagere verschwand um die Ecke.

Martin und Andreas legten ihre Verschütteten-Suchgeräte an, zogen die Jacken darüber und setzten ihre Mützen auf. Dann stiegen sie in das dunkle Untergeschoss hinab, nahmen ihre Ski, zogen die Felle auf und gingen hinaus in die Kälte, die beim Einatmen in der Nase kitzelte. Kurt, Hias, Andreas' Freundin Angelika und ihr Begleiter Stefan warteten schon abmarschbereit auf sie.

„So, da seid's ja", sagte Hias. „Wenn ihr so weit seid, lauft's amal an mir vorbei und i schau, ob eure Suchgeräte funktionieren. Wartet's dann da vorne bitte."

Als die Prozedur erledigt war, übernahm er die Führung und sie liefen einträchtig hintereinander in den Talboden hinüber. Die ersten Sonnenstrahlen streiften zart die umliegenden Gipfel, die bis dahin noch in ein erst bläuliches, dann zunehmend rötliches Licht getaucht waren.

Das wird ein genialer Tag, dachte Martin Keller.

Er sollte sich, zumindest teilweise, irren.

Sanft stiegen sie am linken Rand des Tales an, über verschneite Hügel und Rücken aufwärts, und liefen dann kurz vorm Ende des Tales links über eine große Moräne. Das rhythmische Surren der fellbespannten Ski gab den Takt vor, wobei Hias stets darauf bedacht schien, dass keiner von ihnen überfordert wurde. Martin, der unmittelbar hinter ihm war, hatte trotzdem schon länger seine Jacke geöffnet und saugte die kühle Luft ein. Die Sonne hatte sie inzwischen eingeholt, aber vor allem die innere Wärme seines inzwischen auf Touren gekommenen Körpers heizte ihm ein.

Der Höhenmesser seiner Uhr zeigte inzwischen gut 2900 Meter an, als Hias in der Flanke an den Rand der Felsrippe linker Hand spurte.

„Da is Gletscher unter uns und da hat's weniger Spalten", erklärte er. „Auch wenn eigentlich genuag Schnee drauf is, aber man weiß ja nia."

Wenig später stiegen sie über eine vergletscherte Rampe zum unteren Rand des felsigen Gipfelaufbaus der Schneeglocke hinauf. Fast alle Berge um sie herum waren inzwischen niedriger, der Blick weitete sich, und sie erreichten schließlich – Martin war schon ziemlich durchgeschwitzt – eine flache

Kuhle am Fuße einer kleinen Felswand unterhalb des Gipfelaufbaus.

„So, da machen mir die Harscheisen drauf. Mir laufen dann da rechts durch den steilen Hang auf den Grat zum Gipfel auffi. Zwei, drei Spitzkehren und mir sind doba. Obifahren können mir dann übrigens da unten rechts vom Rücken, des is viel schöner und steiler, werd's nachher sehen."

Der vom Wind hart geblasene Schnee im westlich exponierten Hang erforderte aufmerksames Gehen. Doch bald waren sie kurz unterhalb des Gipfels im flachen Gelände. Es windete ein wenig auf dem Grat, aber obwohl es erst kurz nach neun war, wärmte die Sonne jetzt im Frühjahr bereits intensiv und wohltuend.

Alle zogen die Felle von den Ski ab, verstauten sie in den Rucksäcken, steckten die Ski in den Schnee, tranken vom warmen Tee aus den metallenen Thermoskannen, bissen in ihre Brote oder aßen einen Riegel. Dann stiegen sie gemeinsam den breiten Grat hinauf.

Rechts unterhalb lag das Ochsental, sie sahen die Wiesbadener Hütte, konnten sogar einzelne andere Tourengeher entdecken, die Richtung Ochsenkopf oder Dreiländerspitze unterwegs waren. Links überblickten sie das Klostertal, eine Vierergruppe lief gerade die letzten Meter hinauf zur Roten Furka, die in die Schweiz hinüberführte.

Hias blieb kurz unter dem Gipfel stehen, trat einen Schritt zur Seite und sagte: „So, Martin, danke noch mal für alles. Du gehst jetzt als Erster auf den Gipfel."

„Also Hias, soll ich wirklich? Komm, du hast mir doch damals das Leben gerettet!"

„Na, jetzt fang nit scho wieder damit o. Auf, geh scho", sagte Hias lachend. „Jetzt lass mir doch auch mal mei Freud!"

„Also gut, vielen Dank", sagte Martin, klopfte dem zehn Jahre älteren Hias auf die Schulter und ging vorbei.

Wir haben uns unter furchtbaren Umständen kennengelernt, und jetzt sind wir Freunde, dachte Martin Keller. Es kam ihm so vor, als würde sich gerade in diesem Moment der Kreis schließen, als würde jetzt erst alles, was im letzten Sommer rund um den Kreuzkogel passiert war, einen Sinn bekommen.

Ein paar Schritte später standen sie gemeinsam auf dem Gipfel und lagen sich in den Armen.

„Du, Hias, ich danke dir. Ich glaube, das hat alles so sein sollen“, sagte Martin leise.

„Vielleicht“, flüsterte Hias. „Das Leben geht halt nia an geraden Weg.“

„Nein, tut es nicht.“

Kurt stand lächelnd daneben und sah ihnen zu, während sich um sie herum ein Gipfelmeer aufgetan hatte, das sie allein schon hätte ergriffen machen müssen.

Die anderen drei schüttelten sich die Hände, herzten sich und richteten sich zur Gipfelrast. Es war Viertel vor zehn.

20

Florian hatte über den letzten Abend nachgedacht, während sie in den Spuren der anderen das lang gestreckte Tal fast bis zum Ende gelaufen waren. Nun hatten sie diese verlassen und querten rechts aufwärts, gelangten so in eine steilere Rinne, die sie langsam emporstiegen. Toni, der voranspurte, begann erste Kehren zu gehen. Rechts oberhalb von ihnen lag die alte österreichische Zollhütte, die aber schon lange nicht mehr als solche genutzt wurde, sondern vom Staat dem Skiclub Galtür verkauft worden war.

Florian dachte an die Diskussion über die Zwangsarbeiter. Und er dachte an den Historiker am Nachbartisch und diesen Bergführer, der erzählt hatte, dass sein Vater auf der Baustelle hatte arbeiten müssen. Und an Max, dessen Vater und Großvater doch damals auch dort oben beschäftigt waren, wie er schon vor Jahren mal erzählt hatte. Aber sie waren freiwillig dort gewesen, als Ingenieure, mit ihrer Baufirma, sie hatten zu den Profiteuren gehört. Man hatte gestern die Mauer spüren können, die da plötzlich zwischen den beiden gestanden hatte, nachdem Max sich eingemischt hatte.

Und er, Florian, war nicht auch er ein Profiteur? War seine Familie, vor allem sein Großvater, nicht auch schuldig gewesen? Vielleicht sogar noch mehr als der Vater und der Großvater von Max? Hatten sie nicht das Haus der jüdischen Familie entrissen, die nach dem Krieg fast nichts mehr zurückbekommen hatte? Zumindest die beiden Kinder nicht, die rechtzeitig geflohen waren, im Gegensatz zu ihren Eltern, die nach ihrer Deportation im Konzentrationslager ermordet worden waren. Er hatte nachgeforscht, nachdem er erfahren hatte, was für ein Haus das war, das ihm seine Eltern da vererbt hatten. Die meisten österreichischen Juden, und natürlich auch die aus Tirol, waren nach dem Anschluss geflohen, sehr viele nach Italien, wo der Faschismus nicht so antisemitisch war wie im Deutschen Reich. Vor allem in Meran hatte sich eine große Gemeinde zusammengefunden, die sich dann aber wieder auflöste, als Italien 1943 die Seiten wechselte. Die Nazis hatten sich um ihren Besitz gerissen wie die Raubtiere. Und sein Großvater war offenbar einer von ihnen gewesen. „Arisierung“ hatten sie das Aneignen jüdischen Eigentums zu Spottpreisen genannt. Das meiste Geld war dabei nicht mal bei den jüdischen Eigentümern angekommen.

„Gleich san mer doba“, meinte Toni nur knapp.

Sie redeten nicht viel, alle waren angespannt, obwohl doch das meiste geschafft war. Es war nicht mehr weit. Sie würden in der Scharte eine Rast einlegen, um dann gemütlich nach Klosters hinabzufahren.

Die Sonne schien, es war relativ warm und windstill. Tatsächlich legte sich das Gelände nun langsam zurück, sie verließen die Rinne und konnten in vielleicht fünfzig Meter Entfernung schon das dunkle Metallschild sehen, das auf der Grenze zur Schweiz stand.

Dort angekommen, drehte sich Toni um und reichte den anderen die Hand.

„So, da san mir, herzlichen Glückwunsch, Kollegen! I würd sagen, mir gehen noch vor, bis mir obischauen können, und dann mach mir vielleicht a kurze Pause.“

Sie schüttelten sich die Hände und lachten schon verhalten in der aufkeimenden Gewissheit, dass sie einen entscheidenden Abschnitt geschafft hatten. Nur Florian fühlte nichts von der Euphorie, die sich bei den anderen breitzumachen schien.

Es waren nur noch ein paar Meter, bis sich der Blick hinab auf den Silvrettagletscher öffnen würde und sie die Abfahrt sehen könnten, als sie plötzlich Stimmen hörten. Toni hob die Hand, steuerte die Felsen am rechten Rand des Sattels an und bedeutete den anderen zu warten.

„Wartet mal, setzn mir uns an Moment!“, flüsterte er.

„Was is?“, fragte Hans leise.

„Hast du nit auch da vorne die Stimmen gehört?“

„Ja, hab i. Na und? Des sind wahrscheinlich a paar andere Leut, die von der Schweiz nüberkommen. Vielleicht machen die auch a Pause, da um die Ecke?“

„Aber da is doch die Schweizer Zollhütte", sagte Toni.

„Also, jetzt kimm, die alte Hütten is doch schon seit Jahren nimmer in Betrieb", erwiderte Max. „Die ham's doch vermietet gehabt, des hat mir der Marco aus Klosters erzählt. Da brauchst koa Angst ham."

Die Stimmen wurden lauter. Die vier sahen sich an, sie blickten gespannt zu den verschneiten Felsen hinüber, aus deren Richtung die Laute zu ihnen drangen. Kurz darauf erschienen dort zwei Männer, die graue Hosen und blaue Jacken trugen. Aus der Tasche des Größeren lugte die Antenne eines Funkgeräts heraus. Sie unterhielten sich lachend.

„Des is Polizei", flüsterte Max.

„Bis du sicher?", fragte Toni beunruhigt.

„Ja! Ganz ruhig", entgegnete Max knapp, blickte in die Bergwelt und zeigte zum Verstanclahorn, als würde er den Kameraden die umliegenden Gipfel erklären.

Im nächsten Moment sahen die beiden Polizisten zu ihnen herüber, redeten kurz miteinander und kamen dann auf die vier Männer zu. Als sie wenige Meter von ihnen entfernt waren, konnten sie den Schriftzug auf der Jacke lesen: „Alpinkader Kantonspolizei Graubünden" stand da.

„Grüezi! Na, kommen Sie von der Bielerhöhe?", fragte der größere und ältere der beiden.

„Äh … ja", antwortete Toni.

„Aha, und jetzt möchten Sie Ihre Tour in der Schweiz fortsetzen?", fragte der Ältere.

„Ähem … na ja", stotterte Toni, aber Max antwortete geistesgegenwärtig: „Nein, mir fahren gleich wieder runter. Unser Auto steht in Partenen und heute Abend soll des Wetter ja schlecht werden. Da kämen mir vielleicht nimmer zurück."

„Ja, das ist sicher vernünftiger. Sonst hätten wir Sie jetzt kontrollieren müssen. Aber das wäre ja kein Problem gewesen, Sie haben ja sicher Ihre Papiere dabei, oder?", sagte der kleinere der Schweizer.

„Ja klar", meinte Max, griff in die Innentasche seiner offenen Jacke und umfasste den Griff seiner Walther P1 Automatik. „Aber mir fahren wieder auf der österreichischen Seite obi. Mir geben des Geld lieber dafür aus, heit Abend guat essen zu gehen, als morgen mit der Bahn außen herum zu fahren“, antwortete Max und lachte.

„Gut, dann lassen Sie mal Ihren Ausweis stecken“, meinte der Größere. „Na dann, an schönen Tag noch und an guaten Appetit am Abend.“

„Danke“, erwiderten alle vier erleichtert. Die Polizisten verabschiedeten sich, stapften durch den Schnee zurück und verschwanden wieder um die Ecke.

„Scheiße!“, zischte Hans.

„Na ja, freundlich waren sie ja. Und eigentlich haben mir auch Glück gehabt, des musst auch sehen“, sagte Max.

„Puh, mir is eben aber ganz schön des Herz in die Hosen eini gefallen“, gab Toni zu.

„Was mach mer denn jetzt?“, fragte Florian.

„Tja, hier können mir nit nüber. Aber es gibt ja noch andere Übergänge, die Rotfluhlücke oben an der Schneeglocke zum Beispiel“, sagte Toni. „Da können's uns aber auch sehen, wenn's noch da oben sind, und mir ham ja gesagt, mir wollen nit in die Schweiz.“

„So a verfluachter Scheiß!“

„Na komm, Hans, was sagst du?“, fragte Florian. „Vielleicht können mir ja noch woanders da rüber?“

„Na ja, da gibt's noch die Winterlücke“, erklärte Hans. „Da müss mer erst wieder obi und gegenüber von der Klostertaler Hütte links auffi Richtung Litzner Sattel, wisst's, zur Saarbrücker Hütte ummi. Kurz unterhalb vom Sattel geht's dann nach Süden wieder auffi zur Lücke. Moment, i hol mal geschwind die Karte raus.“

„Naa, mir gehen erst mal wieder zurück auf die österreichische Seite, wo die uns nimmer sehen“, erwiderte Max. „Wer weiß, sonst kriagn die gerad an Funkspruch, während mir da hocken.“

Die anderen stimmten zu und die Gruppe setzte sich wieder in Bewegung.

Nachdem der erste Schock verdaut war, realisierten sie, dass es jetzt viel anstrengender, unberechenbarer und komplizierter werden würde, als sie alle noch ein paar Minuten vorher gedacht hatten.

21

Marcel spülte in einem großen Topf das Geschirr vom Frühstück, Peter trocknete ab. Dann packten sie die letzten Dinge in ihre Rucksäcke, stellten sie vor die alte Zollhütte, richteten ihre Ski zur Abfahrt und verriegelten die Läden.

Als Marcel die Hütte abschloss, kamen Ruedi und René von ihrem Spaziergang zurück. Sie unterhielten sich kichernd.

„Was lacht's denn so? Häbt ihr jemand troffe?"

„Ja, da warn tatsächlich vier Skitouristen, die sind ganz bliech worde, als mir gesagt hän, dass sie sich ausweisen müssen, wenn sie in'd Schwiz inni wollet."

„Na, die Leute verängstigen ist ja eigentlich nicht unsere Aufgabe", erwiderte Marcel. Er schüttelte den Kopf.

„Nei, kei Angscht, wir haben sie nicht verjagt. Sie wollten sowieso wieder nach Österreich zur Bielerhöhe abfahren. Aber sie hän scho anfange stottere."

„Ward's aber freundlich zu ihne?", fragte Marcel noch mal nach, den beiden ernst in die Augen blickend.

„Ja, aber natürlich!", versicherte René mit engelhaftem Gesichtsausdruck.

„Also guat", sagte Marcel seufzend, „dann fahren wir mal nach Klosters, dann haben wir noch was vom Wochenende. Wie war jetzt die Ernstfallübung? Schön isch es gesieh, oder?"

„Jawohl, Chef!", antworteten alle gleichzeitig lachend, setzten die Rucksäcke auf, nahmen ihre Stöcke, stiegen fröhlich in die Bindungen ihrer Ski und fuhren los.

22

Hallo Josef und Markus, bleibt's dabei, heute Abend gegen sechs in St. Anton beim Sailer? Grüße, Martin, Kurt und Hias von der Schneeglocke.

Hias drückte auf „senden" und die SMS war abgeschickt.

„So, da schaun mir mal, ob mir uns mit dene zwoa treffen, oder ob bei ihnen was dazwischenkämma is", meinte Hias und steckte das Handy wieder ein.

„Ja, das wär ein schöner Abschluss für unsere Tour. Leider ist es ja jetzt nur eine kurze Skitour geworden", entgegnete Martin, der neben ihm saß.

„Na ja, da kann man nix machen, immerhin san mir jetzt da doba. Schau mal nach Westen, da drückt's scho ganz milchig eini. I denk mal, heit Abend schneit's vielleicht scho, spätestens morgen früh."

In der Tat überzog dort schon ein grauer Schleier den Himmel, der am Morgen noch wolkenlos gewesen war, von ein paar Zirren abgesehen.

Es piepte aus der Brusttasche von Hias' Tourenjacke. Er holte nochmals sein Mobiltelefon heraus und las die Nachricht vor: *„Ja, wir sind um 18 Uhr in St. Anton, pfiat eich, Markus und Josef (Dreiländerspitze).* – Na, dann sind's ja nur Luftlinie vier Kilometer weg. Schaun mir mal ummi!", meinte Hias, kramte sein kleines Fernglas aus der Deckeltasche und richtete es nach Osten.

„Ja, da sind ja glei sechs, sieben Leut droben, wollt's ihr auch mal schauen?"

„Gerne!", meldete sich Kurt, und Hias reichte ihm das Fernglas.

„Ach ist das herrlich hier oben, ich könnte noch den ganzen Tag da sitzen", meinte Martin, der mit geschlossener Jacke, Mütze und Handschuhen dick eingepackt an seinem dampfenden, heißen Tee nippte.

„Ja, ich auch", meldete sich Andreas zu Wort. „Aber der Schnee wird dann halt immer weicher und wir wollen ja noch was von der Abfahrt haben, is eh scho recht spät." Er saß rechts von ihnen mit seiner Freundin Angelika angekuschelt auf den Rucksäcken, etwas unterhalb hatte es sich ihr Gefährte Stefan gemütlich gemacht. Er schaute immer noch kauend in das Rund der Gipfel um sie herum.

„Sag mal, Andreas, die Zwangsarbeiter, san die auch da drüben über die Rote Furka geflüchtet?", fragte Stefan etwas undeutlich.

„Ja, probiert ham sie's sicher, aber die Chancen warn schlecht. Die alte österreichische Zollhütte da unten war ja besetzt von den Nazis, so wie alle grenznahen Alpenvereinshütten konfisziert worden waren, allerdings erst Anfang der vierziger Jahre. Vorher, als die Hütten noch offen waren für die normalen Bergsteiger, da sind die Bergtouristen wohl noch an den Zwangsarbeitern vorbeigelaufen", berichtete Andreas. „Unten auf dem Weg von der Bielerhöhe zur Wiesbadener Hütte gibt's ja den alten Steinbruch. Der war offenbar umzäunt, und die Arbeiter haben wohl die Leute angebettelt, des kann man sich heit gar nimmer vorstellen. Vor allem die Einheimischen haben denen dann ab und zu was zu essen zugesteckt, obwohl's verboten gewesen ist. Aber des hat natürlich den Kohl au nit fett gmacht."

„Na, da wär mir ja die Lust an den Bergen vergangen, wenn ich an den armen Teufeln hätte vorbeigehen müssen", meinte Martin.

„Das ist es wahrscheinlich auch den meisten, wobei da natürlich auch der eine oder andere stramme Nazi aus dem Reich vorbeigekommen is, der das als Fortschritt oder zumindest als richtig angesehen hat", gab Andreas zu bedenken. „Es war halt eine ganz andere Zeit damals."

Hias stöhnte und atmete einmal tief durch. „Können mir mit dem Thema jetzt mal aufhören? Es is so schön heit da, lass mir's jetzt mal dabei", bat er leise.

„Klar. Entschuldige, Hias", sagte Andreas.

„Is scho guat, i find's ja guat, dass sich heit no jemand dafür interessiert, aber im Moment wär's nett vo eich, wenn's ihr mi damit mal in Ruah lassen tät's. Versteht's mi nit falsch, aber …"

„Das machen wir gerne, mir verstehn di scho", meinte Andreas und es war einen Moment lang still.

Alle sogen nur den Anblick des fast unendlichen Raums des verschneiten Gebirges auf und gingen ihren Gedanken nach.

Nach vielleicht fünf Minuten stand Andreas auf und ging zu Hias hinüber.

„Sag mal, wollen mir vielleicht die Nummern tauschen? I würd mi gern noch mal mit dir unterhalten, wenn du magst."

„Sicher, auf jeden Fall, des können mir machen."

Sie tauschten die Telefonnummern und Andreas, Angelika und Stefan machten sich bereit zum Abstieg.

„So, mir gehen scho mal los. Vielleicht sehen wir uns ja weiter unten noch mal", sagte Andreas.

„Wo steht denn euer Auto?"

„Wir sind von Wirl aus mit dem Ratrac vom Berggasthof Piz Buin hochgefahren", erwiderte Stefan.

„Ah so! Mir stehen unten in Partenen, da sehen mir uns wahrscheinlich nimmer, es sei denn, ihr legt's euch alle paar Meter hi. Also, macht's guat!", entgegnete Hias.

Sie reichten sich die Hände, und wenig später waren Martin, Kurt und Hias allein auf dem Gipfel.

„Ist die direkte Abfahrt runter nicht zu steil bei den Verhältnissen, Hias?", wollte Martin wissen.

„Naa, des is ja westlich exponiert, des geht scho, koa Problem. Da hat sich das inzwischen auch gnuag gesetzt. Ihr habt's ja die Spuren gsehen, da sind ja auch scho einige vor uns obigfahren die letzten Tag."

„Was ist das eigentlich für ein Klotz, der Gipfel da drüben?"

„Des is das Fluchthorn", erklärte Hias und fing an, das ganze Panorama zu erläutern. Der Blick reichte im Südwesten bis zum Piz Bernina, der zwischen dem mächtigen Piz Linard und dem steilen Verstanclahorn herausschaute. Der Blick nach Westen zu den Berner Alpen und zum Tödi wurde bereits von der nahenden Warmfront behindert. Im Nordwesten stand die breite Schesaplana, und im Nordosten konnte man rechts des Verwalls mit der massigen Kuchenspitze noch bis zur Zugspitze sehen. Im Osten waren Wildspitze und Weißkugel der Ötztaler Alpen markante Gipfel, und südlich ragte neben vielen anderen Gipfeln der Ortler auf.

„Warst du eigentlich schon öfter hier oben?“, wollte Kurt wissen.

„Bestimmt scho zehn Mal. Des is halt a recht einfache Tour, die man mit die meisten Kunden machen kann, auch wenn die Verhältnisse nit so ideal sind. Gehst eigentlich in Kanada auch manchmal auf Skitour?“

„Ja, schon, aber ich war auch ab und an beim Heliskiing. Da gibt es wirklich Wahnsinnsabfahrten und sensationellen Pulverschnee. Ich weiß natürlich, dass das hier umstritten ist, aber dort sind die Berge halt nicht so erschlossen wie hier, mit den ganzen Liften, Straßen und Hütten. Und da macht sich kaum einer Gedanken deswegen.“

„Is bestimmt super, i hab a Menge Kollegen, die da im Winter ab und zua als Führer beim Heliskiing arbeiten, und die sind natürlich auch begeistert. Is halt a andere Kultur da drüben.“

„Genau, aber so eine Skitour, bei der man sich die Abfahrt erst verdienen muss, und mit einer gemütlichen Hütte, finde ich immer noch am besten.“

„Das sehe ich auch so“, meinte Martin.

„Na guat, dann schauen mir uns die Abfahrt amal an, oder?“

„Machen wir!“, bestätigte Martin, und die drei standen auf und richteten ihre Sachen zum Abstieg. Ein paar Minuten später waren sie wieder bei ihrem Skidepot.

Andreas, Angelika und Stefan waren schon fort.

23

Sie hatten sich entschieden. Lange hatten sie diskutiert. Florian hatte nur zugehört, ihm war ohnehin klar, wie es ausgehen würde. Hans hatte moniert, sie hätten es darauf ankommen lassen sollen, es wäre doch kein Problem gewesen, die Ausweise vorzuzeigen. Er glaubte nicht, dass sie ihr Gepäck kontrolliert hätten. Aber Max und vor allem Toni hatten Angst und wollten es nicht noch mal versuchen, zumal es nach dem Gespräch nun ohnehin zu spät war.

Der Weg über die Winterlücke schien die einzig logische Variante zu sein, schließlich wollten sie die Ware rechtzeitig ihrem Abnehmer übergeben und natürlich auch aus Österreich herauskommen.

Folglich mussten sie ihre Aufstiegsroute wieder hinabfahren. Unter normalen Umständen wäre das das reinste Vergnügen gewesen. So aber war es ein Schritt zurück. Sie wollten nur schnell den befreienden Übergang erreichen, um wenigstens gegen Abend noch in Klosters anzukommen.

Flott ließen sie nun die Ski bergab laufen. Florian fuhr allen davon, er war eben immer noch klar der beste Skiläufer unter ihnen.

Trotzdem war seine Vorfreude, jetzt gleich den steilen Hang Richtung Litzner Sattel hinaufzustapfen, absolut begrenzt. Letztendlich standen sie nur vielleicht zweihundert Meter von ihrem Ausgangspunkt entfernt, als sie wieder die Felle aufzogen.

Max übernahm entschlossen die Führung. Schnell stieg die Neigung des Hanges an, über den im Sommer ein Wanderweg führte, der in einigen Abschnitten sogar mit Seilen gesichert war. Toni war skeptisch und reihte sich mit großem Abstand ganz am Schluss ein. Die Steighilfen seiner Skibindung hatte er inzwischen in der höchsten Stufe eingerastet.

Max fing in immer kürzeren Abständen an, Spitzkehren in seine Aufstiegsspur einzubauen, wobei er schon richtig auf seinen Stöcken hing.

Unterhalb von ihnen fuhren drei der Tourengeher, die bereits von der Schneeglocke kamen, vorbei. Wir hätten doch vor den anderen aufbrechen sollen und nicht danach, dachte Toni.

Sie hatten vielleicht die Hälfte der Steilstufe hinter sich gelassen, als er oberhalb einen dumpfen Knall hörte und gleich anschließend die Bewegung spürte, die den ganzen Hang erfasste, in dessen Mitte er eben noch gestanden hatte. Er löste intuitiv seinen ABS-Rucksack aus. Nun ging es abwärts und es wunderte ihn nicht mal, er hatte es befürchtet. Während er den Oberschenkel nach innen drückte, fühlte er, wie die Schneemassen seinen Unterschenkel mit dem Ski nach außen rotierten, mit unaufhaltsamer Gewalt verdrehte sich sein Knie, bis er ein Knallen vernahm und einen brutalen Schmerz spürte, der nicht von außen, sondern aus seinem Bein kam.

24

„So, i fahr mal vor. Ruft's einfach, wenn i halten soll. Oben im Steilen isses a bissl hart, da müssts aufpassen, aber dann is der Schnee super. Vielleicht hat's unten a bisserl Harsch, aber ihr seid's ja guate Skifahrer, oder? Also, pack mer's!", gab Hias das Kommando.

Martin und Kurt schauten ihm noch einen Moment anerkennend nach und nickten sich zu, bevor sie sich auch ins Vergnügen stürzten. Und das war es wirklich. Es hatte aufgefirnt, die Schneedecke trug sie, ohne dass sie einbrachen, sodass es eine wahre Freude war, darauf hinabzuschwingen. Schnell kamen sie tiefer, wechselten in die steilere Abfahrt, die nördlich des Gletschers, auf dem sie aufgestiegen waren, direkter hinunter zur Hütte führte. Ganz unten konnten sie die anderen erkennen, allesamt souveräne Skifahrer, die schon fast im Talgrund angekommen waren.

Hias hielt ab und zu an, um auf sie zu warten. Sie verschnauften ein wenig, auch wenn sie vielleicht ohne Pause hätten durchfahren können, doch es wäre schade gewesen, diese Hänge einfach so hinabzurasen, ohne die Atmosphäre und die Eindrücke dieser einsamen Umgebung in sich aufzunehmen. Nur am linken Rand, dort wo die Sonne noch nicht so oft hingeschienen hatte, war etwas Bruchharsch, was Martin zum Verhängnis wurde, der dachte, er könne dort seine eigene Spur legen und dabei prompt auf die Nase fiel. Hias und Kurt standen etwa hundert Meter rechts unterhalb von ihm und ihr Lachen schallte zu ihm herüber. Martin rappelte sich ebenfalls lachend wieder auf, wischte sich den Schnee aus dem Gesicht und von der Sonnenbrille, klopfte sich ab, zog schließlich den verlorenen Ski wieder an und fuhr zu ihnen hinüber.

„Na, Martin, hast ein Bad genommen?", grinste Hias ihn an.

„Ja, das war sehr erfrischend!", erwiderte Martin schmunzelnd. „Solltet ihr auch mal machen!"

„So? Vielleicht ergibt sich ja noch a Gelegenheit", flachste Hias. „Also, auf geht's!"

Als sie fast unten waren, hielten sie an.

„Na, was tun die denn da?“, wunderte sich Kurt. „Die sind ja ziemlich spät dran.“

Gegenüber der Hütte, etwa in der Mitte des steilen, ostexponierten Hangs, stiegen vier Leute in Spitzkehren bergan.

„Sind des nit die von gestern Abend?“, fragte Hias.

„Ich glaube schon“, antwortete Martin. „Waren die das nicht auch, die vorhin zur Roten Furka hochgelaufen sind?“

„I mein scho.“

„Wo geht's denn da hin?“, fragte Kurt.

„Zur Saarbrücker Hüttn ummi, über den Litzner Sattel. I weiß ja nit, ob des so schlau is“, überlegte Hias. „Na ja, fahrn mer mal weiter, die müssen selbst wissen, was sie tuan“, entschied er dann.

Ein paar Schwünge später waren sie im fast ebenen Talgrund und ließen ihre Ski in Richtung der schmalen Verengung unterhalb der Klostertaler Umwelthütte gleiten, als unvermittelt ein dumpfer Knall durch das Tal schallte. Sie hielten an, drehten die Köpfe und konnten sehen, wie die vier Tourengeher erst langsam, dann immer schneller wie Spielfiguren inmitten eines breiten Schneebretts abwärts rauschten.

„Ach du Scheiße …“, murmelte Martin.

„Naa, des hat no gefehlt“, meinte Hias.

Kurt riss mit entsetztem Blick die Hände an seine Stirn.

Oberhalb der Tourengeher hatte sich die Schneedecke an einer etwa einen halben Meter dicken Abbruchkante auf gut hundert Metern Breite gelöst und glitt mit einem gespenstischen Rauschen unaufhaltsam abwärts. Die erschrockenen Schreie der Männer drangen zu ihnen herüber, Martin und seine Freunde mussten machtlos zusehen, wie die Menschen umgerissen, teils von der Lawine verschluckt, dann wieder an die Oberfläche gespült wurden. Was eigentlich nur ein paar Sekunden dauerte, schien ihnen wie in Zeitlupe abzulaufen, bis die Schneemassen schließlich zum Stillstand kamen.

„Schnell, auf geht's! Dene müssen mir helfen!“, rief Hias. „Die schaun alle noch raus. Mensch, haben die a Glück ghabt!

Des gibt's gar nit! Naa, solche Rindviecher …", fluchte er und raste in einem solchen Affenzahn los, dass Martin und Kurt ihm kaum folgen konnten.

Sie hasteten hinüber zum Lawinenkegel, der sich bis in die Mitte des Talgrundes erstreckte.

Der unterste der Verschütteten schrie vor Schmerzen. Offenbar war er verletzt. Aber er rief auch nach seinen Freunden.

„Max! Flori! Seid ihr in Ordnung? Hans? I hab mir was gerissen, da is was kaputt gangen! Ahhh …" Er drehte den Kopf in Richtung seiner Kameraden, so gut es ging.

Er war auch der Erste, den sie erreichten. Er steckte bis zum Kopf im Schnee, nur ein Arm befand sich noch an der Oberfläche, die Hälfte des ABS-Ballons lugte ebenfalls heraus. Er stöhnte qualvoll.

„Ja, Toni, warte, wir helfen dir gleich!", rief einer seiner Freunde von oben herab.

„Ist alles okay bei euch? Wartet's, i komm sofort zu euch", rief Hias zu den dreien hinauf, die schon damit begonnen hatten, sich aus ihrer misslichen Lage zu befreien.

„Ich bleibe bei ihm hier, der hat sich offenbar schwerer verletzt", sagte Martin. „Geht ihr ruhig zu den anderen."

„Guat, aber pass auf wegen der Nachlawinen, gell?", erinnerte ihn Hias, bevor er mit Kurt davoneilte.

„Wo tut's denn weh?", fragte Martin, während er seine Lawinenschaufel vom Rucksack löste.

„Mein linkes Bein hat's verdreht, da hat's richtig kracht vorhin, des is so kaum zum Aushalten", antwortete Toni, der gestern noch zwei Tische weiter Karten gespielt hatte und dessen sonst so rote Backen bleich waren.

„In Ordnung, Toni, ich hol dich gleich da raus, und dann schauen wir uns das mal an. Wobei ich dir wahrscheinlich nicht genau sagen kann, was los ist, ich bin zwar Arzt, aber kein Orthopäde oder Sportarzt. Das werden sie dir dann erst im Krankenhaus verraten können."

Martin schippte und legte den Oberkörper des Mannes frei. Er zog ihm den Rucksack ab, damit er sich etwas freier bewegen konnte. Es war nicht einfach zu schaufeln, die Lawine hatte den Schnee hart zusammengepresst. Martin rann der Schweiß von der Stirn.

„Welches Bein ist es denn?“, fragte er.

„Das Linke. Sei vorsichtig, bitte!“, sagte Toni und zeigte auf die Stelle im Schnee, wo das betreffende Bein liegen musste.

„Gut, dann grabe ich das zuerst aus“, sagte Martin.

Toni nickte nur mit schmerzverzerrter Miene.

Immer behutsamer grub Martin weiter, bis er zum Schuh kam. Der Ski war noch am Fuß, die Bindung hatte nicht ausgelöst. Das Bein sah unnatürlich verdreht aus. Während der Oberschenkel nach innen zeigte, war der Unterschenkel nach außen gerichtet. Martin öffnete vorsichtig die Bindung und legte das Bein ab, der Mann stöhnte dabei laut auf.

„Mein Knie, des tuat saumäßig weh“, jammerte er.

„Das schauen wir uns gleich mal an, ich grab noch schnell dein anderes Bein aus“, erklärte Martin.

Als er schließlich fertig war, öffnete er den Rucksack des Verletzten, holte eine Thermoskanne heraus, schüttete ihm eine Tasse heißen Tee ein und suchte weiter im Rucksack nach einem Biwaksack oder etwas in der Art, auf das er den Mann legen konnte, und nach warmer Wäsche zum Drüberziehen oder Auspolstern.

Währenddessen waren zwei der drei Verschütteten schon befreit worden und suchten nach verlorenen Gegenständen ihrer Ausrüstung. Hias und Kurt waren dabei, den Letzten auszugraben. Es war der kleinste von ihnen, jener, der ihnen am Abend zuvor so aufmerksam zugehört hatte. Der größte der Männer, der hagere Raucher, ging langsam auf ihn zu.

„Toni, i bin gleich bei dir“, rief er. „Der Hans ist in Ordnung und den Flori haben wir auch gleich ausgegraben!“

„Guat, Max! Aber i glaub, bei mir is des was Ernstes!“, antwortete Toni kurzatmig.

Max hatte die Ski über die Schultern gelegt, die Stöcke in der Hand. Martin beobachtete ihn, während er weiter im Rucksack wühlte, als er plötzlich etwas Metallisches ertastete.

Er konnte es erst nicht glauben, als sich das Bild dieses Gegenstands in seinem Kopf zusammensetzte. Ungläubig zog er den Gegenstand heraus und schaute ihn mit großen Augen an. Es war eine Pistole, genauer gesagt eine schwarze Automatik mit schlankem Lauf und Magazin.

„Sag mal, was ist denn das hier?", fragte er den Verletzten neben sich.

Der drehte den Kopf zu ihm und sein Mund klappte erschrocken auf. „Oh … Das muass di nit interessieren … glaub mir des …", sagte er stotternd.

Martin hielt die Pistole immer noch mit zwei Fingern in die Höhe, als ihn eine Stimme von oberhalb anfuhr: „Leg die Waffe in den Rucksack zurück, sofort!"

Martin schaute auf, sah in die entschlossenen Augen von Max, der sie inzwischen fast erreicht hatte, und dann in die Mündung einer weiteren Waffe, die Max in der rechten Hand hielt. Die Ski hatte er fallen gelassen.

„Auf geht's, wird's bald?!"

Ganz langsam legte Martin die Pistole in den Rucksack zurück. Er war sprachlos. Erst halfen sie diesen vier Männern, und jetzt wurden sie zum Dank von ihnen bedroht. Er verstand gar nichts mehr.

„Aber …", setzte er an, hob die Hände etwas und schüttelte den Kopf.

„Was ist mit dir, Toni, hast du dir weh getan?", fragte der Mann seinen Begleiter.

„Ja, Max, mein linkes Knie, da is was kaputtgangen. Lass ihn mal nachschauen, des is a Arzt!", bat dieser.

„Guat, dann schau mal nach!", befahl er und winkte Martin mit der Pistole zu seinem Begleiter.

„Das … das kann ich gerne machen, aber stecken Sie das Ding weg. Ich tue Ihnen nichts, wir sind hier, um Ihnen zu helfen!", antwortete Martin, der langsam seine Sprache wiederfand.

„I glaub, des kannst getrost mir überlassen. Im Moment entscheid i selbst, was i zu tun hab, Herr Doktor!"

Martin sah an Max vorbei und konnte erkennen, dass der kräftige Mann mit den rotbraunen Haaren, der wohl Hans hieß, eine Pistole auf Kurt und Hias richtete.

„Sagt mal, was ist hier eigentlich los? Warum seid ihr bewaffnet und bedroht uns? Das hat doch keinen Sinn, was ihr hier macht, euer Freund muss doch ohnehin mit dem Hubschrauber geholt werden. So kommt ihr doch nirgendwo mehr hin. Und uns ist egal, was ihr hier tut, ich erzähle doch ohnehin niemand etwas, höchstens wenn es um Medizinisches geht, alles andere interessiert mich nicht“, meinte Martin. Vorsichtig half er Toni dabei, die Skihose hinunterzustreifen, damit er das Knie untersuchen konnte.

„Ich möchte von dir auch nur medizinische Kommentare hören, den Rest kannst dir sparen“, konterte Max. „Also, was ist?“

Kopfschüttelnd wendete Martin sich wieder dem Verletzten zu. Dessen Knie war bereits dick und man konnte zuschauen, wie es immer mehr anschwoll.

Er bewegte es etwas und der Mann schnappte nach Luft vor Schmerzen.

„So wie ich das einschätze, ist das eine schwere Kombinationsverletzung des Knies. Der Klassiker bei einer derartig massiven Rotation des Unterschenkels nach außen ist die sogenannte ‚Unhappy Triad‘, so nennen das die Orthopäden. Das ist eine Kombination aus einem Riss des vorderen Kreuzbands, des Innenbands und des Innenmeniskus. Etwas in der Art könnte das sein. Wenn er Pech hat, kommt noch eine knöcherne Verletzung beziehungsweise ein Bruch dazu. Das schaut übel aus. Er muss sofort abtransportiert und ziemlich sicher operiert werden. So viel kann ich in jedem Fall sagen, auch wenn ich kein Orthopäde oder Unfallchirurg bin. Wir sollten das erst mal kühlen.“

„Was mach mer denn jetzt?“, fragte der Untersuchte stöhnend.

„Mir packen alles zsamm und gehen nüber zur Hütten, dann schaun mir weiter. Was fehlt denn noch an Ausrüstung?“, fragte der Bewaffnete.

„Meine Skistecken san da no irgendwo, und a Handschuh. Die Ski liegen noch im Schnee.“

„Guat, wenn mir alles beinander haben, rücken mir ab. Muss das irgendwie verbunden werden?“

„Ja, ein Stützverband ist sicher nicht falsch, auch damit nicht weiterhin so viel Blut ins Knie läuft, deshalb wird es nämlich so dick. Es sieht allerdings jetzt schon wesentlich größer als das andere aus.“

„In Ordnung, dann mach das. Und wenn mir alles gefunden haben, gehn mir“, entschied Max.

Eine Minute später waren auch die anderen bei ihnen. Hias, Kurt und Martin warfen sich schulterzuckend Blicke zu, Max hatte ihnen gesagt, dass sie sich nicht unterhalten sollten.

„Von eich möchte i ab jetzt koan Mucks mehr hören, ham mir uns verstanden?“, hatte er gesagt und sie hatten tief durchatmend genickt.

„So, jetzt gebt's ihr mir mal eure Handys, dalli!“, forderte er sie auf. „Auf geht's gemma, gemma!“

Sie reichten ihm widerwillig die Mobiltelefone, er gab sie an Hans weiter, der sie ausschaltete und einsteckte.

Ein Handschuh blieb verschwunden, als sie schließlich Richtung Hütte aufbrachen. Hias musste vorausgehen, hinter ihm lief Max und dahinter stützten Martin und Kurt den Verletzten, der seine Arme über ihre Schultern gelegt hatte und nur mit Mühe seine Ski durch den Schnee bewegte. Seine beiden Komplizen liefen am Ende.

Bald waren sie wieder auf der Spur, die sie in umgekehrter Richtung morgens auf die Schneeglocke geführt hatte. Zur Hütte ging es noch mal ein paar Höhenmeter leicht ansteigend aufwärts. Das Knie des Verletzten war gar nicht mehr zum Steigen zu gebrauchen, sodass er es zwar immer kurz belastete, dabei aber von Martin und Kurt gestützt werden musste.

Auf diese Weise quälend langsam unterwegs, erreichten sie erst fast eine halbe Stunde später die höchstens fünfhundert Meter entfernte Klostertaler Hütte.

25

Josef Brugger, der Hüttenwirt der Oberwiesler Alm, Anfang fünfzig, rund eins achtzig groß mit kurzen, noch überwiegend schwarzen Haaren, sah auf die Uhr. Es war 19.15 Uhr.

„Na, wo bleiben's denn?", fragte sein Schwager Markus Schuster, der ebenso hager war wie er.

„Koa Ahnung, vielleicht is die Straßen blockiert oder die Vermuntbahn kaputt, was woaß i. Rufen wir sie mal an, oder?", schlug Josef vor.

Markus, der blond und in etwa so groß war wie Josef und dessen hervorstechendstes Merkmal seine markante Nase war, die sein ansonsten ebenmäßiges Gesicht mit graublauen Augen schmückte, nickte nur und trank noch einen Schluck Bier.

Brugger wählte, es dauerte einen Moment und er hatte die Mailbox von Martin Keller dran. Er überlegte kurz und versuchte es dann bei Hias Steger. Auch hier meldete sich nur der Anrufbeantworter.

„Hm, beim Martin und beim Hias is glei die Mailbox drangangen. Entweder sind's in am Funkloch, die Akkus sind hi oder sie ham die Handys aus, weil's Strom sparen wollen. Die neuen Dinger brauchen ja brutal Strom. I bin froh, dass i noch mei altes Handy hab, da hält der Akku a Woche, wenn man nit groß telefoniert", sagte Josef.

„Moanst nit, dass da was passiert is?"

„Naa, des glaub i nit. Die Verhältnisse san doch guat gewesen, höchstens a Verkehrsunfall oder so eppes. Wahrscheinlich sind's noch mal eingekehrt. Die werden schon noch kämma", tippte Josef.

„Mir können ja schon mal was bestellen, was meinst? Sonst hab i glei an Rausch", sagte Markus.

„Ja, von mir aus, aber mir warten hier, bis sie da san."

Um zwanzig nach acht hatten sie gegessen. Markus war inzwischen zum Wein übergegangen, Josef hatte es bei einem Viertel Roten bewenden lassen, er war der Fahrer. Die drei

Freunde waren nicht erschienen und allmählich begannen sie, sich Sorgen zu machen.

Als kurz nach 21 Uhr immer noch niemand gekommen war, beschloss Josef bei Nadine anzurufen, um zu fragen, ob sie etwas gehört hatte. Erst hatte er gezögert, weil er sie in ihrem Zustand nicht unnötig ängstigen wollte, aber nun konnte er nicht mehr anders.

„Keller-Mercier!“

„Griaß di, Nadine, da ist der Josef. Du sag mal, hast du scho was vom Martin gehört, oder sind die alle scho daheim? Mir hatten uns da in Sankt Anton verabredet, aber die kämmen nit.“

„Oh … nein. Das ist ja komisch. Ich habe gestern Abend das letzte Mal mit ihm telefoniert. Wann wolltet ihr euch denn treffen?“

„Um sechse, aber jetzt ist es bald Viertel nach neune und die sind immer noch nit da.“

„Hast du schon mal bei ihnen angerufen?“

„Ja, aber da geht immer nur die Mailbox dran, es tutet nit amal. I möcht dir kei Angst machen, aber i find des langsam seltsam.“

„Hm, was kann man denn da tun?“

„I tät vorschlagen, du meldest di sofort, wenn du eppes hörst, und i mach des Gleiche. Spätestens wenn mir bis Mitternacht nix von ihnen gehört haben, dann alarmieren mir die Bergwacht. I denk, mir fahrn mal nach Partenen und schaun, ob die Autos noch auf dem Parkplatz vor der Bahn stehen. Wenn i da bin, sag i dir in jedem Fall Bescheid, okay?“

„Gut. Hoffentlich ist nichts passiert! Danke, Josef.“

„Gerne, Nadine. Wahrscheinlich is des bloß a Missverständnis oder die ham a Panne irgendwo in am Funkloch oder so.“

„Das wäre ja halb so schlimm.“

„Ja, eben, es wird sich schon alles auflösen. I meld mi, gell?“

„Bis nachher, Josef, danke noch mal.“

Nadine legte auf. Sie konnte das ungute Gefühl vom letzten Sommer nicht unterdrücken, das sie sofort wieder überkam.

Diese hilflose Stimmung, die ihr noch so gegenwärtig war, die Angst um ihn, als er plötzlich weg war, die schlechten Nachrichten, die sie von anderen erhalten hatte, die Ohnmacht, nichts tun zu können, der Situation ausgeliefert zu sein. Aber vielleicht war die Erklärung ja ganz profan und sie machte sich umsonst Sorgen. Ruhe bewahren, dachte sie, ich muss Ruhe bewahren.

26

Martin Keller sah aus dem Fenster des Matratzenlagers. Es wurde langsam dunkel, die Berge begannen blass und kalt auszusehen. Die Sonne war schon länger verschwunden, nachdem die dichte Wolkendecke sich langsam vor sie geschoben hatte.

Die Hoffnung, heute noch ins Tal zu gelangen, hatte er längst begraben.

Spätestens als auch der Verletzte selbst ablehnend auf seinen nachdrücklichen Rat reagiert hatte, sich so schnell wie möglich bergen zu lassen.

Erste feine Kristalle fielen unaufgeregt vom Himmel, es war fast windstill, aber das dürfte nur der Anfang eines immer stärkeren Schneefalls sein, wenn der Wetterbericht recht behielt. Und wenn das so käme, würden sie wahrscheinlich morgen hier festsitzen – falls ihnen die Männer bis dahin nicht noch etwas antaten.

Nicht schon wieder so ein Fiasko, dachte er. Oh Gott, arme Nadine. Wenn dieser Mann trotz der Schwere seiner Verletzung nicht ins Tal wollte, musste es dafür schon bedeutende Gründe geben, und auch das gab ihm zu denken. Er hatte ihn auf der Hütte noch mal untersucht: Es gab keinen Zweifel, das Knie war völlig hin, und das würde sich auch in ein paar Tagen nicht von selbst bessern.

Nach der Untersuchung war Martin mit seinen beiden Freunden ins Matratzenlager geschickt worden. Hans, der sie bedroht hatte, saß mit einer Pistole vor ihnen auf einem Stuhl neben der Tür zum Aufenthaltsraum, die anderen waren draußen. Martins „Patient" Toni schlief in einem der drei Betten im Vorraum.

Die Zeit verging nur langsam und träge, während sie hier untätig ausharrten, aber es lag Spannung in der Luft. Er konnte nur hoffen, dass die vier nicht noch auf dumme Ideen kamen. Martin hatte eigentlich nicht den Eindruck, dass sie Berufsverbrecher waren. Trotzdem konnte er noch nicht beurteilen, ob das die Situation für sie ungefährlicher machte. Zumal sie ja nun ihre Vornamen kannten und somit eine Bedrohung für sie darstellen mussten.

Die Tür öffnete sich, der hagere Max trat ein.

„So, Herrschaften, was habt's ihr denn noch zu essen dabei?"

Viel war es nicht: ein bisschen Brot, Käse, ein paar Gemüsereste, Riegel, nur Hias hatte noch etwas Wurst.

„Hm, na dann schaun mir mal, was draußen im Schrank noch alles is."

27

Gleich würden sie mehr wissen. Es war kurz vor halb elf. Josef steuerte in dichtem Schneefall seinen betagten Mercedes-Geländewagen auf den Parkplatz der Vermuntbahn in Partenen. Die Scheinwerfer beleuchteten die Schneeflocken, sodass man nicht mehr sehr weit sehen konnte. Sofort nach dem Telefonat mit Nadine hatten sie bezahlt und sich auf den Weg gemacht.

„Da steht der Bus vom Hias!“ Josef hatte ihn gleich gesehen, und daneben parkte der VW T5 von Martin Keller. Sie stiegen aus und sahen sich um, aber auf dem Parkplatz war keinerlei Leben, alle Autos waren dunkel und verlassen, von den Besitzern der beiden Busse war weit und breit keine Spur.

Josef zückte sein Mobiltelefon und wählte Nadines Nummer. Sie ging sofort dran.

„Josef?“

„Ja, hast du was gehört?“

„Nein, nichts. Und du?“

„Leider auch nicht. Ihre Autos stehen noch an der Talstation der Vermuntbahn. Also sind sie noch oben. Hier schneit es inzwischen. Es fing schon an, als wir in Sankt Anton im Gasthaus gesessen haben, und jetzt sind's dicke Flocken, die scho liegen bleiben. I hab kein gutes Gefühl, Nadine. I ruf jetzt mal oben bei den Berggasthäusern an. Wenn die da nit sein sollten, verständige ich die Bergrettung, is das in Ordnung?“

„Das ist sicher richtig, wenn ihr beide das so seht. Rufst du mich dann gleich noch mal an, wenn du mehr weißt?“

„Ja, mach i. Alles wird gut, Nadine. I kann mir nit vorstellen, dass sie in ein Schneebrett gekommen sind, nit auf der Tour, und auch nit mit dem Hias, des muss an anderen Grund haben. I meld mich, bis nachher.“

Josef ging zu seinem Auto, kramte den Skiführer für die Silvretta aus seinem Rucksack, suchte die Nummern der drei Häuser auf der Bielerhöhe heraus und begann zu telefonieren. Das Ergebnis war überschaubar.

Weder beim Berggasthof Piz Buin noch beim Madlenerhaus noch beim Berghotel Silvretta hatten sie etwas gehört. Anschließend versuchte er es noch bei der Wiesbadener Hütte, der Saarbrücker Hütte und der Silvrettahütte, die schon in der Schweiz lag. Alle Wirte gaben die gleiche Auskunft: Die drei Vermissten waren dort nicht vorbeigekommen. Josef sah Markus an.

„Jetzt rufen mir die Rettung an", sagte Markus. „Die müssen noch oben im Klostertal sein, oder was moanst du, Josef?"

„I seh des genauso. Die werden wahrscheinlich heute Nacht nit mehr aufsteigen, der Schneefall is ja hier scho dicht, da wird's da oben noch mehr schneien. Aber vielleicht schicken's scho mal a paar Männer auffi zur Bielerhöhe, damit man gleich was unternehmen kann, wenn das Wetter besser wird."

„Möglicherweise hat sich ja einer weh getan beim Runterfahren, aber warum haben's dann koan Hubschrauber geholt? Es war ja noch gutes Flugwetter heute Mittag … I versteh's nit. Egal, wir rufen jetzt an!"

Gleich darauf wählte Josef die 144 der Bergrettung Vorarlberg. Er erklärte die Situation, der Diensthabende realisierte sofort den Ernst der Lage und sagte zu, dass sich ein Team auf den Weg nach Partenen machen würde. Sie wollten die Vermuntbahn verständigen und nach Möglichkeit noch heute Nacht hinauffahren. Irgendwann nach Mitternacht sollten sie eintreffen. Josef, der einige der Rettungskräfte kannte, würde sie begleiten dürfen.

„So, Markus, wie geht's dir, kannst nachher fahren?"

„Ja, des passt scho. Bis die da sind, bin i bestimmt wieder nüchtern", sagte er lächelnd, aber gleich darauf war seine Miene wieder ernst.

„Vielleicht solltest du die Nadine besuchen und di um sie kümmern", meinte Josef. „Wenn sie mag, könnt's ihr ja morgen wieder herkommen – aber nur, wenn sie sich gut fühlt und des wirklich will."

„Des kann i gern machen. Rufen mir sie noch amal an."

Nadine nahm gleich nach dem ersten Freizeichen ab.

„Hallo Josef, gibt es etwas Neues?“

„Ja und nein. I hab alle Gasthäuser und Hütten angerufen, die in Frage kommen, niemand hat sie gesehen. Deshalb haben wir jetzt die Bergrettung verständigt, die wollen kurz nach zwölf hier sein und gleich auffifahren. I geh mit ihnen.“

„Oh Gott, nicht schon wieder so eine Geschichte! Ich mach mir hier gerade Vorwürfe, weil er eigentlich lieber hierbleiben wollte, aber ich habe ihm noch zugeredet, mitzufahren.“

„Naa, des brauchst du nit. Er hatte es ja mit den anderen ausgemacht und des ist doch normalerweise a ganz harmlose Tour. I glaub auch nit, dass da was passiert ist, vielleicht ist ja einem übel geworden und sie haben beschlossen, auf der Hütte zu bleiben.“

„Hoffen wir's, dass es nichts Schlimmes ist“, seufzte Nadine.

„Sag mal, soll der Markus zu dir kommen? Wenn du magst, kannst dann morgen mit ihm herfahren, wenn dir das hilft. Es wär doch vielleicht gut für di, wenn du nit allein wärst. Was meinst?“

„Hm, muss er denn nicht nach Hause? Deine Schwester wird doch auch auf ihn warten.“

„Naa, des is koa Problem. Ich ruf die Sieglinde an und mir sagen ihr Bescheid.“

„Na gut. Es wäre sicher besser, jetzt nicht allein zu sein.“

„In Ordnung, der Markus fährt dann gleich los, wenn die Leut von der Rettung da sind. Irgendwann nach zwei Uhr ist er dann bei dir. Mach dir nit zu viel Sorgen, des wird scho guat ausgehen. Okay?“

„Ja, okay. Rufst du sofort an, wenn du etwas erfährst?“

„Aber sicher, des is doch selbstverständlich.“

Nadine beendete das Gespräch, legte den Hörer neben sich auf den Wohnzimmertisch und ließ sich zurück in das Sofa sinken. Was war das nur für eine Geschichte. Es war doch kalt da oben, es schneite und würde noch mehr schneien und ihr Mann war da mittendrin mit den anderen unterwegs. Hoffentlich waren sie irgendwo untergekommen. Bitte, dachte sie, bitte lass ihn gesund zurückkehren. Hoffentlich klingelt bald das Telefon und alles war nur ein kurzer böser Traum.

Um Viertel nach zwölf kamen zwei Angestellte der Bahn. Bald war die Station hell erleuchtet und bereit, die vier Bergretter, die kurz darauf eintrafen, gemeinsam mit Josef Brugger hinaufzubefördern.

Nach dem Essen hatten die Männer sie gleich wieder ins Matratzenlager geschickt. Hans Kröll saß nun schon eine ganze Weile auf dem Stuhl neben der Tür, er las ein Buch aus dem Regal in der Stube. „Sterne und Stürme“ von Gaston Rébuffat, ein Klassiker der alpinen Literatur.

Martin, der lange vor sich hin gedöst hatte, versuchte mit ihm in Kontakt zu kommen. Vielleicht könnte das ihre Situation verbessern.

„Ah, der Rébuffat! Den habe ich auch zu Hause im Regal stehen. Als ich den gelesen hatte, wollte ich unbedingt die Cassin in der Badile-Nordostwand klettern, die haben Kurt und ich dann später auch gemacht. Hast du schon mal eine der Touren aus dem Buch geklettert?“

„Ja, hab i. So, die Badile habt’s klettert? Na, des is a tolle Tour. Aber i glaub, mir lassen des mal.“

„Warum? So wie es aussieht, werden wir wohl noch mindestens bis morgen hier zusammen sein, und da kann man sich doch ein bisschen unterhalten, oder? Ich meine, wir haben doch alle die gleiche Leidenschaft und sind Bergsteiger.“

„Ja, scho, aber deshalb müssen mir jetzt hier nit geschwätzig werden.“

„Nein, aber ich meinte nur …“

„Lass gut sein, Herr Doktor, du weißt doch, dass wir hier a spezielle Situation haben. Du brauchst nit auf schön Wetter machen, des ändert nix, klar?“

„Klar. Ich liebe die Berge nur einfach genau so, wie ihr wahrscheinlich auch.“

„Des is ja gut und schön, aber i glaub, es is besser, i les jetzt weiter. Ihr könnt euch ja auch a Buch holen, is des okay?“

„Ist in Ordnung!“, meinte Kurt, der die Unterhaltung verfolgt hatte. Er stand auf und ging in die Stube hinüber, Hans begleitete ihn.

„Hias!“, flüsterte Martin.

„Was is?“

„Hast du eine Idee, wie wir hier rauskommen?“

„Mir müssten den Kerl überwältigen und seine Pistole kriagn. Wenn wir das machen wollen, dann wär's jetzt a guate Gelegenheit, aber i weiß nit, ob des wirklich schlau wär“, erwiderte Hias und stand auf.

„Hm, ich weiß nicht. Da sind ja noch die anderen, dann gibt's vielleicht noch eine Schießerei“, gab Martin zu bedenken und erhob sich ebenfalls.

„Aber wenn die uns abknallen, können mir vielleicht gar nichts mehr machen. I glaub nämlich, dass die uns loswerden müssen, wenn die mit ihrer Beute noch in die Schweiz wollen.“

„Meinst du, das sind die von dem Überfall bei Sankt Anton?“

„Da spricht jedenfalls einiges dafür.“

„Okay, probieren wir's, wenn er wieder reinkommt“, entschied Martin leise.

Hias ging schnell zu seinem Rucksack, dann stellten sie sich rechts und links der Tür auf und warteten.

Einen Moment später kehrte Kurt zurück, mit einem Buch in der Hand. Gleich hinter ihm folgte Hans Kröll, die Pistole hatte er in der rechten Hand, den Arm ließ er hängen.

Als Hias von links, seine stählerne Thermosflasche über seinem Kopf schwingend, auf ihn einstürmte, traf Hans die Attacke völlig unvorbereitet. Trotzdem riss er schreiend die Pistole hoch und schlug zu, in dem Moment, als auch Martin sich ihm von der anderen Seite her näherte. Hias spürte die Wucht der Waffe an seiner Schläfe, ein stechender Schmerz durchfuhr seinen Schädel und er klappte stöhnend zusammen. Die Thermoskanne fiel ihm aus der Hand und krachte polternd auf den Holzboden.

Hans drehte sich blitzartig in Martins Richtung, richtete die Waffe auf ihn, krümmte leicht den Zeigefinger am Abzug, aber er drückte nicht ab. Martin Keller hielt mitten in der Bewegung inne, wie erstarrt.

„Na sauber!“, fluchte Hans mit hochrotem Kopf. „Bergkameraden seid's ihr, was? Ihr verdammten Idioten!“ Wütend holte er nochmals mit der Waffe aus, was Martin entsetzt beobachtete.

„Was is hier los?“, brüllte Max, der nun angelaufen kam.

Hans ging einen Schritt auf Martin zu.

„Lass das, tu’s nicht!“, fuhr ihn Max an.

„Wieso? Die san gerad auf mich losgangen, die Schweine!“, erwiderte Hans entrüstet.

„Nein!“, rief Max in schneidendem Ton.

„Wie du meinst, aber beschwer di nit, wenn di uns noch mehr Probleme machen“, meinte Hans und ging erregt aus dem Lager.

„Was macht ihr denn für einen Scheiß?“, fragte Max die drei.

„Entschuldige bitte, aber ihr haltet uns hier fest und wir haben eben Angst bekommen. Ihr bedroht uns und da haben wir ja wohl das Recht, uns zu wehren. Wir können nichts für eure Situation!“, antwortete Martin.

„Hm, meint’s ihr denn, mir knallen euch ab?“, fragte Max entrüstet.

„Keine Ahnung, woher sollen wir das denn wissen? Ich kann dir nur sagen, ich habe eine schwangere Frau zu Hause und ich möchte nicht, dass mein Kind ohne Vater aufwächst!“

„Das wär ja wohl eben fast passiert!“, schrie Max, fasste sich aber kurz darauf wieder und sprach leiser weiter: „Keine Angst, wir werden euch nichts tun. Kümmer dich um ihn!“

Er zeigte auf Hias, der neben ihm auf dem Boden lag und mit beiden Händen seinen Kopf hielt.

„Kimmt da mal jemand?“, rief er dann, und gleich darauf erschien Florian.

„Kümmer di um unsere Gäste und pass auf, dass sie koan Mist mehr bauen“, sagte Max. „I schau mal nach dem Hans. Wo ist er denn hingelaufen?“

„Der sitzt draußen.“

„I bin glei wieder da.“ Max wendete sich zur Tür.

„Bringst du bitte etwas Schnee zum Kühlen mit?“, bat Martin ihm nachblickend.

„Mach i", meinte Max kurz angebunden und verließ den Raum.

Hans Kröll saß auf einer Biertischgarnitur im Vorraum, den Blick auf die Pistole in seinen Händen gerichtet, die er zitternd betastete, und versuchte sich zu beruhigen. Fast hätte er eben abgedrückt. Diese Vollidioten. Dachten, sie könnten ihn mal eben überwältigen und ihm die Waffe abnehmen. Und dann? Da war es wieder, dieses ungute Gefühl, die Kontrolle zu verlieren. Wie damals, als er seinen Sohn geschlagen hatte. Diese Ohnmacht. Er hasste es, aber es kam immer wieder über ihn.

Die Erinnerung an diesen Abend, an dem sein eigentlich fröhlicher und lebhafter Sohn ihm immer wieder etwas zeigen wollte, erdrückte ihn jedes Mal aufs Neue. Er war müde gewesen und noch mit seiner Buchhaltung beschäftigt, hatte schließlich völlig überreagiert, seinem Sohn eine geknallt, ihn weggestoßen und gleich darauf gewusst, das war nicht mehr rückgängig zu machen. Er sah ihn noch vor sich, seinen Jungen, als er ihm reumütig nachgelaufen war. Sah, wie der Bub in seinem Kinderzimmer weinend über seinem Legohaus saß, das er ihm vorher stolz hatte präsentieren wollen, wie er ihn nur tief verletzt aus wässrigen Augen ansah, das Werk eines ganzen Nachmittags schließlich zerstörte und keinen Ton mehr sagte.

Hans konnte heute noch spüren, wie sich seine Hand angefühlt hatte, als er zuschlug. Dann dachte er an die Schellen, die er als Kind manchmal von seinem Vater bezogen hatte. Hatten sie ihm geschadet? Er hatte eigentlich gedacht: nein. Aber hatte er seinen Vater geliebt? Respekt und schon eine gewisse Zuneigung, ja, die hatten sie immer für ihn empfunden, als Kinder, aber manchmal auch Angst. Es war eigentlich immer ein distanziertes Verhältnis geblieben, aber es waren halt auch andere Zeiten.

Rührte daher vielleicht seine eigene Aggressivität, die ihn manchmal überkam? Oder war das ganz normal und waren alle Männer so? Er wusste es nicht. Als Familienoberhaupt musste man halt auch die Zügel ein Stück weit in der Hand halten, man hatte Verantwortung, das war doch auch nicht immer leicht. Der Vater hatte ja im Krieg eine Menge durchgemacht, als Soldat an der Ostfront, die Armut nach dem Krieg und all das, dann hatte er später ganz alleine die Werkstatt aufgebaut. Seine Mutter hatte ihnen das immer wieder erklärt, bis zuletzt, selbst als der Vater nicht mehr lebte, und sie hatten versucht, das zu verstehen.

Ob sein Vater ihn auch so geliebt hatte wie er jetzt seine Söhne? Hans dachte an seinen jüngeren Bruder, der heute in Graz lebte. Dieser hatte sich damals von den erzkonservativen politischen Ansichten der Eltern abgewandt und war den Sozialdemokraten beigetreten. Er erinnerte sich an die lebhaften Diskussionen, meistens abends bei Familienfeiern, an Weihnachten, wenn alle etwas getrunken hatten – leidenschaftliche Auseinandersetzungen, die oft im Eklat endeten. Ob sein jüngerer Sohn sich auch von ihm abwenden würde? Er hoffte inständig, dass es nicht so weit käme.

Vielleicht war der Junge auch einfach besonders sensibel und es war nicht zu ändern, dass sie nicht zusammenpassten. Vielleicht traf ihn als Vater ja doch keine Schuld, möglicherweise ging der Bub mehr nach der Mutter, mit der es ja auch in der Ehe letztendlich nicht geklappt hatte.

Hans seufzte. Aber war er gerade eben nicht im Recht gewesen? Er konnte den Doktor und den Bergführer ja verstehen, aber denen musste doch klar sein, dass er das nicht zulassen konnte. Wenigstens hatte er nicht abgedrückt, so weit hatte er sich doch noch unter Kontrolle.

„Alles in Ordnung, Hans?“, fragte Max und setzte sich neben ihn.

Hans schreckte auf, atmete einmal tief durch und sagte, den Kopf noch immer gesenkt: „Ja, aber i hätt eben beinah den Doktor erschossen!“

„Beruhig di, Hans. Mir müssen jetzt die Nerven behalten und versuchen, immer überlegt zu handeln. Das werden die sicher nit so schnell noch mal versuchen.“

„Hoff mer's“, meinte Hans Kröll. „Außerdem brauchen mir ja den Doktor noch, für den Toni. Aber was mach mir denn mit dene, wenn mir sie nit mehr brauchen?“

„I weiß nit. Eigentlich müssten mir sie gehen lassen.“

„Meinst? Dann können mir uns gleich der Polizei stellen!“, sagte Hans. „Des is dir klar, oder?“

„Tja, aber vielleicht halten's ja wirklich den Mund.“

„Also komm, des glaubst doch selbst nit, oder?“

„Warum? Warten wir's doch mal ab.“

„Okay, wie du meinst“, antwortete Hans und schüttelte resigniert den Kopf.

Max stand auf und ging nach draußen, holte Schnee und brachte ihn zu ihren Lawinenhelfern, die jetzt ihre widerspenstigen Gefangenen waren.

Martin kniete neben Hias, der inzwischen rücklings im Lager lag, den Kopf auf drei Kissen gebettet.

„Ist dir übel oder schwindelig?“, fragte er ihn.

„Naa, bisher nit, aber des gibt a ordentliche Beule. A bisserl Kopfweh hab i, aber vor allem tut mir die Stelle selbst weh.“

„Na, dann hoffen wir mal, dass es keine Gehirnerschütterung ist“, meinte Martin mit hochgezogenen Augenbrauen.

Max reichte ihm den Schnee, den er in einen tiefen Teller getan hatte.

„Danke!“, sagte Martin nur knapp und kümmerte sich weiter um Hias.

Ein paar Stunden später lag Hias mit einem Verband an seinem Kopf im Lager und hatte die Augen geschlossen. Es war gleich Mitternacht. Martin ging immer wieder die Szene von vorher durch den Kopf. Der überhastete, erfolglose Angriff hatte ihre Lage mit Sicherheit nicht verbessert.

29

Zangerl ordnete seine Unterlagen, die vor ihm auf dem Tisch des Konferenzraums lagen. Die Mitternachtsrunde stand an.

„Sind wir komplett?“, fragte er und sah sich um.

„Schaut so aus“, meinte Sigl, der heute länger geblieben war. So einen Fall gab es in seinem Hause nicht alle Tage.

„Guat, dann fang mer an. Wie ihr alle wisst, hat’s bislang keinen Hinweis auf den Verbleib der Täter geben. Ich möchte deshalb, dass wir noch amal gemeinsam nachdenken, wie wir die gesuchten Männer fassen könnten. Gruber, wie schaut’s mit den Spuren aus?“

„Erst mal vielleicht zu der Panzerfaust. Des ist ein klassisches russisches Modell, eine RPG 7, die wahrscheinlich vom Balkan stammt. In jedem Fall eine hochgefährliche Waffe, des hätten die zwei in dem Auto sicher nit überlebt. Da sind aber noch so viele auf dem Schwarzmarkt, dass uns des nit weiterbringt.“

Gruber seufzte und fuhr fort: „In dem blauen Ford Mondeo hat die KTU Innsbruck a paar DNA-Spuren gefunden. Ob die allerdings von unseren Tätern sind, ist unklar. Möglicherweise muss man die den Besitzern zuordnen. Die Kollegen in Seefeld, wo der Wagen am letzten Sonntagabend gestohlen worden ist, haben inzwischen DNA-Proben der Besitzer genommen, mit denen sie die Spuren im Fahrzeug vergleichen. Des ist ein Geschäftswagen, der Fahrzeughalter ist Versicherungsvertreter mit Kindern und der fährt mit dem Wagen auch privat umanand. Dabei hat er auch manchmal andere Kinder mitgenommen. Da dürften also a Menge Spuren dabei sein, deshalb konzentrieren sich die Kollegen auf solche im Bereich des Fahrersitzes, denn des Auto wurde ausschließlich von ihm gefahren. Sei Frau hat a eigenes.“

„Und in den anderen Autos? Gibt’s da Spuren?“, fragte Zangerl nach.

„In den anderen Fahrzeugen is des ähnlich. DNA-Spuren ja, aber sie klären noch ab, von wem. Speziell im Pritschenwagen von der Baufirma aus Schwaz hat’s vorne an Haufen DNA-

Spuren, aber die könnten alle von den Mitarbeitern der Firma sein. Da sollen erst am Montagmorgen Proben genommen werden, wenn die Firma wieder aufmacht. Des gibt noch a Fleißaufgabe. So viel zu den Fahrzeugen. Kurzfristig können wir mit keinen Erkenntnissen rechnen, die uns weiterbringen. So …“, Gruber kramte in seinen Unterlagen herum, „… dann haben wir noch die Teile von der Straßenabsperrung. Die sind völlig sauber gewesen, die geben gar nix her.“

„Wie schaut's denn mit dem Plastik-Klo aus?“, versuchte Zangerl nochmals, die etwas schleppende Darbietung Grubers zu beschleunigen.

„Ja, da sind wir a bisserl weiter. Einige der verbauten Teile kommen aus Südtirol, da gibt's an Elektronikmarkt in Bozen, der fast alles besorgen kann, und daher stammt ziemlich sicher so einiges. Die Komponenten haben nämlich teilweise Nummern, die man au nit so einfach entfernen kann, ohne was kaputtzumachen. Die Sachen wurden im Oktober vergangenen Jahres bestellt und abgeholt. Bislang kann sich aber keiner der Mitarbeiter an das Aussehen des Kunden erinnern, wobei der zuständige Verkäufer, der den Lieferschein abgezeichnet hat, diese Woche wegen Urlaub nit im Geschäft gewesen ist. Jedenfalls ist des ganze Geraffel unter am falschen Namen und falscher Adresse bestellt worden. Die Kollegen in Bozen bleiben da dran.“

„Des is doch schon mal eppes Konkretes!“, warf Sigl ein.

„Ja“, stimmte Zangerl zu. „Wir sind deshalb auch zunehmend der Meinung, dass die Täter aus dem Innsbrucker Raum stammen müssen. Wenn wir auf die Karte schauen und sehen, wo die Fahrzeuge, die Nummernschilder und das Klosett entwendet wurden, dazu die Bauteile des Störsenders, dann drängt sich das eigentlich auf.“

„Aber das Plastik-WC von der Firma Pipi… na …“, versuchte Sigl sich zu erinnern.

„ALPE pipifine!“, half ihm Zangerl.

„Ja, genau! Da wissen wir doch noch gar nit, ob des wirklich von der Baustellen is.“

„Doch, es sieht sehr danach aus. Das Klosett, das in Seefeld bei dem Wettkampf von der Nordischen Kombination entwendet worden ist, haben die dortigen Kollegen a paar Tage später als verschmorten Klumpen auf einem Parkplatz in der Nähe gefunden. Und in Innsbruck ist des andere entwendete Häusel völlig kaputt und mit Graffitis beschmiert am Innufer gelegen, wie wir inzwischen wissen."

„Ah so, na guat."

„Bei den Mitarbeitern der Elektrofirma sind die Kollegen noch nit groß weiter, da kommen's wohl erst am Montag dazu, wenn alle wieder im Dienst sind", beendete Gruber das Thema. „Die Namen haben mir jedenfalls inzwischen alle."

„Ich mach noch mal Druck, dass da noch was vor Montag passiert", bemerkte Zangerl und fragte dann Lechleitner: „Wie schaut's bei den Hüttn aus?"

„Die hab ich heute Morgen alle durchtelefoniert, Fehlanzeige. Es hat sich keine Gruppe herauskristallisiert, die auf unsere Beschreibung gepasst hätt. Die meisten sind nach der Tour wieder zur Hütte oder ins Paznauntal zurückgekehrt und die paar, die in die Schweiz gefahren sind, haben au nit passt."

„Und da wird auch niemand vermisst?"

„Naa, i hab vorhin noch mal angerufen, die Leut sind offenbar alle wieder im Tal, des ist auch die Auskunft von der Bergrettung in Tirol. Nur in Vorarlberg gehen drei Leut ab, die auf der Bielerhöhe unterwegs waren, des ist allerding noch nit verifiziert, ist a ganz frische Meldung. Von denen kennen mir aber die Personalien, zwei Deutsche und a Tiroler Bergführer, die kommen nit in Frage in unserem Fall."

„Und wie schaut's mit den Werttransportfahrern aus, Kessler? Habt's da was erfahren?"

„Da gibt's auch wenig Neues, wir haben noch nit alle durch."

„Vielleicht schaun wir mal, wer von denen im Innsbrucker Raum wohnt. Genau! Und die fragen wir, ob sie jemanden von der Elektrofirma von der Baustelle kennen, und lassen sie dann alle DNA-Proben abgeben und vergleichen die mit den sichergestellten Spuren. Da sind die Leut, die erst am Sonntagabend oder am Montag wieder dahoam sind, für uns besonders interessant. Sollt sich jemand weigern, lassen wir des vom Untersuchungsrichter anordnen. Kannst des in die Hand nehmen, Kessler?"

„Des mach i, des is a guater Gedanke!"

„So, dann hätten wir noch die Suche nach der Kleidung und die Schweizer Kollegen in Samnaun. Da hat sich leider gar nix ergeben, wie mir eben noch mal die Leitstelle in Scuol mitgeteilt hat. Im Grunde bedeutet das für uns, dass die Täter ziemlich wahrscheinlich schon in der Schweiz, im Inntal oder sonst wo sind und wir uns jetzt wahrscheinlich darauf konzentrieren müssen, sie anhand unserer Indizien zu fassen. Auch die Bus- und die Taxifahrer im Paznauntal haben keine konkreten Anhaltspunkte liefern können. Es sieht so aus, als wären sie fürs Erste entkommen. I schlag vor, mir sehen uns morgen hier um neun in der Früh, wenn nichts Bedeutendes passiert. Lechleitner, wir zwei bleiben hier und ihr könnt's jetzt amal schlafen gehen. Mir melden uns, wenn eppes los is, in Ordnung?"

Die Runde löste sich auf und Zangerl dachte immer noch darüber nach, ob er nicht etwas übersehen hatte. Irgendwie hatte er das Gefühl, dass noch etwas passieren würde.

SONNTAG, 15. MÄRZ

30

Markus schielte immer wieder auf die Anzeige des Navigationsgeräts. Dass Josef etwas derart Fortschrittliches in seinem weit über zwanzig Jahre alten Mercedes G mitführte, schien ihm ein glücklicher Anachronismus zu sein. Die Uhr des Autos, die noch Zeiger hatte, stand inzwischen auf kurz vor halb drei. Er kurvte durch eines der tief verschneiten Wohnviertel am Rande von Konstanz. Zweimal hatte er auf der Fahrt schon angehalten, um die Scheinwerfer vom festgeklebten Schnee zu befreien.

Am Ende einer Straße, kurz bevor die ersten Felder begannen, stand rechts ein kleines Einfamilienhaus.

Das Navigationssystem quittierte den Dienst mit der Mitteilung, dass er sein Ziel erreicht habe. Markus stieg aus und ging zum Türchen des Gartenzauns. Er befreite das Türschild vom Schnee und leuchtete mit dem Handy. „Keller-Mercier" stand darauf. Er nickte zufrieden und drückte auf den beleuchteten Klingelknopf.

Es dauerte nicht lange, da ertönte der Summer. Gleichzeitig öffnete sich die Haustüre und Nadine kam ihm entgegen. Sie hatte sich in einen Mantel gehüllt, der vorne in Höhe ihres Bauches deutlich abstand, und trug ihre Hausschuhe, mit denen sie durch den frischen Schnee gelaufen war. Die weißen Flocken blieben sofort an ihrem offenen Haar kleben.

„Hallo Markus! Danke, dass du hergefahren bist. Komm doch rein, bitte!", empfing sie ihn.

„Griaß di, Nadine. Ja, lass uns einigehen."

„Gibt es etwas Neues?", fragte sie, während sie ihn ins Wohnzimmer führte.

„Der Josef is um kurz nach zwölf mit den Vorarlberger Bergrettern auffigefahren zur Bielerhöhe. Er hat mir a SMS geschickt, sie sind oben im Berggasthof Piz Buin und warten jetzt darauf, dass der Schneefall nachlässt. Gehört haben sie leider bislang nichts Neues."

Nadine sah ihn mit ernster Miene an und nickte nur. „Magst du etwas zu trinken oder zu essen?"

„Ja, vielleicht an Tee, aber mach dir koa Umstände."

„Das sind keine Umstände, wir haben ja mehr Zeit, als uns lieb sein kann. Schwarztee?"

„Vielleicht lieber an Kräutertee oder so eppes, vielleicht schlaf mir ja doch noch a paar Stunden."

„Okay, einen Moment bitte."

Nadine ging hinaus und Markus nahm auf dem Sofa Platz. Er sah sich um. An den Wänden waren kaum Bilder. Ein einziges Bergfoto, das offenbar den jungen Martin Keller mit Kurt Schubert zeigte, hing rechts neben der Tür, die in den Flur hinaus führte. Ansonsten gab es noch zwei Aquarelle, die zarte Weinberge und Hügel erkennen ließen mit einzelnen Höfen darauf. Das könnte im Elsass sein, dachte er, Nadine stammte ja daher.

Sie kam wieder herein und trug ein Teekännchen und eine Tasse mit Zucker auf einem kleinen Tablett, das sie auf einem Tischchen neben Markus abstellte.

„Du kannst dich oben in unser zukünftiges Kinderzimmer legen, da gibt es noch eine Matratze und Bettzeug für Gäste."

„Danke."

„Du siehst müde aus."

„Mach dir um mi koa Sorgen. A paar Stunden Schlaf, und i bin wieder fit."

„Gut. Wann wollen wir morgen losfahren?"

Markus blickte überrascht auf. Nadine sah ihn entschlossen an. Gerade hatte er fragen wollen, ob sie erst einmal hierbleiben und abwarten oder im Laufe des kommenden Tages Richtung Bielerhöhe aufbrechen sollten. Diese Frage brauchte er nun nicht mehr zu stellen.

„Du willst also dort hin?"

„Ja. Martin hatte mich noch gefragt, ob ich nicht mitkommen wollte auf die Bielerhöhe, und jetzt bereue ich es, dass ich nicht mitgefahren bin. Dann hätte ich schon viel früher gemerkt, dass sie nicht kommen, und dann hätte man vielleicht noch etwas machen können, einen Hubschrauber holen oder die Bergrettung oder …“

„Nadine!“

„Das stimmt doch, oder?“, sagte sie und ihr liefen Tränen über die Wangen.

„Nadine, jetzt mach di nit verrückt, das hat doch niemand wissen können. Da brauchst dir wirklich koa Vorwürfe machen.“

„Wenn ihnen was passiert ist, dann werde ich mir das nicht verzeihen. Er wollte, dass ich mitfahre, und jetzt ist er irgendwo da oben im Schnee und vielleicht kommt die Hilfe zu spät.“

„Nadine, lass, jetzt is es mal guat, du hast damit gar nix zu tun. Mir wissen noch nit, was da überhaupt los is. Legen wir uns erst amal hi, und morgen fahren wir da ummi. Des wird scho guat ausgehen. Komm, lass uns ausruhen.“

Nadine vergrub ihren Kopf in den Händen, atmete einmal tief durch und sah dann wieder zu Markus auf.

„Hoffen wir’s! Vergiss deinen Tee nicht, Markus.“

„Ach so, ja, richtig. Wie geht’s dir denn, i mein mit deinem Baby?“

„Du meinst mit unserem kleinen Mädchen? Gut, danke“, antwortete Nadine mit einem kurzen Lächeln.

„Ah, es wird a Madel? Des freut mi für euch. Aber meinst nit, des wär besser, dazubleiben?“

„Nein, es ist alles bestens. Nur am Anfang der Schwangerschaft war mir übel, jetzt ist eigentlich alles sehr gut. Aber müde bin ich schon auch. Lass uns schlafen. Ich zeig dir dein Zimmer, in Ordnung?“

„Ja, i nehm den Tee mit.“

Eine Viertelstunde später fielen beide in einen unruhigen Schlaf.

31

Florian wachte auf. Er dachte an Kati. Wie hatte er gelitten, als sie gegangen war. Er hatte weinend den Türrahmen seines Schlafzimmers umarmt, er hatte seine Schränke umarmt, er hatte mit ihr gesprochen, er hatte sich eingebildet, sie in diesen Momenten ganz kurz riechen zu können. Was tat sie wohl gerade? Ob sie schon einen anderen Mann hatte? Einen, der funktionierte und nicht immer gegen diese Phasen der Antriebslosigkeit ankämpfen musste, wie er?

Einen, mit dem sie das Leben genießen konnte, der kultiviert, erfolgreich und fröhlich war, der besser im Bett war als er? Einen, den sie lieben konnte und der sie nicht bedrängte, wenn er gerne mit ihr schlafen würde, aber der, wenn sie Lust verspürte, auch Zeit hatte, und ansonsten sein eigenes Leben führte und brav war, kein Drama veranstaltete? Der galant und zuvorkommend war, der ihr immer zuhörte, und der sie wahrscheinlich trotzdem nicht liebte, zumindest nicht so, wie er es getan hatte? Ob sie überhaupt je gemerkt hatte, dass sie für ihn alles bedeutete? Ob sie verstanden hatte, was es wert war, einen Mann zu haben, der sie bedingungslos liebte, einen … Aber das war inzwischen egal, vielleicht hatte sie einen, der sie dann im Gegenzug so enttäuschen würde, wie sie es mit Florian gemacht hatte. Wie auch immer, Kati war weg, und er saß in der Scheiße.

Es war nicht allzu wahrscheinlich, dass die ganze Sache hier noch gut ausging. Würden sie jetzt wieder absteigen, wartete vielleicht schon an der Bielerhöhe die Polizei. Und die drei Geiseln konnten sie auch nicht einfach abknallen.

„Flori“, hatte Max gesagt, „wenn es dazu käme, dass mir einen meiner ehemaligen Kollegen erschießen müssen, geb i auf. Des geht nit. Es sind zwar scho au a paar schräge Vögl dabei, aber töten tuan mir niemand, des muss klar sein!“

Alle hatten dem zugestimmt, und trotzdem hatten sie es tatsächlich erwogen. Natürlich hatte sich das Versprechen auf die Leute der Werttransportfima bezogen, bei der Max früher gearbeitet hatte, aber wo war da der Unterschied? Was hatten ihnen diese drei Männer getan? Sie hatten ihnen sogar noch geholfen, allen voran der Doktor, der Tonis Bein behandelt, ihn wirklich rührend betreut hatte, aber auch Hias, der Bergführer, der nach der Lawine umsichtig ihre Rettung organisiert hatte.

Alles nur, weil ausgerechnet an diesem Tag die Schweizer Polizisten in der Roten Furka aufgetaucht waren. Vielleicht hätten sie einfach runterfahren und den Bus ins Tal nehmen sollen, statt zu versuchen, über die Winterlücke zu gehen? Jetzt war es egal, es war nicht mehr wiedergutzumachen.

Florian stand auf und stolperte noch etwas benommen in den Aufenthaltsraum, um Frühstück für alle zu machen. Hinter der Tür zum Lager saß Max und passte auf ihre Gefangenen auf. Er hatte gegen drei Uhr Hans abgelöst, der noch draußen im Notlager schlief.

Ihr Proviant war aufgebraucht und so musste er sich an dem Schrank bedienen, der rechts des Durchgangs zum Lager stand. Hierin waren allerlei Nahrungsmittel, die andere zurückgelassen hatten. Er kramte darin und fand einige Beutel Haferbrei, Tee und Zucker. Alles andere eignete sich nicht unbedingt für ein morgendliches Mahl.

Er stellte die Sachen neben den Herd, griff einen großen Topf und ging hinaus, um Schnee zu holen. Draußen dämmerte es bereits, aber das war nur daran zu erkennen, dass das Grau des dichten Schneefalls langsam heller wurde.

Wie das wohl ausgehen wird?, dachte Florian.

32

Nach dem Frühstück lagen sie wieder lesend im Matratzenlager. Max beaufsichtigte sie, ebenfalls in ein Buch vertieft. Draußen war es stürmischer geworden, der Wind pfiff um die Hütte und blies die Schneekristalle manchmal fast waagrecht an den Fenstern vorbei.

Martin hatte ein Kapitel beendet und legte das Buch zur Seite. Er schaute über Kurt zu Hias hinüber, der sein Buch inzwischen auch zusammengeklappt hatte. Er lag auf dem Rücken und hatte die Augen geschlossen.

„Hias?“

„Ja?“

„Wie geht’s dir? Hast du noch Kopfschmerzen?“

„Nein, alles in Ordnung.“

„Prima. Sag mal, wann ist dein Vater eigentlich gestorben?“, fragte Martin vorsichtig.

„Mei Vater is scho lang tot. Im November 1986 hat er an Hirnschlag gehabt.“

„Hat er noch sehr darunter gelitten, dass er damals als Arbeiter an dem Staudamm war?“

„Manchmal scho, glaub i. Aber er war eher a schweigsamer Typ, vielleicht auch deswegen, i kann’s nit sagen. Er hat ja dann nur noch den Hof gemacht und die Jagd betreut für die Schweizer Familie, die des Tal da bei uns gepachtet hatte. Wenn er bei seine Viecher im Stall war oder draußen in den Bergen, dann war er zufrieden. I bin ja oft mit ihm unterwegs gewesen, die Liebe zu den Bergen, die hab i von ihm. Politisch hat er sich gar nit mehr engagiert, i glaub, er war enttäuscht gewesen von den Menschen.“

„Das kann ich verstehen. Er hat ja sicher nicht die beste Behandlung erfahren und manches mitbekommen damals.“

„Ja, ab und zu hat er eppes erzählt. Weißt, i war ja der Jüngste in der Familie, i glaub, i war gar nit mehr geplant. Die Mutter war vierzehn Jahr jünger als der Vater, der hatte erst spät geheiratet, und mei Bruder is fast zehn Jahr älter wie i. Als i auf die Welt kommen bin, war der Vater scho Mitte vierzig, i kann also nit viel sagen, wie er vorher war."

„Heute is es ja nicht ungewöhnlich, in dem Alter noch Kinder zu kriegen", bemerkte Kurt, der das Lesen nun auch eingestellt hatte.

„Ja, aber damals war's scho eher selten. Es hat ja no kei Verhütung so wie heut geben, und wenn da a Kind kam, hat ma glei heiraten müssen. Jedenfalls hat er doch manches erzählt vo damals, vor allem in seinen letzten Jahren."

„Das war bei meinem Vater ähnlich, der hat dann auch von seinen Kriegserlebnissen berichtet und meine Mutter von den Bombenangriffen."

„Und weißt was, am Anfang hat mi des gar nit so interessiert, erst als i da doba gewesen bin, am Silvrettasee, um auf Tour zu gehen, hab i mi daran wieder erinnert. Und dann hab i angefangen, ihn zu fragen."

„Hat er gern darüber gesprochen?"

„I denk scho, denn jahrelang hat des niemand gekümmert. Ja, er war froh, glaub i, dass er des mal loswerden hat können."

„Ist es ihm denn genauso schlecht gegangen wie den Zwangsarbeitern?", schaltete sich Kurt wieder in die Unterhaltung ein.

Ihr Bewacher ließ ab und an das Buch sinken, er hörte offenbar aufmerksam zu, sagte aber nichts weiter dazu.

„Naa, bei weitem nit. Vor allem die Russen, Polen und Ostukrainer haben's sehr schlecht behandelt. Die waren ja auch auf ihrer Kleidung markiert mit ‚Ost' oder ‚SU' für Sowjetunion, die Kriegsgefangenen hatten ein ‚KG' drauf. Und die durften ja überhaupt keinen Kontakt mit der Bevölkerung haben. Da gab's eine Reihe von Bestrafungen, wenn sie die dabei erwischt hatten, manche wurden glei abgeholt. Auch die Bevölkerung is informiert worden, dass sie mit dene keinen Umgang und kein Mitleid haben dürfen, total unmenschlich. Da ging's ihm noch vergleichsweise guat. Aber auch den anderen Kriegsgefangenen wie den Franzosen wurde übel mitgespielt. Man hat da ja jede Nation für sich gehalten. Bei den Franzosen hat's an Vorfall im Silvrettadorf geben, bei dem a paar ums Leben kommen sind. Die haben die Baracke, in der die untergebracht waren, entwanzt, wahrscheinlich mit Blausäure, und dann die Gefangenen zu früh wieder eini geschickt. Da haben dann fast zwanzig a Vergiftung ghabt und drei sind gestorben", berichtete Hias.

„Na, aber des war doch koa Absicht, und soviel i weiß, is dann der Verantwortliche sogar vor Gericht gelandet!", mischte Max sich ein.

„Aha! Na, da kennt sich ja einer aus!", meinte Hias etwas überrascht und schaute Max an. „Aber dann weißt du vielleicht auch, dass man den Verantwortlichen nur zu einer kleinen Bewährungsstrafe verurteilt hat, oder?"

„So? Jedenfalls wollte der die Franzosen nit umbringen, auch wenn's dene natürlich nit gut gangen is."

„Da wirst wahrscheinlich sogar recht haben, aber im Grunde war's dene doch scheißegal", meinte Hias. „Ins Gefängnis hätt der Mann trotzdem gehört, aber a Leben von am Zwangsarbeiter war halt nix wert. Jedenfalls sind etliche auf den Baustellen ums Leben kommen, am Damm, bei der Eisenbahn, durch Steinschlag, Lawinen und was weiß i. Dass man da besonders auf Arbeitssicherheit geachtet hätt, kann man nit gerad sagen."

„Damals gab's doch die Standards, wie mir sie heute haben, noch gar nit", erwiderte Max. „Da sind überall mehr Leute ums Leben gekommen, gerade auf solchen Großbaustellen."

„Meinst? Und dass man im Silvrettadorf die Gefangenen an der Leiche eines Franzosen vorbei marschieren lässt, der auf der Flucht umgekommenen ist, damit die glei wissen, was los is, wenn's des auch probieren, is des normal auf einer Baustelle? Oder etwa wie unten im Lager Rodund? Da hat a Pole was mit der Frau von am Nazi ghabt, und dann kam die Gestapo und hat die anderen Polen gezwungen, ihren Landsmann aufzuhängen, vor allen anderen. Meinst, des waren die normalen Standards?"

„Jetzt reicht's mir aber!", schrie Max und sprang wütend auf. „Was haben denn die Baufirmen und die Bauleitung mit dene von der SS oder der Gestapo zum tun?"

Hans war inzwischen auch ins Lager gekommen und hatte die zunehmend lauter werdende Unterhaltung verfolgt.

„Kimmt er jetzt mit der Moralkeule, nur weil dei Vater …“ Hans brach den Satz abrupt ab, als Max’ stechender Blick ihn traf. Man sah ihm an, dass er um seine Beherrschung kämpfte. Nach einem gespannten Moment des Innehaltens, in denen sich beide keinen Millimeter bewegt hatten, sagte Max schließlich: „Des geht keinen was an. Auch di nit. I möcht dazu nix mehr hören, hast mi verstanden?“

„Is in Ordnung. Aber lass di doch von dene nit provozieren.“

„I mach, was i für richtig halt!“, erwiderte Max und ging erregt hinaus.

„Wie heißt du noch mal?“, fragte Hans auf Hias zeigend.

„I heiß Matthias Steger, meine Freunde nennen mich Hias.“

„So. Also, Matthias, i will jetzt, dass du dei Maul hältst! Is des klar? Gestern hast mir den Schädel einschlagen wollen und heit fängst so Scheiß-Diskussionen an. Des braucht hier niemand, hast des verstanden?“

Hias nickte. „Ja, hab i.“

„Guat, weil wenn du so weitermachst, nimmt des koa guates End für di! Ende der Durchsage!“

„Nur weil dei Vater …“ Der Hans, dieses Plappermaul, hatte wieder seinen Mund nicht halten können. Aber er selbst ja auch nicht. Max Unterberger ärgerte sich. Er schnappte sich seine Jacke, schlüpfte in seine Tourenstiefel und ging nach draußen. Nervös zündete er sich eine Zigarette an und lief ziellos um die Hütte.

Was wusste der Hans schon? Dessen Vater war im Krieg gewesen, aber wusste er, was das für eine Last war, einen Vater zu haben und noch einen Opa dazu, die damals zu Hause eine Firma geleitet hatten während der Nazizeit?

Die Mutter hatte den Vater erst nach dem Krieg kennengelernt, sie war Sudetendeutsche, Vertriebene. Nach einer abenteuerlichen Flucht voller grauenvoller Erlebnisse kam sie mit ihrer Mutter als sechzehnjähriges Mädchen nach Innsbruck.

Ihr Vater war auf der Flucht erschossen worden. Sie begann eine kaufmännische Lehre und begegnete dabei seinem Vater, dem Juniorchef Richard Unterberger. Der war da schon Anfang dreißig, Bauingenieur mit bereits einiger Erfahrung, das hatte ihm während des Krieges den Dienst an der Waffe erspart. Dafür hatte er im familieneigenen Bauunternehmen an der Errichtung „kriegswichtiger Bauwerke“ für die Energieerzeugung gearbeitet. Und dazu hatte eben damals auch der Silvretta-Speichersee gehört, samt Kraftwerk und den Zwangsarbeitern, aber davon hatte Max erst viel später erfahren. 1954 hatten die Eltern geheiratet. Seine Erinnerungen an die Kindheit waren eigentlich nicht wirklich negativ, aber irgendwie war da immer der Eindruck eines undurchdringbaren Nebels gewesen, was die Geschichte seiner Familie betraf.

Er stellte Fragen, nach dem Geschichtsunterricht in der Schule, wenn er Bücher und Artikel über die Zeit gelesen hatte, wenn etwas im Fernsehen gelaufen war. Wenn er dann das Gespräch auf die Historie der Firma während des Dritten Reichs lenkte, fing der Vater entweder an zu schimpfen oder die Dinge schönzureden. Max hatte sich machtlos gefühlt, wenn ihm auf seine Fragen und Forderungen irgendwann nur noch Sätze wie „Du weißt doch gar nit, wie guat du's hast!“ erwidert wurden. Was hätte er da noch sagen sollen? Er konnte nichts für das, was immer damals auch passiert war, er wollte es nur wissen, begann Widerstand zu leisten gegen die fehlende Aufmerksamkeit, gegen diese Mauer, gegen die er immer wieder zu prallen schien, auch gegen den unausgesprochenen Schmerz seiner Mutter, gegen die emotionale Zurückhaltung.

Vieles hatte er versucht zu verstehen, ja als Tatsachen akzeptiert, aber es war ihm auch irgendwann klar geworden, dass der Vater und der Opa damals wahrscheinlich gar nicht so unzufrieden waren, als sie sich mit den Nazis arrangiert und gut verdient hatten. Klar, sie hatten nur ihre Arbeit gemacht, so wie andere später sagten, sie hätten nur Befehle befolgt, aber hatten sie denn wirklich eine Wahl?

Diese fruchtlosen Konflikte führten oft zu Sprachlosigkeit zwischen ihm und seinem Vater, dabei wollte er doch nur einbezogen werden, ihn verstehen. Er erinnerte sich, wie ihn sein Vater manchmal noch nach einer Woche mit regungslosen Gesichtszügen und vorwurfsvollem Blick ansah, wenn er versuchte, wieder Kontakt zu ihm zu finden, und sich dann schweigend abwendete.

Schließlich war Max zum Bundesheer gegangen, hatte sich kurzentschlossen auf zwölf Jahre verpflichtet, wollte nur noch weg. Er begriff heute noch nicht, warum ihm seine Eltern die Offenheit verweigerten, er konnte es sich nur mit einer Mischung aus nicht vorhandenem Schuldbewusstsein und Verdrängung erklären. Auch wenn ihm manche ihrer Argumente sogar irgendwie einleuchteten, so traute er ihnen doch nicht. Trotzdem hatte er gerade eben Argumente seines Vaters wiederholt. Warum?

Sie taten alles für ihre Kinder, wie sie immer sagten. Sie arbeiteten bis zum Umfallen, um ihnen ein gutes Leben zu ermöglichen. Vielleicht hatte er deshalb seinen Vater instinktiv verteidigt, schon bei der Diskussion am Freitagabend auf der Hütte, aus Dankbarkeit für alles, was sie für ihn geopfert hatten? Oder weil man als Familie zusammenhielt. Dabei hasste er inzwischen dieses Thema, aber von irgendwelchen Fremden wollte er sich dann auch nicht belehren lassen. Andererseits hatte dieser Bergführer genau den Nerv getroffen, und eigentlich konnte er ihn ganz gut verstehen. Dennoch hatte er sich von ihm persönlich angegriffen gefühlt. Diese verdammten Geister der Vergangenheit spielen immer noch ihre Macht aus, sie sind noch tief in uns drin, dachte Max und blieb einen Moment stehen. Er schüttelte den Kopf, schnippte den Stummel der Zigarette weg und steckte sich eine neue an. Wie konnte das sein?

Er zog den Rauch tief ein.

Der Arbeitseifer der Eltern hatte schließlich nichts daran ändern können, dass die familieneigene Firma Anfang der achtziger Jahre in Konkurs ging, wie viele kleinere Bauunternehmungen damals auch. Am Ende war doch alles umsonst, ging es ihm durch den Kopf.

Er stapfte weiter im Schnee herum. Hatte das alles etwas mit seiner jetzigen Situation zu tun?

Nach seiner Zeit im Bundesheer hatte er ein gutes Jahr lang nach einer Arbeit suchen müssen. Unwürdige Absagen auf noch unwürdigere Stellenangebote hatte er bekommen. Beim Arbeitsmarktservice spendierten sie ihm schließlich einen Vorbereitungskurs für die Befähigungsprüfung im Bewachungsgewerbe. So landete er bei der TransSekuritas, als Begleiter für Geld- und Werttransporte. Eigentlich war es ein guter Job gewesen, nie war etwas passiert, weder war jemand überfallen worden noch hatte sich ein Kollege inklusive Fracht in die Karibik abgesetzt. Auch die Bezahlung war für seine Ansprüche eigentlich ausreichend, wenn auch nicht üppig. Er hatte sich reingekniet in die Arbeit, hatte seine Ideen eingebracht, wie Transporte noch sicherer und unberechenbarer durchgeführt werden könnten, aber selten waren sie bei TransSekuritas darauf eingegangen, sodass er irgendwann abgestumpft zum Dienst nach Vorschrift übergegangen war. Letztes Jahr war er den Transport von Liechtenstein über Lech nach Innsbruck noch selbst gefahren. Sein letzter Diamanten-Transport. Nachdem TransSekuritas Austria ein paar wichtige Kunden verloren hatte, wurde das Personal ausgedünnt und er war nach fast fünfzehn Jahren entlassen worden.

Dann war er im Frühjahr zurück in die Heimat nach Innsbruck in eine kleine Zweizimmerwohnung gezogen. Jetzt blieben ihm bald nur noch das Ersparte und die Miete der beiden Eigentumswohnungen, die ihm sein Vater vermacht hatte, das Arbeitslosengeld lief in diesem Monat aus. Seine beiden Geschwister hatten auch je zwei Wohnungen in dem Mietshaus erhalten, das sein Opa Mitte der dreißiger Jahre gebaut hatte.

Es hatte einfach etwas passieren müssen, so konnte es doch nicht weiter gehen. Und dann war ihm dieser Einfall gekommen: Der Liechtensteiner Diamanten-Transport, den müsste man hochnehmen. Er hatte die Freunde angesprochen, die hatten erst gelacht und ihm den Vogel gezeigt, doch dann waren sie immer eifriger bei der Sache gewesen. Toni hatte den Störsender in der Halle seiner ehemaligen Elektrofirma gebaut, Hans hatte die Autos besorgt, er selbst die Waffen, Florian hatte den Kontakt zu einem Abnehmer hergestellt. Und sie hatten die Steine bekommen, ohne einen Schuss abzugeben, es hatte alles wie ein Uhrwerk funktioniert, genau so, wie er es geplant hatte.

Bis gestern.

Er blickte nach oben. Die Schneeflocken fielen unverändert dicht vom Himmel herab.

Noch schneit es, dachte Max, aber bald gibt es verdammt noch mal Wichtigeres als diesen alten Nazimist. Kein Wort will ich mehr davon hören, kein Wort.

Er warf die Zigarette weg und ging wieder hinein.

33

Die Straße ins Montafon war schon wieder von weichem Neuschnee bedeckt, obwohl man sah, dass sie schon intensiv geräumt worden war. Die Heizung von Bruggers betagtem Mercedes lief auf vollen Touren, trotzdem waren die Heckscheiben beschlagen.

Nadine saß in Gedanken versunken auf dem Beifahrersitz und blickte ab und an nach draußen.

Markus Schuster fühlte sich nach ein paar Tassen starken Kaffees wieder einigermaßen munter und steuerte aufmerksam durch das winterliche Wetter.

Sie kamen nur langsam voran. Die Straßenschilder waren schon so von einem weißen Belag bedeckt, dass man sie kaum noch lesen konnte.

Als sie endlich Partenen erreichten, parkte Markus neben Martins Bus. Ansonsten war der Parkplatz an der Talstation der Vermuntbahn fast leer.

Es war kurz vor eins, gleich würde die nächste Bahn fahren. Markus und Nadine stiegen aus, Nadine ging hinüber zum Bus, säuberte die Seitenscheibe und blickte hinein. Markus lud währenddessen ihr Gepäck aus.

„Lass uns gehen, Nadine, sonst verpassen mir noch die Bahn“, meinte er. „Wir finden sie schon, bestimmt!“

„Okay, ich komme.“

Wenig später waren sie schon auf dem Weg zur Bergstation. Nadine konnte die Seilbahnfahrt nicht genießen, aber es war ohnehin nichts zu sehen bei diesem Wetter.

„Mein Gott, Markus, wie kann man bei so viel Schnee da oben überleben, wenn man in keiner Hütte ist?“

„Die werden scho in einer Hüttn sein, oder vielleicht auch irgendwo im Tal. Ansonsten gräbt man sich ein, wenn man biwakieren muss. In einer Schneehöhle hat man immer mindestens null Grad, da kann man so a Wetter ganz guat überstehen. Der Hias is ja dabei, der würd da sicher des Richtige tuan, wenn's sein müsst.“

An der Bergstation stiegen sie in einen der Busse um, fuhren durch die zwei langen Tunnel und anschließend fast ohne Sicht hinauf zum Staudamm. Beim Aussteigen blies ihnen ein kräftiger Wind entgegen.

„So, da sind mir. Zum Gasthof müss mir noch zwoahundert Meter laufen. Normalerweise würd man ihn scho da vorn sehen, aber im Moment …", rief Markus gegen den Sturm an und zuckte entschuldigend mit den Schultern.

Nadine nickte ihm nur zu und sie kämpften sich gegen die Windböen voran in Richtung des Gebäudes, das sich nach einer Weile als grauer Umriss gegen die Umgebung abhob. Bald hatten sie den Eingang erreicht und klopften sich den Schnee von der Kleidung. Als sie im ersten Stock den Gastraum betraten, entdeckte Nadine Josef an einem Tisch, der direkt an der Glasfront stand und einen Blick hinaus auf den See bot. Neben ihm saßen drei Männer in Uniform.

„Josef!", rief sie und winkte.

„Nadine! Seid's guat auffi kämma?" Josef sprang auf und lief auf sie zu.

„Ja, das war nicht schlimm. Gibt's was Neues?"

Josef blickte sie an, presste die Lippen zusammen und schüttelte den Kopf.

„Naa, tut mir leid. Du siehst ja, wie's da ausschaut. Aber die haben sich bestimmt auch irgendwo vor dem Wetter in Sicherheit gebracht. Mir müssen halt noch a bisserl warten, bis es nachlässt, dann gehen mir sie suchen. Magst was essen? Komm, setz di erst mal."

„I kümmer mi um die Zimmer", meinte Markus.

Josef nickte ihm kurz zu und führte Nadine dann zu den Männern von der Bergrettung, die mit am Tisch saßen. Sie stellten sich vor und Nadine nahm Platz.

Josef sah noch mal aus dem Fenster in das unaufhörliche Schneegestöber, das wie ein weißer Vorhang den Blick auf die Berge verwehrte. Dann schaute er Nadine an, ihre rosigen Wangen, das dunkle Haar, das sie zu einem langen Zopf gebunden hatte, und ihre blauen Augen, die einen unglücklichen Ausdruck hatten. Hoffentlich ist denen nichts passiert, dachte er. Es würde ihm das Herz brechen, wenn Nadine, noch dazu in diesem Zustand, ihren Mann nur noch tot wiedersehen würde.

34

„Danke für's Kochen", meinte Martin Keller, als sie gegen zwei Uhr alle beim Mittagessen saßen. Die Gemüter hatten sich etwas beruhigt.

„Keine Ursache", antwortete Max milde.

„Wie geht's denn eurem Freund? Soll ich noch mal nach ihm schauen?"

„Des kannst gern machen, aber nach dem Essen. Mir haben ihm was raus bracht."

So aßen sie schweigend ihr Mahl, Reis mit Dörrpflaumen und etwas Sonnenblumenöl aus dem Vorratsschrank. Man hörte nur das Klappern des Geschirrs.

Nachdem der Tisch abgeräumt war, erledigte Martin noch seine Visite bei Toni Schmid, gab ihm ein Schmerzmittel, damit er etwas schlafen konnte, und danach ging es wieder ins Matratzenlager.

Hans war wieder ihr Aufpasser, aber Max hatte ihn begleitet.

„Zu was das alles?", fragte Martin und blickte beiden abwechselnd in die Augen.

„Was?", fragte Hans nach.

„Na, das hier. Wir haben euch geholfen, ich habe euren Freund verarztet, was ich auch ohne Zwang getan hätte. Wir tun euch doch nichts, also was soll das?"

„Ihr tut uns nix? Und gestern?"

„Ihr habt uns bedroht, woher sollten mir wissen, dass ihr uns nit umbringt's?", mischte sich Hias ein.

„So eppes machen mir nit, höchstens aus Notwehr", entgegnete Max entschieden, als Florian ins Lager kam und die Unterhaltung zu verfolgen begann.

„Ihr könnt euch ja längst denken, dass wir einen bestimmten Verdacht haben, nachdem ich das am ersten Abend hier gesagt habe, mit der Meldung von dem Überfall am Arlberg", meinte Martin. „Ich glaube, es ist jetzt schon egal, ob ihr euch dazu äußert oder nicht. Aber ich würde es gerne wissen. Und nicht, weil ich es der Polizei erzählen will."

„So? Na, wenn du es sagst …“

„Das wär schon ein seltsamer Zufall“, setzte Martin nach.

Hans atmete einmal tief durch. „Also eigentlich geht di des gar nix an, aber i kann nur sagen, mir haben uns genommen, was uns zusteht. Punkt. Mir schwimmen nämlich nit im Geld, sondern ganz im Gegenteil.“

Max wollte ihn unterbrechen, wahrscheinlich um ihn zum Schweigen zu bringen, aber Hans hob abwehrend die Hand und redete weiter.

„Alle bedienen sie sich, die Politiker, die Industriellen, die Unternehmer, was woaß i. Und unsereins fällt dauernd hinten obi. I kann die Nachrichten schon nimmer anschalten oder a Zeitung lesen, ohne dass sie über Großkopferte berichten, die sich auf Kosten der kleinen Leut die Taschen vollstopfen. Des sind Menschen, die jedes Schlupfloch kennen, die koa Gewissen haben, die am Ende mit a milden Strafe oder sogar ganz ohne Verurteilung davon kommen und sich dann irgendwo die Sonne auf den Bauch scheinen lassen. Die scheißen sich eins, wie's den anderen geht.“

„Ich kann euren Ärger verstehen, ich sehe das sogar ein Stück weit genauso. Aber so ist es doch auch nicht richtig“, entgegnete Martin.

„Wieso? Was mir uns genommen haben, des zahlt die Versicherung. Da is Geld genuag, was sie vorher bei die ganzen kleinen Leut eingesammelt und ergaunert haben. Mir krebsen derweil vor uns hi, und die tragen ihren edlen Zwirn, gehen teuer essen, wohnen im Luxus, die lachen über uns, wenn mir kaputtgehen, und fahren mit die dicken Autos umanand. Aber wir lassen uns von dene nit mehr länger verarschen, naa, Herr Doktor, mir haben eben auch unseren Stolz!“, raunzte Hans Kröll, dem der ganze angestaute Hass aus den Augen stach.

„Stolz hat noch nie einen Konflikt gelöst, eher verschärft, das ist jedenfalls meine Meinung. Und damit kommt ihr jetzt auch nicht aus dieser Situation raus“, erwiderte Martin ruhig, was ihm einiges an Beherrschung abverlangte.

„So? Warum denn?“, fragte Max.

„Na, der Stolz ist oft nur eine Ausrede, um sich den eigentlichen Problemen nicht zu stellen und Lösungen zu finden. Manchmal muss man Fehler eingestehen oder einfach auf andere zugehen, eben Kompromisse finden. Stolz beruht doch meist auf Vergangenem, und was gestern war, ist heute schon vorbei. Aber wir müssen es jetzt besser machen. Ich finde es da viel wichtiger, ein bisschen Menschlichkeit walten zu lassen. Für uns alle!"

„So! Und wie stellst dir das vor?", fragte Max Unterberger, der immer noch den Kopf schüttelte, weil er sich über Hans' unerwarteten Redeschwall ärgerte. Er wollte ihn gleich draußen in den Senkel stellen, diesen Hitzkopf. Aber im Grunde hatte der Doktor schon recht. Max war längst klar gewesen, dass ihre drei Gefangenen eins und eins zusammenzählen konnten. Jetzt lagen die Karten auf dem Tisch.

„Ganz konkret würde ich sagen, dass es für mich völlig in Ordnung wäre, abzusteigen und mit niemandem über das zu reden, was hier passiert ist. Ich könnte ja auch sagen: ‚Das lass ich mir nicht bieten' oder so etwas, was auch eine Art verletzter Stolz wäre. Aber ich denke, wir würden euch fest versprechen, den Mund zu halten, und hätten damit ganz sicher kein Problem, oder?" Martin sah sich zu seinen beiden Freunden um, die zustimmend nickten. „Wir würden euch nicht verpfeifen. Von uns dreien wird keiner reden. Versprochen. In meinem Leben gibt es jetzt sowieso Wichtigeres. Was sagt ihr dazu?"

Die Worte verhallten im Matratzenlager. Stille machte sich breit. Max, Florian und Hans schauten sich an.

Nach vielleicht zehn Sekunden antwortete Max: „Mir denken drüber nach. Des war dann ja des Wort zum Sonntag, Herr Doktor! Flori, bleibst du erst mal hier?"

„Ja, des kann i machen."

„Mir schaun ummi zum Kollegen, und i komm dann als Ablösung. Und sollt noch was mit ihm sein, dann wär's nett, wenn der Herr Doktor noch etwas von seiner Menschlichkeit entbehren könnte."

Nachdem Max und Hans hinausgegangen waren, saß nur noch Florian auf einem Stuhl im Gang, die Walther P1 hatte er auf dem rechten Oberschenkel abgelegt. Er sah Martin mit gesenktem Blick an, seine Augen erschienen glasig im Schein der Kerzen.

„Komm, lasst's uns einfach gehen. Wenn ihr jetzt großzügig seid, werden mir euch des bestimmt nit vergessen. Das versprechn mir euch", sagte Hias.

Florian schien gar nicht zuzuhören.

„Im Grund hast scho recht", meinte er leise an Martin gewandt. „Mir ham ja auch eigentlich koan Grund, stolz zu sein. Glaubt's mir des, mir haben euch nie da mit einiziehen wollen. Aber jetzt is halt, wia's is, und mir müssen schauen, wie mir da aussi kämmen."

„Es ist doch eigentlich ganz einfach, auch wenn das nicht gerade die feine Art war, was ihr mit uns angestellt habt. Unsere Verwandten und Freunde werden sich schon Sorgen machen und sich fragen, wo wir abgeblieben sind."

„Entschuldigt, es tut mir wirklich leid, dass mir eich die Tour so verdorben haben, aber ihr müsst's uns auch verstehen, des ging halt nit anders. Nimm's den anderen nit übel, die meinen's nit so", sprach Florian mit noch immer gedämpfter Stimme. In ihm schien es zu arbeiten.

„Weißt du, es ist nicht mehr so wichtig, was gestern war, so dumm sich das vielleicht gerade anhört."

„Und des heißt?"

„Was ich schon gesagt habe: Lasst uns einfach unserer Wege gehen. Wir denken uns eine plausible Geschichte aus, irgendwas mit der Kopfverletzung vom Hias, und die Handys haben wir verloren oder waren leer. Da fällt uns schon was ein."

„Schön und gut, von mir aus gern, aber i kann des nit entscheiden. Na ja, bei dem Schneesturm geht des ja eh nit."

„Auch das ist eine Ausrede. Wir werden euch auch so nichts tun, ihr müsst uns nicht bewachen."

„Und wie du richtig gesagt hast, können wir ja eh nicht weg", sagte Kurt Schubert und nickte bekräftigend.

„Wir san koa Unmenschen. Wenn des Wetter besser wird, machen mir des sicher."

„I nehm di beim Wort", antwortete Hias, der, lang ausgestreckt, den Kopf erhöht und die Hände stoisch auf dem Bauch gefaltet, auf seinem Lager lag.

Florian wandte sich wieder Martin zu und flüsterte: „Mir warn immer anständige Leut, meine Eltern haben mi wirklich sehr menschenfreundlich erzogen. Mir haben jedes Jahr der UNICEF gespendet, ‚Für die armen Kinder auf der Welt', hat die Mutter immer gesagt. I hab des nie gewollt, dass so was passiert. Wer konnt scho ahnen, dass des so miserabel ausgeht? Es tut mir wirklich leid, bitte glaub mir des."

„Danke, das glaube ich dir", antwortete Martin mit einem verständnisvollen Lächeln. „Weißt du, etwas wirklich Schlimmes ist ja noch nicht passiert. Gestern hättet ihr alle tot sein können."

„Ja, da ham mir ganz schön Glück ghabt … Aber du auch", meinte Florian, stand auf und sah aus dem Fenster.

„Das stimmt", gab Martin zu, kroch aus dem Lager und ging zu Florian hinüber.

Draußen schneite es unaufhörlich weiter, man konnte kaum weiter als fünfzig Meter sehen.

„Habt ihr eine Ahnung, wie lange es noch schneien soll?", fragte Martin.

„Naa."

Sie standen eine Weile da und schauten dem unaufhörlichen Rieseln der weißen Flocken zu, die alles unter einer dicken Schicht zu begraben schienen.

„Normalerweise könnte man das jetzt genießen, wenn man genug Zeit und Essen mitgebracht hätte", sagte Martin.

„Ja, aber leider is des momentan nit normal."

„Tja, leider nicht. Denn ich glaube, ihr seid eigentlich ganz nette Kerle."

„Danke."

Martin hatte damit eigentlich sagen wollen, dass er ihn nett fand, den kleinsten der Männer, der eher zart war, irgendwie traurig und manchmal ein wenig abwesend wirkte. Und doch schien er der Einzige zu sein, der wirklich mit ihnen fühlte.

Gegen Abend gab es eine große Portion Haferbrei mit Zucker, wiederum aus den Vorräten der Hütte zubereitet. Es schneite unaufhörlich weiter, auch dann noch, als sie gegen zehn Uhr das Licht löschten.

Florian saß im Stuhl neben der Tür und las im Schein seiner Stirnlampe das Buch von Rébuffat, das sich Hans Kröll ausgesucht hatte.

Martin wälzte sich auf dem Lager hin und her. Was hatten sie morgen vor? Angenommen, es würde besser, könnte man bei diesen Verhältnissen überhaupt noch hinab ins Tal? Hias würde das sicher einschätzen können. Er beschloss ihn zu fragen.

„Hias?"

„Ja, is no was?"

„Sag mal, wenn es morgen aufhören sollte zu schneien, meinst du, wir könnten dann zur Bielerhöhe hinabfahren, ohne zu viel zu riskieren?"

„Hm, also völlig ungefährlich wär's sicher nit, aber wenn mir flott obifahrn täten, ging des scho. Ma müsst halt durch das Tal, so lang's noch schattig wär. Wenn die Sonne rauskimmt, wär's scho haariger."

„Jetzt wartet's des mal ab", fiel Florian ein. „I kann eich nit versprechen, dass ihr morgen obi könnt's, aber i werd den andern des nachher mal vorschlagen. Am besten schlaft's einfach!"

„In Ordnung, wir können ja eh nichts ändern", gab sich Martin geschlagen und unternahm einen weiteren Anlauf, in den Schlaf zu finden. Ihr kleiner Bewacher war sympathisch, er passte eigentlich gar nicht in dieses Quartett, ging es ihm durch den Kopf. Wie diese Männer sich wohl kennengelernt hatten? Sie schienen alte Freunde zu sein.

Hans, der mittelgroße untersetzte Mann, den sie hatten niederschlagen wollen, war der brutalste von ihnen, aber im

Grunde auch kein Unmensch, nur wenn er zornig wurde. Er war impulsiv, das war seine Schwäche. Eine Schwäche, die Max bislang nicht offenbart hatte. Der schien so etwas wie der Kopf der Truppe zu sein, vor ihm schienen sie alle Respekt zu haben. Allerdings hatte er sich eingemischt, als Hias von den Zwangsarbeitern gesprochen hatte, da war er offenbar doch dünnhäutig.

Toni, der Verletzte, schien eigentlich harmlos zu sein, ein harter Hund zwar, ein typischer Tiroler eben, aber kein Anführertyp, eher ein Arbeiter.

Wie konnten diese Männer nur auf so eine Idee kommen?, dachte er, und was für ein Pech, dass sie nun alle hier zusammen festsaßen.

Aber der Schneefall würde aufhören, die Männer würden eine Entscheidung treffen müssen. Ihnen blieb nur abzuwarten. Es würde schon irgendwie gut ausgehen, er würde aus dem Schlamassel rauskommen, er würde seine Nadine sicher wiedersehen und Vater werden. Wenn sie dann irgendwann an diese Tage zurückdenken würden, vielleicht zusammen mit Nadine am Meer, wenn sich vor ihren Füßen die Wellen brechen würden, wäre es sicher halb so schlimm und weit weg, es würde niemandem etwas passiert sein. Sie würden in ihren Stühlen liegen, die Augen schließen und dem Rauschen des Wassers zuhören. Realität und Traum begannen sich zu mischen, und tatsächlich war er einen Moment später eingeschlafen.

MONTAG, 16. MÄRZ

35

Es war kurz nach zwei Uhr nachts, als Josef Brugger aus dem geöffneten Fenster des Berggasthofs Piz Buin sah. Eigentlich hätte er müde sein müssen, aber die innere Unruhe ließ ihn nicht schlafen. Die Wolkendecke hatte aufgerissen und das helle Mondlicht tauchte die Berge in ein fahles bläuliches Licht. Die Wettervorhersage hatte offenbar recht behalten, die Besserung war sogar noch früher eingetreten. Aber war sie von Dauer? Er blickte auf seine Höhenmesser-Uhr, der Luftdruck war wieder gefallen. Vielleicht war das nur ein Wetterfenster? Die prachtvoll verschneite Landschaft betrachtend, überlegte er einen Moment, schloss das Fenster und packte seinen Rucksack. Sein Entschluss stand fest, er wollte jetzt wissen, ob sie auf der Hütte waren, und dazu mussten nicht alle Bergretter mit ihm durch das lawinengefährdete Tal aufsteigen. Wenn der Luftdruck schon wieder etwas fiel, würde es vielleicht erneut schneien und dann gäbe es abermals kein Flugwetter. Aber noch länger warten wollte er nicht.

Als er abmarschbereit war, schickte er Markus, Nadine und dem Leiter der Rettung eine SMS, legte zur Sicherheit noch einen Zettel auf den Tisch seines Zimmers und verließ das Quartier. Es war schneidend kalt, als er vor die Tür trat. Er zog seine Ski an, nahm die Stöcke und wollte gerade aufbrechen, als er hinter sich eine Frauenstimme hörte.

„Josef, ist das nicht zu gefährlich?“

Er drehte sich um.

„Nadine! Oh, hab i di geweckt?“

„Nein, ich war sowieso noch wach.“

„Na ja, i glaub, des is scho vertretbar, jetzt zur Hüttn auffi zu gehen. Wenn’s mir zu riskant vorkimmt, dann dreh i um.“

„Josef, ich möchte nicht, dass du dich auch noch in Gefahr bringst“, sagte sie besorgt.

„Naa, i kenn mi da doch aus. Koa Angst."

„Wann kommst du zurück?"

„Des hängt davon ab, ob sie in der Hüttn san. Wenn niemand doba is, dann bin i in drei Stund wieder da. I meld mi, wenn i was erfahr, in Ordnung?"

„Gut. Pass auf dich auf."

„Ja, des mach i. Geh eini und ruh di aus. I lauf mal los."

„Okay. Alles Gute!"

Josef fuhr durch den tiefen, aber lockeren Schnee hinab zum Silvrettasee. Nadine sah ihm mit gemischten Gefühlen nach und kehrte dann ins Haus zurück.

In ihrem Zimmer im zweiten Stock angekommen, ging sie ans Fenster und konnte erkennen, wie Josef einsam den See überquerte.

Während sie hinausschaute, fühlte sie wieder eine plötzliche Bewegung in ihrem Bauch. Hatte sie getreten? Die kleine Tochter, die da in ihrem Körper heranwuchs, war offenbar wach. Nadine lächelte. Ob sie spürte, dass ihre Mama beunruhigt war? Ihr Lächeln bekam einen tragischen Zug. Vielleicht konnte sie Martin ja doch irgendwie helfen?

Sie nahm ihr Handy und tippte eine SMS.

Lieber Martin, geht es euch gut? Wo seid ihr? Ich bin auf der Bielerhöhe und warte auf dich. Josef läuft gerade ins Klostertal, er kann euch helfen. Melde dich bitte! Viele Küsse, ich liebe dich, deine Nadine.

Dann schickte sie die Nachricht ab. Es war bereits die fünfte, seit ihr Mann vermisst wurde.

Als Josef über die weite ebene Schneefläche des Sees spurte, wurde ihm langsam warm. Es lag eine ganz eigentümliche Stimmung über der nächtlichen Gebirgslandschaft. Unendlich viele Sterne funkelten am Himmel, der ganz klar war, er konnte die Milchstraße deutlich erkennen. Der Mond schien gerade hell genug, um ohne Stirnlampe zu gehen. Er hörte nur das Gleiten seiner Felle und seinen Atem, ansonsten umgab ihn völlige Stille.

Am Ende des Sees stieg er rechts die kurze Steigung ins Klostertal hinauf. Misstrauisch beäugte er die steileren Hänge rechts und links von sich, die eine nur schwer einzuschätzende Gefahr bedeuteten, nachdem in den letzten Tagen mindestens ein halber Meter Schnee gefallen war.

Einen mächtigen Lawinenstrich querte er, der offenbar vor wenigen Stunden in das Tal hinunter und sogar auf der gegenüberliegenden Flanke ein Stück hinauf gedonnert war. Hier war der Schnee fester, sodass er besser vorankam. Jedoch machte ihm das auch klar, dass er unter normalen Umständen hier eigentlich nichts zu suchen hatte. Trotzdem versuchte er die Bedrohung wegzudrücken. Bislang hatte er keine Lawine gehört, die irgendwo im Tal die nächtliche Stille gestört hätte.

Nach einer knappen Stunde konnte er auf einer Anhöhe die dunklen Umrisse der Hütte ausmachen, die völlig unbeleuchtet war. Die Selbstversorger-Räume lagen auf der anderen, ihm abgewandten Seite des Hauses, sodass man aus dem Inneren nicht in das Tal zu ihm herabschauen konnte.

Erste Wolken waren inzwischen schon wieder aufgezogen, aber es war noch hell genug, um sich zu orientieren.

Er passierte die Engstelle, oberhalb derer die Hütte stand, und lief in einem weiten Bogen zu ihr hinauf. Dort angekommen, stieg er aus den Bindungen seiner Ski, zog routiniert die Felle ab, verstaute sie im Rucksack und stellte beides links des Eingangs ab. Die Kellertüre war halb zugeschneit und nur der obere Teil lag frei. Davor sah Josef verschneite Fußspuren. Das ist schon mal ein gutes Zeichen, dachte er, und lief eine paar Schritte um die Hütte. Auf der Bergseite, rechts des Eingangs, schien Licht aus dem Seitenfenster des Notlagers. Offenbar war da noch jemand wach. Ungewöhnlich um diese Zeit, dachte Josef. Er ging zurück und trat ein.

Im Innern war es stockdunkel und Josef schaltete seine Stirnlampe ein. Rechts führte die Treppe nach oben, daneben standen einige Paar Ski. Er trat näher und betrachtete sie. Es waren sieben Stück. An zwei Paaren waren die Aufkleber des „Ski- & Berglädle Weiskopf“, in dem sein Schwager Markus

Schuster arbeitete und für den auch Hias inzwischen tätig war. Seine Freunde waren also ziemlich sicher noch da. Eines der anderen Paare musste Martin gehören.

Was nun? Er leuchtete nach links, sein Atem kondensierte in den Lichtstrahlen. Dort war eine Treppe, die hinauf in den ausgebauten Bereich führte. Gegenüber der Ski führten zwei Gänge tief in das unfertige Untergeschoss. Der Lichtkegel seiner Lampe konnte sie kaum bis zu ihrem Ende ausleuchten, das etwa zwanzig bis dreißig Meter entfernt lag. Josef war angespannt, die gespenstische Atmosphäre des unfertigen Bauwerks und die ungewisse Situation wirkten einschüchternd auf ihn. Im rechten Gang war Holz aufgestapelt, daneben stand ein Hackklotz, in dem eine Axt steckte, eine Säge war daran angelehnt. Der Boden bestand aus blankem Beton, Holzbrettern und dann aus mehr oder weniger feinem Bauschutt. Es lag reichlich Unrat herum. Kabel, Leerrohre, Plastiktüten, Metallteile, Verpackungen, Holzlatten, Felsbrocken verschiedenster Größe und allerlei mehr.

Langsam stieg Josef die Treppe hinauf, Schritt für Schritt, leise und hellhörig, während er überlegte, ob er den ausgebauten Teil der Hütte betreten sollte. Und wenn Martin, Kurt und Hias da drinnen nicht freiwillig wären? Nicht nur der Aufstieg hatte etwas Bedrohliches gehabt, auch hier in der Hütte war ihm unwohl. Warum waren sie nicht ans Telefon gegangen oder hatten angerufen, wenn sie doch hier auf der Hütte waren? Und warum war da Licht im ganzjährig zugänglichen Raum? Wenn doch alle im Lager oder wenigstens der warmen Stube sein sollten, Hias hatte doch sicher einen AV-Schlüssel mitgenommen?

Josef entschied sich, erst einmal vorsichtig in den Flur zu sehen.

Er drückte die Klinke hinunter und trat leise ein. Vom Gang aus konnte er einen Lichtschein erkennen, der durch die Milchglasscheibe der Tür fiel, die in den Raum mit den Notlagern führte. Josef kannte die Hütte. Er wusste, dass gleich rechts der Tür, hinter einem Schrank, drei Lager waren.

Vorsichtig tastete er sich noch ein paar Schritte voran, als er Stimmen hörte und stehen blieb. Da waren Leute, offensichtlich Männer, die sich leise unterhielten.

Erst konnte er nur Bruchstücke verstehen.

„… können da ja nit ewig bleiben …", sagte jemand.

Ein anderer murmelte eine Antwort, die er nicht verstehen konnte.

„Tua endlich die Pistoln weg …", meinte ein Dritter.

„Sollen mir die mitnehmen?", fragte wieder der Erste.

„Klar, mir können sie nit einfach gehen lassen. Wenn die im Tal unten ankämmen, bevor mir über der Grenz sein, dann sein mir geliefert."

Und nachdem ein anderer Mann leise etwas entgegnet hatte, hörte er: „Ja … Denk doch mal an den Toni … Naa, des … besser so."

„Der Doktor soll noch mal schaun, ob er dir nit helfen kann morgen früh", verstand er wieder ganz klar. Die Männer sprachen Innsbrucker Dialekt.

„Okay, aber … geht sich das vielleicht aus … geht's dann weiter?"

„Des schaun mir dann … besser? Wenn … Klosters sind, kann ja … s packen mir scho … Toni!"

„I geh mal Holz holen!", sagte ein Mann ganz deutlich.

Josef wusste, was das bedeutete. Er huschte fluchtartig, aber so leise wie möglich, was mit den dicken Tourenschuhen nicht einfach war, zu der Tür, die in das Treppenhaus führte. Er schloss sie hinter sich, stieg über das behelfsmäßige Holzgeländer und kletterte zur Treppe hinauf, die in das Obergeschoss führte. Diese war sonst nur durch eine üblicherweise verschlossene weitere Tür aus dem Flur zu erreichen. Als er schnell ein paar Stufen hinaufgeschlichen war, hörte er lautere Stimmen, offenbar unterhielt sich der Mann noch mit seinen Gefährten, stand aber schon im Flur.

Ein paar Sekunden später betrat der Mann das Treppenhaus. Josef verharrte regungslos im Dunkeln und hielt die Luft an. Die Schritte entfernten sich abwärts, aber ihm war klar, dass er hier oben in der Falle saß. Er stieg ganz vorsichtig die letzten Stufen hinauf in das Obergeschoss. Links war ein Fenster, das direkt über dem Eingang lag. Er wagte nicht, seine Lampe einzuschalten, weil er fürchtete, der Lichtschein könnte im Treppenhaus gesehen werden. Hoffentlich würde der Mann nicht einen Blick zur Tür hinaus werfen und seine Spuren erkennen.

Zwei Stockwerke tiefer begann dieser jetzt offenbar Holz zu spalten. Es klang ganz nah, da keine Tür dazwischen lag.

Was er hatte aufschnappen können, verwirrte ihn. Offenbar wollten die Männer morgen in Richtung Schweiz aufbrechen. Hatte er richtig gehört, war von einer Pistole die Rede gewesen? Er war sich nicht sicher. Und sie wollten noch andere mitnehmen. War mit dem Doktor Martin Keller gemeint? Martin war ja in der Pharmaforschung, aber natürlich würde er auch jemanden versorgen können, wenn etwas wäre. War er nicht früher Rettungswagen gefahren? Aber die Formulierung war auch seltsam gewesen. „Der Doktor soll mal schauen …“, so redete man doch nicht von jemandem, der einem half. Man würde doch eher sagen: „Wir bitten den Doktor morgen früh noch mal …“, oder etwas in der Art.

Da stimmte ganz sicher etwas nicht. Dann fielen Josef seine Sachen ein, die noch draußen standen und die der Mann leicht finden konnte, wenn er seine Spuren entdecken und ihnen folgen würde. Was jetzt?

Er tastete sich durch das Obergeschoss. Nur durch die Fenster in den beiden Schmalseiten der Hütte fiel etwas Licht. Ob er am anderen Ende nach draußen käme? Ganz langsam schlich er auf das hintere Fenster zu. Er versuchte sich so lautlos wie möglich zu bewegen, aber seine Sohlen knirschten auf dem schmutzigen Beton. Ansonsten war es gespenstisch ruhig hier oben. Auch das Obergeschoss war nicht ausgebaut. Es lagen viele Dinge auf dem Boden herum, rechts konnte er einen Stapel Matratzen erkennen. Daneben ein paar Kartons, und die Silhouetten weiterer Gegenstände zeichneten sich im Halbdunkel ab.

Josef musste irgendwie unbemerkt aus der Hütte rauskommen, um im Tal Hilfe zu holen. Immer wieder hörte er die Hiebe der Axt im Untergeschoss.

Von unten drang gedämpftes Murmeln herauf.

Was für eine riesige Hütte wäre das geworden, hätte man sie fertig ausgebaut, dachte Josef. Er schätzte die Ausmaße des Dachgeschosses ab, als er an seinem rechten Arm einen Widerstand spürte. Unwillkürlich zuckte er zurück, aber seine Reaktion kam zu spät, die an einer Stütze des Dachstuhls angelehnte Holzlatte fiel laut krachend um. Unter ihm wurden die Stimmen lauter. Er rannte zum hinteren Fenster und öffnete es eilig. Während er sich ächzend durchzwängte, hörte er jemanden rufen: „Hallo, ist da wer? Hallo?“

Er vernahm eilige Schritte, es konnte nur der Mann aus dem Keller sein. Josefs Füße baumelten über dem Abgrund, er stützte sich oben am Fensterrahmen ab und setzte sich auf die Kante. Etwa drei Meter unterhalb lag der hohe, aber grundlose Schnee, der sanft im Mondlicht glänzte.

„Wer ist da?“

Josef drehte sich um und sah schon einen Lichtschein aus dem Treppenhaus nach oben dringen.

Dann sprang er in die Tiefe, flog einen Moment durch die kalte Winterluft, darauf hoffend, dass der viele Schnee seinen Sturz bremsen würde und er danach noch in der Lage wäre, hinab ins Tal zu fahren.

Fast widerstandslos drangen seine Füße in den Schnee ein, dann seine Hände, sein Körper und schließlich sein Gesicht. Er fühlte die Kälte auf seinen Wangen, als sein Flug mit einem Ruck endete. Er verharrte kurz, richtete sich auf und klopfte flüchtig den Schnee von seiner Kleidung.

„Hallo, wer ist da?“, schallte es nochmals, aber deutlich leiser, aus dem Fenster über ihm. Er wendete sich nach links und stapfte eilig um die Ecke, dann die Längsseite der Hütte entlang zu seinen Sachen.

Hastig zog er die Ski an, setzte den Rucksack auf und schob sich mit den Stöcken talwärts.

Max ging zum offenen Fenster, lehnte sich hinaus und sah hinab. Waren da Spuren? War da tatsächlich jemand aus dem Fenster gesprungen? Verdammt, wer war das? Er rannte zurück zu den anderen.

„Und?“, fragte Hans.

„Da war jemand in der Hütte! Der is oben aus’m Fenster gesprungen.“

„Wart, i komm mit, mir schauen raus!“, meinte Hans und nahm die Pistole.

Sie rannten die Treppe hinab zur Eingangstüre.

Kein Zweifel, die Fußspuren waren frisch. Hans und Max stiegen hinaus und folgten den Abdrücken. Nach ein paar Metern fanden sie ein Loch im Schnee, direkt an der Hüttenwand. Da hatte jemand etwas abgestellt. Danach führten Skispuren in weiten Bögen hinab ins Tal. Max und Hans sahen sich an.

„Scheiße, den kriagn mir nimmer!“, stellte Hans fest. Beide blickten wie erstarrt den Spuren nach.

„Komm, wir sagen’s dem Toni“, meinte Max.

„Und, was is?“, meinte Toni, als sie eintraten.

„Mir haben a Problem“, antwortete Hans.

„Da war echt jemand oben? Bei den Verhältnissen? Mitten in der Nacht?“, rief Toni erstaunt aus.

„Ja, ganz sicher“, sagte Max.

„Und wo isser jetzt?“, fragte Toni.

„Weg.“

36

Es war nicht so leicht, im Mondlicht talwärts zu fahren, der tiefe weiche Schnee machte es jedoch einfacher. Im fast ebenen Talgrund unterhalb der Hütte ließ Josef die Ski in seiner Aufstiegsspur laufen, ab und an musste er mit den Stöcken anschieben. Er sah sich um. Niemand folgte ihm. Die Wolkendecke hatte sich inzwischen wieder zugezogen und erste Schneeflocken fielen herab.

Während der Abfahrt hatte er nachgedacht, was er für seine Freunde tun konnte, und eine Idee gehabt. Josef griff in die Brusttasche seiner Jacke, holte sein Mobiltelefon heraus, suchte im Verzeichnis nach der Nummer und wartete. Es war kurz nach fünf Uhr morgens. Sobald er hörte, dass sein Gespräch am anderen Ende angenommen wurde, begann er zu sprechen.

„Willi? Hier ist der Josef Brugger!"

„Josef? Was is los, dass du um fünf Uhr morgens anrufst? Is eppes passiert?", meldete sich Wilfried Grieber, Bergführer und stellvertretender Leiter der Alpinpolizei Landeck.

„Ja, i brauch di. I glaub, da sind a paar Freunde von mir in Gefahr!"

Josef erzählte ihm alles, was die letzten Tage vorgefallen war, von dem Gespräch in der Hütte, das er belauscht hatte, sagte aber auch, dass er nicht wirklich wusste, was da eigentlich los war.

„Werden sie dort festgehalten?"

„I bin mir nit sicher. Aber da stimmt was nit, des weiß i genau."

„Hm, also dann schaun mir erst mal selbst nach. Notfalls können mir noch die Beamten von der Cobra anfordern, wenn es wirklich a Geisellage sein sollte."

„Wie kommt ihr auffi? Des schneit scho wieder!"

„Mir gehn mit die Ski nauf. Aber des wird dauern, mir müssen uns an Motorschlitten leihen. Außerdem muss i noch a paar Kollegen organisieren und der Bezirksleitstelle in Landeck Bescheid geben. Mir san dann so um sieben Uhr auf der Bielerhöhe. Bist im Piz Buin?"

„Genau. Soll i da auf di warten?"

„Ja. Leg di ab und schlaf noch a Stund, wennst mitgehen magst."

„Guat, des mach i. Bis nachher, danke!"

„Nichts zu danken. Schau, dass'd obi kämmst!"

Josef verstaute sein Handy und lief weiter. Er wollte so schnell wie möglich das bedrohliche Tal verlassen.

Bald fuhr er hinab auf den See. Knapp dreißig Minuten nach dem Telefonat war er am Berggasthof Piz Buin. Als er ankam, dämmerte es bereits.

Nadine und Markus erwarteten ihn ungeduldig.

Wilfried Grieber wählte die Nummer von Stefan Altmann, dem Leiter der Alpinen Einsatztruppe im Bezirk Landeck. Er berichtete ihm, um was es ging.

„Sag amal, meinst, des hat eppes mit dem Überfall in Anton drüben zu tun?", fragte Stefan, nachdem er alles gehört hatte.

„Des kann schon sein. I denk, mir brauchen noch an dritten Mann."

„Ich schau mal, ob ich den Thomas Innthaler aus dem Bett werfen kann."

„Des is a gute Idee."

„Und ich informier die Leitstelle in Landeck. Die sollen dem Einsatzstab vom LKA Bescheid geben, damit die des LKA Vorarlberg anfunken. Die können schon mal die FEST alarmieren, die Flugeinsatzstelle in Hohenems, wenn die um sieben ihren Dienst antreten."

„Guat. I hol di mit dem Innthaler auf dem Weg ab, oder?"

„Ja, is guat, bis glei."

37

„Guten Morgen! Steht's bitte auf, macht's euch abmarschbereit, mir brechen auf. Draußen gibt's noch mal an Haferbrei, und danach geht's los. Und lieber Herr Doktor, schau glei mal nach dem Patienten, bittschön", verkündete der große Max Unterberger ins Matratzenlager hinein, durch dessen Fenster bereits die Morgendämmerung drang.

Martin Keller schreckte hoch, er hatte eine unruhige Nacht hinter sich. Eben hatte er endlich noch einmal tief geschlafen. Vorbei. Irgendwann in den Morgenstunden hatten die Männer den zierlichen Florian geholt, der erst kurz vorher zu ihnen hereingekommen war, um sie wieder zu beaufsichtigen. Auch der war müde gewesen, nach nur ein paar Stunden Schlaf, das war klar. Martin hatte da schon gemerkt, dass etwas im Busch war.

Nun war es vielleicht sechs Uhr. Normalerweise hätte er auf sein Handy geschaut, aber das hatte er ja abgeben müssen.

Nachdem er sich angezogen hatte, stand er auf und sah aus dem Fenster. Der Himmel war fast wolkenlos, die umliegende Berglandschaft tief verschneit, es sah richtig kalt draußen aus. Dann sah er die Skispuren. War einer der Männer ins Tal gefahren? Fuhren sie ins Tal? Eines war klar, jetzt würde etwas passieren, und das war gut so.

Martin ging an Hans vorbei, der neben der Tür saß und offenbar in den letzten Stunden der Nacht ihr Aufpasser gewesen war.

Im Aufenthaltsraum war schon angeheizt, es dampfte unter dem Deckel des Wassertopfs hervor.

„Ah, da bist ja scho, sehr guat. Dann gehen mir mal zu unserem Patienten."

Martin lief hinter Max her und versuchte etwas zu erfahren.

„Fahren wir ins Tal?"

„Naa."

„Wie bitte?"

„Mir steigen auf, und vielleicht lass mir euch dann fahren, wenn mir oben sind."

„Ich finde diese Entscheidung falsch. Das ist Gift für sein Knie und es kann durchaus sein, dass da etwas gebrochen ist. Wenn jetzt durch die Belastung eine Arterie verletzt wird, läuft ihm das Bein voll, und in so ein Bein passt eine Menge Blut, das wäre lebensgefährlich."

„Na, Herr Doktor, jetzt mal nit den Teifel an die Wand. Er will mitkommen, niemand zwingt ihn dazu. Dei Aufgab is nur, ihm dabei zu helfen, so gut es geht."

Als sie im Vorraum angekommen waren, fragte Martin den Patienten in seinem Bett: „Stimmt es, dass du mit aufsteigen willst?"

„Ja. Was kann man da machen, damit i besser laufen kann? Da muss doch was gehen?"

„Also, da bin ich eigentlich nicht der Richtige, zumal wir ja gar nicht wissen, wie die genaue Diagnose ausschaut", sagte Martin.

„Na also bitte, es gibt bestimmt eppes, was man machen kann, oder? Du brauchst da auch koa ärztliche Garantie übernehmen", hakte der große Mann nach.

„Das Einzige, was man versuchen könnte, wäre das Knie zu punktieren und das Blut rauszuholen. Dann müsste ein relativ fester Stützverband dran, damit es nicht gleich wieder vollläuft. Ich habe zwar ein paar Kanülen und Spritzen dabei, aber nur kleine, da würde ich sicher mehrere Spritzen Blut rausziehen müssen. Ich habe das aber noch nie gemacht, wie gesagt, ich bin kein Orthopäde", erklärte Martin. „Und selbst dann kann ich nicht sagen, ob der Knochen nicht doch gebrochen ist und das Bein überhaupt belastbar ist."

Die beiden Komplizen wechselten einen Blick und nickten.

„Guat, dann mach des bitte", entschied Toni.

Keller schnaufte einmal durch und ging dann in den Schlafraum, um seine ärztliche Notfalltasche aus dem Rucksack zu holen. Er punktierte das Knie nur unwillig: Einerseits war das nicht sein Kompetenzbereich als Arzt, andererseits würde es wahrscheinlich dazu führen, dass die Männer tatsächlich aufbrachen und sie wohl oder übel mitgehen mussten.

Er setzte sich auf einen Stuhl und bat den Mann, sich so hinzulegen, dass sein linkes Knie mit der Außenseite zu ihm zeigte. Dann nahm er eine Spritze sowie eine Kanüle aus ihren Plastikverpackungen und zog bedächtig, Finger für Finger, sterile Einweghandschuhe an.

Während er die Sachen zusammensteckte, meinte er: „Ich mach das nur ungern. Es kann sein, dass ich nicht gleich richtig treffe, dann wird es weh tun!"

„Nur zu, i werd's scho aushalten."

„Also gut, auf deine Verantwortung!"

Martin tastete das Knie ab, um die richtige Stelle zu finden, desinfizierte sie mehrmals und setzte die Nadel seitlich links oberhalb der Kniescheibe an. Vorsichtig stach er hinein und schob die Kanüle tiefer. Als er durch die Kapsel drang, spürte er einen Widerstand, dann drückte er die Spritze noch tiefer ins Knie. Der Mann hatte kurz gestöhnt, aber er schien den Schmerz tapfer zu ertragen. Martin zog die Spritze langsam auf und das Blut floss fast ohne Widerstand hinein.

„Ich hab nur eine kleine Zwanzig-Milliliter-Spritze. Ich werde sie ein paar Mal leeren müssen, bis das Blut draußen ist", erläuterte er.

Er löste die Spritze von der Kanüle, ließ das Blut in eine Tasse fließen, die er aus der Küche mitgebracht hatte, steckte die Spritze wieder auf die Nadel und zog sie erneut voll. Diesen Vorgang wiederholte er noch zweimal, bis er fast achtzig Milliliter Blut aus dem Knie entfernt hatte.

„So", sagte er, während er die Nadel herauszog, „jetzt mach ich dir noch einen festen Stützverband als Kompressionshilfe, damit es etwas stabiler ist und nicht gleich wieder dick wird. Ich hoffe, das nützt etwas. Aber es wird nach einer Weile sicher wieder schlechter werden."

Er klebte ein Pflaster auf die Einstichstelle und legte den Verband an.

„Fertig! Mehr kann ich nicht für dich tun", sagte Keller, als er die Prozedur beendet hatte.

Der Mann stand vorsichtig auf und prüfte sein Bein.

„Es is viel besser, i kann sogar das Knie etwas anbeugen. Vielen Dank!“

„Nichts zu danken. Es wird dir nur kurz Erleichterung bringen, wie gesagt, es wäre besser …“

„Ja, ja, i weiß. Geh dei Sachen packen, des wird scho hinhauen, probieren mir's einfach“, fiel ihm sein Patient ins Wort, der offenbar Hoffnung geschöpft hatte.

38

Willi Grieber steuerte den Einsatzwagen von Landeck über Pians ins Paznauntal. Thomas Innthaler, der junge Alpinpolizist und Bergführer, saß bereits neben ihm.

Es war ein paar Minuten nach sechs Uhr, als sie bei Stefan Altmann, dem Chef der Alpinpolizisten, in Ischgl klingelten. Die Tür öffnete sich umgehend, Willis Kollege begrüßte sie, sie verstauten eilig seinen Rucksack und die Skiausrüstung im Kofferraum, dann ging es weiter Richtung Galtür.

„I hab den Hubert Lorenz angerufen“, sagte Stefan. „Der organisiert an schnellen Skidoo bei der Galtürer Bergbahn. Er müsst scho an der Talstation von der Birkhahnbahn auf uns warten.“ Weiter kam man im Winter nicht mit dem PKW.

Während der Fahrt war es langsam hell geworden, die Morgensonne aber versteckte sich noch hinter den Wolken. Um zwanzig vor sieben schüttelten sie Hubert Lorenz die Hand, einem Freund von Stefan, der bereits alles vorbereitet hatte.

Wilfried Grieber kam als Ältestem das Privileg zu, hinter Hubert auf der bequemen Sitzbank des Motorschlittens Platz zu nehmen, während seine Kollegen an einem zehn Meter langen alten Bergseilrest mit zwei Liftbügeln auf ihren Ski hinterhergezogen wurden.

Auf der neuen Silvrettastraße gewann das Gefährt über die eingefahrene Trasse flott an Höhe. Zum Glück hatte es in den letzten Stunden nicht mehr allzu viel geschneit. Um zehn nach sieben erreichten sie die Bielerhöhe.

„Griaß di Wilfried, griaß eich!“, empfing sie Josef, der schon mit der Rettungsmannschaft auf sie wartete. Neben ihnen standen Nadine und Markus, die es nicht im Bett gehalten hatte.

Alle gaben sich die Hände, die in dicken Handschuhen steckten.

„Mir haben no an zweiten Skidoo besorgt, der kann uns über den See ziehen, da sind mir schneller“, erklärte Josef.

„Sehr guat!“, meinte Wilfried. Nach einer kurzen Einsatzbesprechung ging es los.

Die Sicht war ausreichend, sodass sie sich auf der weiten Fläche des Sees orientieren konnten. Außerdem war Josefs Spur noch zu sehen. Trotzdem konnten sie bei Weitem nicht mehr so flott fahren, da es hier keine Piste gab.

Nadine sah dem Konvoi fast regungslos hinterher, bis er im Schneegestöber verschwand. Sie war aufgewühlt und verwirrt. Wie würde das ausgehen? Sie hatte wieder Hoffnung geschöpft, nachdem Josef ihr berichtet hatte, dass Martin, Kurt und Hias mit großer Sicherheit noch in der Hütte seien. Aber alles, was er sonst erzählt hatte, war zutiefst beunruhigend.

„Nadine, mach dir koa Sorgen, des wird jetzt scho werden. Lass mir die mal machen, die sind für solche Situationen ausgebildet, und vielleicht is die Sach ja halb so schlimm“, meinte Markus und nahm Nadine in den Arm.

„Ja, hoffen wir's.“

„Gehen mir nei ins Warme, hier könn mir nix mehr tuan“, schlug er vor.

„In Ordnung, Markus, du hast recht“, antwortete Nadine leise, und sie gingen langsam zurück zum Berggasthof.

Als die Männer am Ende des Sees angekommen waren, verabschiedeten sie sich von den beiden Fahrern der Skidoos, die hier im steilen, nicht eingefahrenen Schnee nicht weiterkamen, und setzten den Aufstieg zu Fuß fort. Bruggers Spur war inzwischen fast wieder zugeschneit. In einer Stunde würden sie mehr wissen.

39

„So, guten Morgen!“, empfing sie Zangerl gähnend.
Die erste Lagebesprechung der Ermittlergruppe stand an, es war halb acht Uhr.

„Danke, dass ihr alle gekommen seid’s. Es gibt ganz aktuell a neue Entwicklung.“

Oberstleutnant Sigl, der direkt von seinem Auto in den Konferenzraum gelaufen und noch etwas außer Atem war, rückte unruhig auf seinem Stuhl herum. „Habt’s ihr denn a Spur?“

„Ja und nein. Oder besser gesagt: Wir wissen’s noch nicht. Aber des wird sich im Laufe des Vormittags klären. Ein Kollege von der Alpinpolizei, der Wilfried Grieber, hat einen Anruf von einem Bekannten erhalten, der in den Morgenstunden von der Bielerhöhe auf die Klostertaler Hütte gelaufen ist, um dort nach seinen drei vermissten Bekannten zu suchen. Des warn die drei, die schon vorgestern als abgängig gemeldet worden sind. Ein Tiroler Bergführer und zwei deutsche Touristen, vielleicht erinnert’s ihr euch. Jedenfalls hat er da die Ski von denen gefunden und ein Gespräch belauscht. Er meint, dass die drei da möglicherweise von weiteren vier Männern festgehalten werden, denn da waren noch vier weitere Paar Ski.“

„Wie kimmt er darauf?“, wollte Sigl wissen.

„Weil’s einerseits schon vorgestern drunten sein wollten und weil er andererseits mitbekommen haben will, dass von einer Pistole die Rede gewesen ist. Außerdem habens von einem Doktor gesprochen, und einer von den Touristen ist Arzt. Sie haben gesagt, dass sie über die Grenze wollen. Einer ist offenbar krank oder verletzt.“

„Das könnten doch die Burschen sein!“, rief Sigl aus.

„Ja, des denk mer auch! Deshalb sind jetzt schon drei Beamte von der Alpinpolizei zusammen mit der Bergrettung auf dem Weg zur Hüttn. Natürlich ist des alles recht vage, aber es könnt schon sei, dass des unsere Täter sind. Wir haben bereits den Kontakt zum LKA Vorarlberg hergestellt, um den Einsatz der Tiroler Polizeialpinisten abzustimmen. Die Cobra haben wir auch alarmiert, die Beamten stehen bei der Flugeinsatzstelle in Hohenems bereit."

„Na, da san mir mal gespannt. Und was ist, wenn es doch keinen Zusammenhang mit dem Überfall gibt?"

„Dann müssen wir uns auf die Indizien stürzen", sagte Zangerl. „Die Graubündner Leitstelle in Chur hat uns leider bisher nicht helfen können. Es gab zwar Polizeikontrollen in Samnaun durch die Kollegen in Martina und auch im Rheintal, aber da war niemand auffällig. Sie haben jetzt eine schweizweite Fahndung angeordnet, aber des dürft vermutlich auch vergeblich sein, weil wir keine wirklich konkrete Täterbeschreibung haben liefern können. Da könnten wir höchstens auf an Glückstreffer hoffen."

„Und was machen mir jetzt?", erkundigte sich Gruber.

„Wir haben ja eine Menge Anhaltspunkte, da ermitteln wir weiter, egal, was da jetzt in der Silvretta rauskommt. I möcht, dass wir bis spätestens morgen Abend alle Werttransportfahrer befragt haben. Und auch die Angestellten von der Elektrofirma. Von den beiden Gruppen sollten auch die DNA-Proben komplett sein. Sollten dann noch Leut abgehen, nehmen wir uns die besonders genau vor."

„Guat, da kümmer i mi drum", sagte Lechleitner.

„Was ist mit dem Mitarbeiter aus dem Elektronik-Laden in Bozen, ist der wieder aus dem Urlaub zurück? Kann der uns eine Beschreibung geben von dem Mann, der die Teile abgeholt hat? Gruber?"

„I ruf gleich bei den Kollegen in Südtirol an. Von der KTU hab i noch nix Neues, da erfahrn mir aber heut noch den aktuellen Stand", versicherte Gruber.

Zangerl verteilte noch ein paar Aufgaben, dann löste er die Runde auf. Vielleicht waren die Täter doch noch nicht über alle Berge, oder genauer gesagt über die Berge der Silvretta entkommen. Sollte das aber so sein, hätten sie eine Menge Fleißarbeit vor sich, um sie noch zu fassen.

40

Die Polizisten, die Bergretter und Josef Brugger passierten die Verengung unterhalb der Hütte, als Stefan Altmann den Trupp anhalten ließ.

„So, mir gehen mal voraus und geben euch Bescheid, wenn alles in Ordnung is. Wartet's bitte in Sichtweite, und wenn mir uns in dreißig Minuten nit gemeldet haben, ruft's umgehend die Leitstelle in Landeck um Verstärkung an. Nicht nachkommen oder irgendwelche Aktionen, bis mir euch a Zeichen geben, okay?"

„Guat, mir bleiben da vorne hinter den Felsen", schlug der älteste der Bergretter vor. „Vielleicht geht ihr durch die Bergrettungsräume nei, da gibt's a Zwischentür. Moment, i hab an Schlüssel." Er wühlte in seinen Taschen und fischte einen Schlüsselbund hervor. „Der eine is für die hintere Seitentür, und der is für die Durchgangstür."

„Des is a guate Idee, dank dir", erwiderte Wilfried, nahm die Schlüssel und steckte sie ein.

Stefan, Wilfried und Thomas liefen zügig weiter bis zur Hütte. Als sie kurz unterhalb des Eingangs waren, sah Wilfried als Erster die frische Spur, die ins hintere Klostertal führte.

„Die Vögel sind wohl ausgeflogen", meinte er.

„Ja, scheint so", antwortete Stefan. „Schaun mir schnell mal nei, aber vorsichtig, vielleicht is jemand zurück blieben. Der Josef hat doch gesagt, einer wär vielleicht verletzt gewesen."

„Stimmt. I geh hinten durch die Bergrettungsräume, kommt's ihr vorne nei?"

„Ja, des können mir so machen. Funk mir uns zsamm und stürmen dann gleichzeitig. Thomas, du kimmst mit mir."

Gemeinsam näherten sie sich der Hütte. Dort entledigten sie sich der Ski und trennten sich. Wilfried stapfte rechts um die Ecke und lief geduckt an der Wand unterhalb der Fenster entlang bis zum Seiteneingang. Durch den Dachüberstand war die Tür nicht so tief verschneit. Er schloss auf und betrat die Hütte. Nach ein paar Metern führte ein Gang auf die Verbindungstür zu. Als er sie erreichte, bekam er einen Funkspruch von seinem Kollegen Stefan.

„Mir können rein, aber i glaub, da is niemand mehr, alle Ski im Keller san weg. Bist so weit?“

Wilfried steckte den Schlüssel in das Schloss, zog seine Waffe und antwortete: „Jawohl, kann losgehen!“

„Guat … Jetzt!“

Wilfried riss die Tür auf, trat in den Raum und blickte sich schnell um. Ein paar Sekunden später standen seine beiden Kollegen vor ihm.

„Alle weg“, resümierte Wilfried. Stefan und Thomas nickten und sahen sich um.

Wilfried ging an eines der Fenster im Aufenthaltsraum, öffnete es und rief die Bergretter. Im Ofen war noch reichlich Glut. Die Spültücher hingen darüber und waren nass.

„Lang können's noch nit weg sein“, stellte Wilfried fest.

„Guat, dann marschieren mir hinterher“, entgegnete Stefan. „I mach Meldung. Schaut so aus, als könnt mir die Cobra noch brauchen.“

„Hoffentlich reißt's rechtzeitig auf, damit die fliegen können“, meinte Thomas.

„Ja, des könnt knapp werden“, pflichtete ihm Wilfried bei und sah auf die Uhr. Es war zwanzig nach acht. Für den Lauf des Vormittags hatte der Wetterbericht Besserung versprochen.

Im Treppenhaus kamen ihnen die anderen entgegen. Josef entschied sich, die Polizisten zu begleiten, während die Bergretter noch einen Akja aus der Hütte holen wollten, um mögliche Verletzte zu transportieren. Sie würden dann nachkommen.

Eine Minute später waren die vier Männer schon wieder unterwegs. Obwohl sie schon auf dem Weg zur Hütte nicht eben langsam gewesen waren, legten sie jetzt noch mal deutlich einen Zahn zu. Allen war klar, dass sie die Leute noch einholen mussten, bevor sie die Grenze passiert haben würden. Nicht in erster Linie, weil sie dann nicht mehr zuständig wären, sondern vor allem, weil es hier bei diesen Verhältnissen eigentlich keinen Übergang gab, der gefahrlos in die Schweiz führte.

41

Sie stiegen langsam die letzten Meter in die Rotfluhlücke hinauf, die mit ihren 3070 Metern unmittelbar südlich der gut hundertfünfzig Meter höheren Schneeglocke lag.

Toni Schmid hatte es durchgestanden, aber er stöhnte vor Schmerzen bei jedem Schritt. Hias, der von Anfang an hatte spuren müssen, führte die Gruppe an. Hinter ihm liefen Martin Keller und Kurt Schubert, dann Max und Hans. Toni war Vorletzter, und schließlich kam Florian, der Toni ab und an half und ihn in den vielen Pausen stützte, um das verletzte Bein zu entlasten.

Aber von wem waren die Skispuren vor der Hütte gewesen? Martin konnte sich immer noch keinen Reim darauf machen, denn keiner der Männer fehlte. War einer von ihnen abgestiegen und später wieder hoch gekommen? Nein. Er hatte deutlich sehen können, wie die Abfahrtsspur die Aufstiegsspur überzeichnet hatte. Von wem stammten sie also? Hatte sie vielleicht ein weiterer Komplize besucht? Oder ein Polizist? Jemand von der Bergwacht? Hias waren die Spuren auch aufgefallen. Sie hatten sich vorhin kurz flüsternd ausgetauscht, bis Max sie aufforderte, den Mund zu halten.

Nach etwa zwei Stunden Aufstieg riss die Wolkendecke auf, der Schneefall verebbte und sie konnten die umliegenden Berge sehen. Wieder liefen Hias, Martin und Kurt die Gletscherrampe unterhalb der Schneeglocke hinauf, nur diesmal unter ganz anderen Umständen. Als sie verflachte, ließ Max die Gruppe anhalten.

„So, Toni, vielleicht wartest du da amal, bis mir Bescheid wissen, ob wir von der Rotfluhlücke obikommen auf den Silvrettagletscher, sonst müsst du des wieder auffi laufen, in Ordnung?“

Toni nickte nur, setzte sich ächzend auf seinen Rucksack, während der Rest der Gruppe nun hinab durch eine Kuhle bis an die Kante lief, jenseits derer es abwärts gehen sollte.

Als sie die Lücke und damit zugleich die Grenze zur Schweiz

erreichten, öffnete sich ein prachtvoller Ausblick. Unter ihnen lagen die weiten Schneefelder des Silvrettagletschers, der aber zum größten Teil von tief hängenden Wolken verdeckt wurde. Über diese hinüber sah man zum Verstanclahorn mit seiner düsteren Nordwand, das wie ein steiler Zahn aufragte, und links davon stand stolz der mit 3410 Metern höchste Berg der Silvretta, der Piz Linard. Unmittelbar links von ihnen überragte sie das Silvrettahorn.

„So, da geht's runter", sagte Hias und zeigte hinab. „Aber es dürft wohl jedem klar sein, dass die Rinne viel zu gefährlich is, so zugeschneit, wie sie jetzt ist."

„Na, dann fahrn mir halt einzeln", erwiderte Hans Kröll.

„Da lauf i nit amal zu Fuaß obi", meinte Hias Steger.

„Das glaub i nit, denn du wirst gleich der Erste sein, auf geht's!" Mit grimmigem Blick richtete der Mann die Waffe auf ihn. Auf Hias war er, spätestens seit der Attacke auf der Hütte, nicht gut zu sprechen.

„Ihr spinnt's ja, des is doch reiner Selbstmord! Des mach i nit, da könnt's tuan, was ihr wollt", antwortete Hias. „I kenn die Rinne, unter dem Schnee sind lauter Steine und Blöcke, des schwächt die Schneedecke au noch, und es hat jetzt zwei Tage geschneit wie verrückt. Die Rinne is total voll mit dem verfrachteten Schnee. Wer da einigeht, is lebensmüde!"

„Wenn's nit einigehst, is sowieso rum, des versprech i dir. Also, los jetzt!"

Hans Kröll zielte mit der Waffe auf Hias.

„Lass das sein, ich bitte dich! Wenn du jetzt abdrückst, kannst du das nie wiedergutmachen!", appellierte Martin Keller an Hans und stellte sich mit erhobenen Händen zwischen die Kontrahenten.

Sie sahen sich an, nichts passierte.

„Geh zur Seite, Doktor! Sonst fährst du zuerst!", befahl ihm Hans Kröll.

„Hör auf, Hans, so was tuan mir nit. Erinnerst di nit, was mir ausgemacht haben?", sprach Max Unterberger mit ruhiger Stimme und zielte mit seiner Waffe auf Hans Kröll.

„Bitte? I glaub, i spinn! Willst du mi bedrohen? Bist jetzt völlig verrückt geworden? Hast denn an besseren Plan, häh?“, brüllte Hans wütend.

Beide standen vielleicht zehn Meter voneinander entfernt, ihre Pistolen aufeinander gerichtet, keiner bewegte sich.

„Hans, i lass des nit zua!“, bekräftigte Max nochmals.

„Bei unserer Abmachung, da is es um die Werttransportfahrer gangen, über so a Situation haben mir nia gesprochen!“

„Da unten kommen Leute!“, rief auf einmal Toni Schmid aufgeregt. Mühsam auf seine Stöcke gestützt, näherte er sich und zeigte hinter sich in Richtung ihrer Aufstiegsroute, die von der Scharte aus nicht einsehbar war.

Alle blickten ihn überrascht an und Max fragte: „Wo?“

„Na in unserer Spur, vier Leute, die sind wirklich flott unterwegs.“

„Des is mir wurscht!“, erwiderte Hans barsch.

„Hey, du kannst da nit herumballern, wenn da Leut kommen, des geht nit!“, antwortete Florian. „Wir müssen des anders hikriagn!“

Hans Kröll schaute in die Runde und sah lauter ratlose Gesichter.

„Fängst du jetzt au no an?“, blaffte er dann vorwurfsvoll und ließ die Pistole sinken. „Ach, leckt's mi jetzt gerad. So schlimm schaut die Rinne doch gar nit aus. Wisst's was? I geh jetzt selbst obi, so!“

„Naa, Hans, lass des! I glaub, der Hias hat recht, des is zu gefährlich.“

„Und wenn mir hierbleibn? Was denkst du, was das für Leut san, die vier da unten? Du glaubst doch nit, dass die no nit mitkriagt haben, dass da drei abgehen, die scho längst wieder im Tal sein sollten! Wenn i hierbleib, dann land i im Gefängnis und ihr auch!“

Sie schauten sich an. Hans steckte die Waffe ein und lief vor bis zur Kante, schnallte die Ski ab und packte sie links und rechts an den Rucksack. Die anderen beobachteten ihn ratlos. Die Lage war verfahren.

„Du, bis die hier sind, haben mir noch Zeit. Vielleicht findet sich a Lösung", meinte Florian Wolf, der eine Weile geschwiegen hatte.

„Ach komm, welche denn? Mir können doch höchstens noch über das Silvrettahorn, aber des kannst bei den Verhältnissen noch mehr vergessen. Außerdem möcht i da obi unter die Wolken. Wer sagt dir denn, dass da nit glei a Hubschrauber kommt? Dann sind mir nämlich auf jeden Fall dran! I geh jetzt, macht's, was ihr wollt."

Mit diesen Worten drehte Hans sich um und kletterte über die Kante in die Rinne hinab.

Er stützte sich mit seinen Armen ab und stieg rückwärts Schritt für Schritt tiefer, seine Beine versanken tief im Schnee. Alle hielten die Luft an und sahen gebannt zu. Dann passierte es: Ein leiser Knall war zu hören und ein Riss ging quer durch die Rinne. Hans Kröll stieß einen entsetzten Schrei aus. Er blickte aus weit aufgerissenen Augen nach oben.

Mit einem lauter werdenden Rauschen gewann das Schneebrett an Geschwindigkeit, wie ein Fahrstuhl ohne Bremse, der immer schneller wurde, unkontrollierbar. Hans verschwand unter den Schneemassen, tauchte kurz noch mal auf und war schließlich gar nicht mehr zu sehen.

„Hans!", schrie Florian, der nicht fassen konnte, was da gerade geschah.

„Verdammte Scheiße", murmelte Max Unterberger und schüttelte ungläubig den Kopf. Die Lawine staubte immer mehr auf, das Rauschen hörte sich schon fast wie ein Donnern an, bis sie gute hundert Höhenmeter tiefer, wo der Hang langsam verflachte, zum Stehen kam.

Nachdem sich der Schneestaub gelegt hatte, war von Hans nichts mehr zu entdecken.

„Na los, was is? Wollen wir ihn nicht ausgraben? Er hat die ganzen Steine dabeigehabt!", schrie Florian Wolf.

„Was? Ich dachte, du hättest den anderen Beutel?"

„Nein, ich habe ihn heute Morgen Hans gegeben. Ich wollte mich um … um den Toni kümmern, falls er nicht mehr kann, und hatte mit Hans ausgemacht, dass er mit dir weitergehen sollte."

„Na bestens", meinte Max. „Wie auch immer, da oben hängt noch a Menge Schnee drin, der ist jetzt ohne Widerlager. Das kann auch noch runterkommen, wenn wir das jetzt belasten."

„Wollt ihr den Hans da unten verrecken lassen?", fragte Florian und zeigte hinab.

„Es nutzt nichts, wenn wir uns auch noch umbringen. I weiß, des is scheiße, aber i fürcht, der Max hat recht", meinte Toni stöhnend.

Martin, Hias und Kurt schwiegen.

„Feige Bande!", meinte Florian, schob sich mit den Skistöcken an die Kante und fuhr in die Rinne. Nach wenigen vorsichtigen Schwüngen sprang er über die Abbruchkante und schwang souverän nach unten. Skifahren konnte er. Er hatte die ganze Jugend fast nichts anderes gemacht, als Nachwuchshoffnung im Skiclub. Nichts geschah, es gab keine Nachlawine, die ihn vielleicht ebenfalls begraben hätte. Ein Lotteriespiel, das zu seinen Gunsten ausgegangen war.

Unten angekommen, zog er die Ski aus, stellte sein Verschütteten-Suchgerät auf Empfang und begann mit der Suche. So gut es ging, rannte er über den gepressten Schnee des Lawinenkegels. Der Kegel maß fast zweihundert Meter in der Breite. Schnell empfing er ein Signal. Sie hatten diese Suche unzählige Male geübt, es war Routine, aber er schwitzte, ihm pochte das Herz bis zum Hals. Das hier war echt, da unten drin war der Hans, einer seiner besten Freunde. Nur er konnte ihn retten, wenn er noch lebte, es kam auf jede Minute an. Das Signal wurde lauter, er stellte auf Feinsuche um.

Nach etwa zwei Minuten hatte er ihn geortet und holte Schaufel und Lawinensonde. Er grub und sondierte vorsichtig. Im Schnee blitzte etwas! Ein Diamant, dann noch einer, einer der Beutel mit den Diamanten musste beschädigt worden sein. Florian steckte sie hastig in die Jackentasche und grub weiter. Schließlich spürte er mit der Sonde etwas Weiches, er schaufelte vorsichtig, stieß auf ein Bein, verfolgte es nach oben, immer schneller grub er, sein Atem rasselte. Er legte die Brust frei und dann den Kopf. Hans war tot.

Er lag auf dem Rücken, trug noch den Rucksack mit den Ski, was ihn sicher mit in die Tiefe gezogen hatte, eine Platzwunde an der Schläfe blutete noch etwas, die Mütze fehlte. Die Augen waren halb offen und durch die noch vorhandene Körperwärme schmolz langsam der restliche Schnee in seinem Gesicht.

Florian sah ihn fassungslos an. Ihm kamen die Tränen.

„Hans, nein, bitte nicht du, nicht du“, flüsterte er und befreite ihn aus dem Rucksack. In seinem Gepäck fand er den Biwaksack, breitete ihn aus und bettete Hans hinein.

Dann setzte er sich auf Hans' Rucksack und betrachtete den toten Freund. Neben ihm funkelte es im Schnee, aber er ließ die Diamanten liegen.

„Was is?“, rief Max von oben hinunter. Seine Stimme schallte in die Weite des Gebirges.

Florian stand auf und rief mit vom Schmerz gebrochener Stimme: „Er is tot!“

„Und die Steine?“

„Liegen hier überall im Schnee herum!“

Dann setzte er sich wieder, sah mit feuchten Augen zu Hans hinüber und begann zu überlegen. Die vielen schönen Fahrten mit der Alpenvereinsjugend, bei der sie sich kennengelernt hatten; die vielen Witze, die Hans früher immer auf Lager gehabt hatte; wie sie Tränen gelacht hatten, wenn er spät abends oder auch mitten in einer Tour sein Feuerwerk vom Stapel ließ. In letzter Zeit war sein Frohsinn allerdings ein wenig abhanden gekommen, als sie ihm die Vertragswerkstatt abgenommen hatten und seine Familie zerbrochen war.

Aber Florian konnte sich an unendlich viele Berg- und Klettertouren erinnern, die sie gemeinsam unternommen hatten, und egal wie brenzlig die Lage auch war, Hans Kröll hatte seine Kumpels nie hängen lassen.

Nach einer Weile stand Florian auf und untersuchte Hans' Rucksack. Die Deckeltasche war eingerissen, eines der beiden

Säckchen mit den Steinen war noch darin, doch das größere fehlte. Er nahm den Beutel heraus, betrachtete ihn und überlegte eine Weile. Schließlich ließ er die Steine in seine Jackentasche rieseln, ein paar ließ er drinnen, ging ein paar Schritte abwärts, hob einen größeren Schneebrocken an und steckte den Beutel darunter. Dann trat er noch mal zum toten Freund.

„Servus, Hans!“, sagte er und schnaufte noch mal tief durch. Er hatte aufgehört zu weinen, es musste ja nun etwas geschehen, eine Entscheidung war zu treffen.

„I fahr obi!“ rief er, winkte nach oben ins Joch und zeigte dann hinunter Richtung Klosters.

„Mach's guat!“, antwortete Max und winkte von oben zurück. Florian ging zu seinen Sachen, während sich die Wolkendecke langsam schloss und der Blickkontakt zur Rotfluhlücke abriss. Er schnallte sich die Ski an und wollte losfahren, aber dann überlegte er es sich anders, legte die Bretter noch einmal ab und montierte die Felle. An der Silvrettahütte vorbeizufahren mit möglicherweise einigen Leuten oder vielleicht gar noch Polizei, wäre unklug gewesen, außerdem war das Gelände unterhalb bei diesen Verhältnissen eigentlich zu steil. Also entschloss er sich, im Schutz der Wolken über den Silvrettapass zu gehen, hinüber zum Verstanclator zu queren und über den Verstanclagletscher südlich der Silvrettahütte abzufahren. Danach musste er nur irgendwie unbemerkt das Tal hinunterkommen und er wäre in Sicherheit.

Mit entschiedenem Schritt lief er schließlich los. Nichts wie weg, dachte er, solange die Wolkendecke geschlossen ist.

Der Gletscher stieg nur sanft an. Durch den tiefen Schnee zu spuren war zwar kräftezehrend, aber schon eine halbe Stunde später befand er sich bereits ohne Felle in der Querung hinüber zum Verstanclator. Ab hier wäre er von den anderen nicht mehr zu sehen gewesen, aber die Wolkendecke zog sich ohnehin mehr und mehr zu.

Nach weiteren gut zwanzig Minuten wedelte er hinab durch einige zuvor im engen Schlauch des Verstanclatals spontan abgegangene Lawinenkegel. So war der Weg nach Klosters bereits entschärft, wie er es gehofft hatte. Der frische Pulverschnee dazwischen war fantastisch, aber er konnte ihn nicht genießen. Zügig ging es tiefer, weit und breit kein Mensch, die Sicht war ausreichend, sodass die Orientierung nicht schwer war. Gefährlich würde es für ihn jedoch ab der Alp Sardasca, falls da schon Schweizer Polizisten Stellung bezogen hätten.

Doch dort, im noch baumfreien Hochtal, wartete noch niemand auf ihn. Er müsste nur noch unbemerkt bis hinab zur Alp Garfiun kommen, dann könnte er auf das andere, südliche Ufer des normalerweise harmlosen Flüsschens Landquart wechseln, das im August 2005 mit einem vernichtenden Hochwasser das ganze Tal und auch Klosters verwüstet hatte. Auch nördlich der Silvretta hatte die Wetterlage damals ihre zerstörerische Kraft entfaltet.

Wenn er nur die andere Seite mit der Langlaufloipe erreichte, müsste er unbemerkt von der Schweizer Polizei, die wahrscheinlich den üblichen Weg besetzen würde, hinunterkommen. Und dann könnte er zu dem Auto gelangen, das sie vor vier Tagen in Klosters geparkt hatten, er zusammen mit Hans Kröll, dessen lebloses Gesicht er immer noch vor Augen hatte.

42

Martin Keller blickte hinab zum Lawinenkegel, als Florian hochrief, dass sein Freund Hans tot sei. Er sah, wie Max und Toni bei dieser Nachricht in sich zusammensackten.

Vorhin, als Florian die Rinne hinabgefahren war, hatte Martin kurz überlegt, ob er nicht auch helfen müsse, als Arzt, als Mensch, als Bergsteiger. Aber er hatte sich entschlossen abzuwarten, bis er erfahren würde, ob seine Hilfe wirklich nötig war. Niemand hätte etwas davon, wenn er eine Nachlawine auslösen, sich dabei selbst gefährden und noch den Helfer verschütten würde. Dass der Verunglückte gerade zuvor noch eine Waffe auf sie gerichtet hatte, hielt ihn nicht zurück. Es war einfach vernünftiger so, mal ganz abgesehen davon, dass er eigentlich jetzt schon ein Familienvater mit Verantwortung war. Da überlegte man sich solche riskanten Aktionen natürlich noch mal ein wenig gründlicher.

Doch hier oben stand jetzt eine Entscheidung an. Die vier Männer, die von unten kamen, würden vielleicht noch eine Stunde bis zu ihnen brauchen.

Toni saß regungslos abseits im Schnee und blickte mit gequältem Gesichtsausdruck in Richtung Silvrettagletscher hinab. Max stand zwischen Toni und ihnen, überlegte und ging dann in ihrer Spur zurück, um zu den Leuten hinabblicken und abschätzen zu können, wie viel Zeit ihnen noch blieb. Martin Keller, immer noch auf Ski, fasste sich ein Herz und lief ihm nach, um etwas zu unternehmen.

„Es tut mir sehr leid um euren Kameraden. Ich hätte geholfen, wenn er noch gelebt hätte, aber ich wollte erst mal abwarten und nicht das Risiko eingehen, eine Nachlawine auszulösen. Es hätte ja auch Florian treffen können."

„Is scho in Ordnung, Herr Doktor, macht's euch mal koa Vorwürfe", erwiderte Max. „Mir sind ja selbst schuld."

Martin Keller suchte seinen Blick, aber Max schaute an ihm vorbei zu den Männern, die in gleichmäßigem Rhythmus näher kamen.

„Na, Herr Doktor, was meinst, was des für Leut sind, die uns da besuchen kommen?“

„Keine Ahnung. Wahrscheinlich einfach normale Tourengeher, vielleicht aber auch die Alpinpolizei oder der Zoll?“

„Hm. Also so, wie die da hochrennen, glaub i nit, dass des normale Touristen sind.“

„Und wenn das so wäre?“

„I weiß nit, aber wahrscheinlich wär's dann aus für uns zwoa.“

Hias und Kurt blickten abwartend zu ihnen herüber, dann sahen sie wieder hinab zum Gletscher, der langsam von der tief hängenden Wolkendecke verschluckt wurde. Max dirigierte Martin mit einer Kopfbewegung wieder zurück in die Scharte zu den anderen. Martin gehorchte ihm stumm.

„Wisst's was? Fahrt's! Mir haben scho genuag Mist baut. Ihr müsst's ja vielleicht nit glei die Polizei auf uns hetzen, wenn's die da unten nit eh schon sind, oder, Toni?“, verkündete Max und blickte zu seinem Freund. Toni nickte kurz.

„Keine Angst, wir lassen uns Zeit. Und wenn uns keiner von Amts wegen fragt, werden wir nichts sagen“, versprach Martin.

„Is scho guat. Geht's jetzt, bevor mir's uns noch anders überlegen.“

Martin Keller nickte den anderen zu. Hias und Kurt standen immer noch wartend auf den Ski.

Max ging unterdessen hinüber zu Toni, der das Geschehen fast gleichgültig mit leidvoller Miene verfolgt hatte.

Als Martin die anderen erreicht hatte, sah er etwas unsicher noch mal zu Max hinüber. Der winkte kurz zum Abschied und wandte sich dann wieder Toni zu.

Gleich darauf gingen sie los, Hias, Kurt und er, zogen nach der kurzen Steigung die Felle ab, verstauten sie, blickten ein letztes Mal hinüber zu den beiden, die in der Rotfluhlücke saßen, und fuhren los. Martin spürte mit jedem Schwung durch den großartigen Tiefschnee, der sie dem Tal und den Unbekannten näher brachte, ein wachsendes Gefühl der Erleichterung.

Martin war es, der Josef Brugger unter den vier Männern, die aufstiegen, zuerst erkannte. Auch Josef hatte sie schon gesehen.

„Na, ihr macht ja Sachen! Griaß eich!“

„Hallo Josef, wie kommst du denn hierher?“

„Dreimal darfst du raten, Martin!“

„Die Spuren von heute Nacht an der Hütte, die waren von dir?“, erwiderte Keller.

„Richtig. Und i war auch in der Hütten drin und hab genuag gehört, um meine Freunde hier von der Alpinpolizei zu alarmieren. Wie seid's ihr denn da einigeraten?“

„Des is a lange Geschicht“, antwortete Hias. „Aber da oben is was passiert. Einer von dene is in der Rinne von der Rotfluhlücke mit einer Lawine abgangen.“

„Und?“, fragte einer der Polizisten.

„Der ist offenbar tot“, erwiderte Kurt.

„Und die anderen?“

„Einer is obi und hat den Mann ausgegraben, und die anderen zwoa sitzen da oben in der Scharte.“ Hias zeigte in Richtung der Rotfluhlücke. „Aber Vorsicht, die sind beide bewaffnet. Einer is verletzt, der kann kaum noch laufen, der war vor zwoa Tag schon in am Schneebrett drinnen. Damit is des alles losgangen. Der andere hat uns laufen lassen. I glaub, die haben sich scho aufgeben, aber sicher sagen kann i des nit.“

„Um was is es eigentlich gangen?“

„So, wie wir das mitbekommen haben, um eine Menge Diamanten. Aber die liegen jetzt wohl verstreut im Lawinenkegel“, ergänzte Martin.

„Naa! Des därf nit wahr sein. Da warn die des in Sankt Anton, die Hund!“, platzte es aus dem größten und ältesten der Polizisten heraus.

„Darf i vorstellen, des is der Willi, mir kennen uns scho ewig. I hab ihn heute Nacht angerufen, und er is dann glei auffikämma mit seine zwoa Kollegen“, sagte Josef.

Willi schüttelte ihnen die Hände. Hias war bereits ein alter Bekannter von ihm.

„Na so was, und dann haben's nix Besseres zu tun, als die Steine für gute eineinhalb Million Euro in einer Lawine zu verteilen. Des gibt's ja nit!", meinte Willi kopfschüttelnd.

„Na, jetzt schau mer uns die zwei amal an. Fahrt's ihr noch a Stück obi. Der Josef hat a Funkgerät, mir sagen euch Bescheid."

„In Ordnung, und danke, dass ihr gekommen seid", antwortete Martin.

„Koa Ursache, des is ja unser Beruf. Seid's so weit in Ordnung?"

„Ja, des passt scho. Mir warten drunten", versprach Hias.

„Guat, bis nachher. Pack mer's!"

Und so stiegen die drei Polizisten in der Spur weiter, die Hias Steger rund zwei Stunden zuvor angelegt hatte, während Martin, Kurt und er froh waren, dass für sie der böse Zauber vorbei zu sein schien.

43

„Wollen mir probieren, obizufahren? Was meinst, Toni, packst des?“

Toni drehte den Kopf und sah Max lange an. Er zuckte mit den Schultern. „Naa, da kimm i ohne Sturz nit nunter. Was meinst, wie mir der Haxn weh tut. I hab des Gefühl, da is alles total instabil. Und selbst wenn i des da runter noch schaffen tät, wie soll i des Tal nauskommen? Des werd nix mehr mit mir. Fahr ohne mi, i werd koan Ton sagen, auch nit, wer meine Kollegen warn.“

„Des kriagn’s sowieso alles raus. I fahr nit ohne di, Toni!“

„Des hat der Flori auch gesagt.“

„Na, der hat halt helfen müssen.“

„Is scho recht.“

„Was machen mir jetzt? Da unten liegen die ganzen Diamanten verstreut, die drei hab i laufen lassen. Also entweder mir fahrn jetzt obi, oder die Leut, die gleich zu uns kommen und die jetzt wahrscheinlich schon mit dem Herrn Doktor und seinen Kollegen reden, nehmen uns mit.“

Toni warf einen Blick zurück in die Richtung, aus der die Männer wahrscheinlich gleich erscheinen würden. „Na komm, Max, die Sach is doch schon entschieden gewesen, als du die drei weggeschickt hast, oder? Und weißt was? Des war in Ordnung so. Mir hätten’s wahrscheinlich glei schon machen sollen, als die uns haben helfen wollen, ganz am Anfang. Vielleicht hätten mir uns retten lassen sollen, wer weiß, ob die überhaupt drauf kommen wären, dass mir die Leut von dem Raubüberfall waren.“

„Aber der Doktor hat die Waffe gefunden, da haben mir was machen müssen“, erwiderte Max.

„Stimmt. Is halt saublöd gelaufen, des Ganze“, stellte Toni lakonisch fest.

„Des kann man so sagen!“

Sie standen auf, liefen langsam in der Spur zurück auf die Kuppe und setzten sich auf ihre Rucksäcke.

Gemeinsam beobachteten sie, wie drei der vier Tourengeher weiter zu ihnen aufstiegen, während einer gemeinsam mit Martin, Hias und Kurt abwärts schwang.

„Also, wenn die jetzt noch weiter auffigehen, dann is des Polizei, da kannst drauf wetten.“

„Ja, i weiß, aber i kann hier nimmer weg. Probier's halt noch, wenn du magst“, sagte Toni leise und sah zu Max hinüber, doch der schüttelte nur den Kopf. „Naa, i denk, selbst wenn i des gewollt hätt, wär's jetzt eh zu spät.“

„Ja, des glaub i auch.“

Wenig später hörten sie in der Ferne Hubschraubergeräusche, die rasch lauter wurden.

Die drei Tourengeher waren inzwischen auf Rufweite herangekommen. Sie blieben vielleicht hundertfünfzig Meter von ihnen entfernt stehen und unterhielten sich kurz. Einer von ihnen sprach in ein Funkgerät.

Max sah Toni an.

„Des war's, Toni, des san Polizisten. Leg mer die Waffen vor uns auf meinen Rucksack.“

Toni nickte nur kurz.

„Da“, meinte er lakonisch und gab Max seine Pistole. Er stand auf und deponierte sie zusammen mit seiner vor ihnen. Dann setzte er sich zu Toni auf den Rucksack.

Jetzt sahen sie beide den Hubschrauber durch das Tal fliegen. Er beschrieb eine Kurve, hielt dann direkt auf sie zu und schwebte schließlich wenige Meter von ihnen entfernt. Der Schnee staubte durch den Abwind auf, sodass sich Max und Toni wegducken mussten. Drei Polizeibeamte der Cobra-Sondereinheit sprangen heraus, zwei von ihnen gingen mit angelegter Waffe in Sicherungsposition und der dritte schrie zu ihnen herüber: „Polizei! Stehen Sie auf und nehmen Sie die Hände hoch!“

Max stand auf und half Toni, der sich ebenfalls mühsam aufrichtete.

Die Beamten näherten sich, sicherten die Pistolen der beiden, und gleich darauf waren ihre Hände mit Handschellen auf dem Rücken fixiert. Während sie durchsucht wurden, kamen auch die anderen drei Polizisten zu ihnen herauf.

„Griaß eich! Es war richtig, dass ihr die drei habt's gehen lassen. Die haben uns berichtet, hier hätt's offenbar an tödlichen Unfall geben. Könnt's ihr Angaben zur Identität des Opfers machen?“, fragte Willi.

Max wechselte einen Blick mit Toni, der nickte, dann antwortete er: „Ein Freund von uns. Hans Kröll aus Hall in Tirol.“

„Und wie heißt der andere Freund von euch, der zum Lawinenkegel obigefahren is und den Verunfallten geborgen hat?“

Beide schwiegen.

„Guat, des kimmt sowieso raus. Ihr seid's verhaftet. Die Kollegen fliagn euch jetzt ins Tal“, meinte Willi und nickte den Cobra-Beamten zu, die Max und Toni gleich darauf zum Hubschrauber begleiteten, der inzwischen gelandet war.

Als der Helikopter abhob, schauten die zwei Freunde noch einmal aus der Luft über die tief verschneiten Gipfel der Silvretta. Sie wussten, dass es für lange Zeit das letzte Mal sein würde.

44

Florian konnte schon von weitem den Campingbus mitten auf dem großen Parkplatz in Klosters erkennen.

Dort angekommen, lehnte er Ski und Stöcke an, setzte den Rucksack ab und legte sich neben dem Auto hin. Er griff unter eine Plastikabdeckung im Unterboden und hielt gleich darauf den Autoschlüssel in den Händen. Nachdem er das Auto geöffnet hatte, wechselte er Kleidung und Schuhe, nahm die Steine aus seiner Jacke, setzte sich auf den Fahrersitz und öffnete das Handschuhfach. Darin lag ein Lederetui, in das er die Diamanten füllte. Ungläubig schüttelte er den Kopf, bevor er es unter dem Fahrersitz verstaute.

Dann drehte er den Zündschlüssel. Der Bus sprang auf Anhieb an, auf Hans Kröll war wie immer Verlass gewesen. Armer Hans. Einen Tag vor dem Überfall hatte Florian mit ihm den Ford Transit Camper hier abgestellt, das Auto eines Kunden, dem Hans erzählt hatte, die benötigten Ersatzteile kämen erst in einer Woche. Diesem hatte das nichts ausgemacht, er brauchte das Gefährt erst wieder zum Osterurlaub in Italien. Hinter der Schweizer Grenze hatten sie auf einem Waldweg noch die Nummernschilder getauscht, sodass der Camper nun ein Graubündner Kennzeichen trug. Unauffälliger ging es nicht.

Florian Wolf fuhr langsam zur Hauptstraße. Keine Polizei zu sehen. Er bog links ab, lenkte dann den Bus auf der schneebedeckten Straße aus Klosters hinaus Richtung Davos. Es waren nur knapp fünfzehn Kilometer, bei diesen Straßenverhältnissen vielleicht eine halbe Stunde Fahrt.

Er passierte den kleinen Ort Wolfgang, bog wenig später in eine Ansiedlung von Holzhäusern ab, fuhr zu einem Heuschober und parkte. Er stieg aus und lief zu dessen Rückseite. Hinter einer schneebedeckten Tonne, in einem Spalt zwischen den Brettern, steckte ein Kuvert. Florian nahm es an sich und ging zurück zum Auto. Als er wieder am Steuer saß, öffnete er den Umschlag. Darin fand er den Ausdruck einer Karte mit einer Adresse in Davos, das Ziel war mit einem Kringel markiert.

Dort wartete seit Tagen Abdul auf die Ware. Seinen vollständigen Namen kannte Florian nicht, vielleicht stimmte ja nicht mal sein Vorname. Er wusste nur, dass Abdul kein Problem hatte, die Sachen außer Landes zu bringen, um schöne Dinge für die Frauen daheim daraus fertigen zu lassen, irgendwo in Saudi-Arabien, in den Emiraten oder Katar. Peter Vogel hatte den Kontakt vermittelt, der Mann, für den er in seinem Juweliergeschäft in den letzten zwei Jahren Schmuck aus dunklen Quellen umgearbeitet hatte. Abdul hatte schon Unmengen davon abgenommen und war auch hier sofort interessiert gewesen. Nun würde er mit weniger Steinen kommen als angekündigt, und er war gespannt, wie Abdul reagieren würde.

Schon bald rollte er an der Hochgebirgsklinik am Ortseingang von Davos vorbei, ließ linker Hand den Davosersee und kurz danach den Abzweig zum Flüelapass liegen. Dann passierte er den Bahnhof Davos Dorf, fuhr die Promenade weiter, vorbei am Konferenzzentrum und am Kurpark. Dort irgendwo lag die Wohnung, in der im Februar 1936 der jüdische Student David Frankfurter den obersten Nazivertreter in der Schweiz, Wilhelm Gustloff, erschossen hatte. Er hatte es stellvertretend für all das Unrecht getan, welches die Juden bis dahin schon in Deutschland hatten erfahren müssen und das sie später, nach dem Anschluss zwei Jahre darauf, auch in Österreich heimsuchte.

Und durch dieses Unrecht hatte letztendlich sein Opa das Haus ergattert, in dem Florian aufgewachsen war und welches jetzt sein Juweliergeschäft beherbergte. Darüber dachte er nach, und kurz überkam ihn wieder ein Ekel, während er weiterfuhr bis Davos Platz, dann rechts in die Oberwiesstraße und ein paar Straßen später nach links abbog. Er blickte sich um, ob hier vielleicht verdächtige Autos mit wartenden Personen darin standen, aber er sah nichts dergleichen.

Gute hundert Meter weiter parkte er rechts am Straßenrand, gegenüber von einem großzügigen, modernen Flachbau. Er blickte noch mal auf den Zettel mit der Adresse. Die Hausnummer stimmte. Die Doppelgarage, die links am Haus anschloss, stand offen, und ein Mann war gerade dabei, mit einem Tuch einen dunklen Mercedes S-Klasse mit einem Berner Kennzeichen zu putzen. Neben dem Kennzeichen war ein CD-Aufkleber. Daneben stand ein Porsche 911. Okay, dachte Florian, als Diplomat geht er einfach unkontrolliert durch den Zoll, und verknacken kann ihn auch niemand. Ich hätte Politiker werden sollen.

Der Mann, vielleicht um die dreißig, sah misstrauisch zu ihm herüber, ging vor an das Tor und ließ es herunter.

Florian Wolf nahm das Lederetui aus der Schublade unter seinem Fahrersitz, steckte es in einen kleinen Rucksack, stieg aus, überquerte die Straße und fand die Klingel über einem Edelstahlbriefkasten, an dem kein Name stand. Er sah nach oben. Eine Kamera unter dem Dach war auf ihn gerichtet. Eigentlich hätte er aufgeregt sein müssen, aber er war ganz ruhig, fast gleichgültig.

Kurz entschlossen drückte er den Knopf, und vielleicht zehn Sekunden später öffnete ein sportlich-schlanker Mann in einem gut sitzenden Anzug. Er hatte kurze dunkle Haare, einen Dreitagebart, sah nicht wie ein Araber aus und fragte dann in akzentfreiem Hochdeutsch: „Guten Tag, Sie wünschen?“

„Guten Tag, ich bin mit Herrn Abdul verabredet. Er erwartet mich, mein Name ist Florian“, erwiderte er, seinen Dialekt unterdrückend.

„Ah ja, kommen Sie bitte herein, Herr Florian“, entgegnete der Angestellte. Als Florian Wolf eingetreten war, fuhr er fort: „Bitte stellen Sie sich dort an die Wand, die Arme nach oben. Ich möchte Sie kurz durchchecken, eine reine Routinemaßnahme. Bitte lassen Sie mich auch einen Blick in Ihren Rucksack werfen.“

Florian Wolf gab ihm mit einem „Bitte“ den Rucksack und ließ sich durchsuchen. Der Leibwächter fand nichts, die Pistole lag im Auto. Zufrieden forderte er ihn auf, ihm zu folgen. Erst jetzt bemerkte Florian, dass in seinem Rücken die ganze Zeit über noch ein zweiter Mann gestanden hatte, wesentlich massiger gebaut, der ihn mit einem stechenden Blick anstarrte, als er an ihm vorbeiging.

Durch ein Vorzimmer hindurch führte ihn sein Begleiter in einen großen Raum, der mit edlen Teppichen ausgelegt war und dessen hintere Glasfront den Blick über das ganze Tal und Davos freigab. Links war eine Sitzgruppe, in der ein alter zierlicher Mann mit schütterem grauen Haar saß, rechts ein großer Schreibtisch aus rotbraunem Tropenholz. Ein kleiner Mann um die sechzig mit noch dichtem dunklem Haar stand dahinter auf und lächelte ihn freundlich an.

„Guten Tag, Herr Florian! Schön, dass Sie zu uns gefunden haben!“, begrüßte er ihn und streckte ihm seine Hand hin, an deren Ringfinger ein großer, edler Goldring mit einem prachtvollen Rubin steckte. Peter hatte ihm nur seinen Vornamen genannt, so wie er ihn nur als Abdul kannte. Er hatte ihn auch nicht darüber informiert, woher die Ware stammte, allerdings konnte man davon ausgehen, dass auch Abdul die Presse verfolgt hatte und es sich denken konnte. Aber Diskretion war eine Grundregel in dieser Branche.

„Guten Tag, Herr Abdul, danke, dass Sie Zeit für mich haben!“, antwortete Florian.

„Haben Sie etwas für mich dabei?“, fragte Abdul mit eigentümlichem arabischem Akzent und lächelte noch immer freundlich.

„Ja, aber es ist weniger, als ich Ihnen mitbringen wollte, ein Teil ist leider verlorengegangen.“

„Oh, wie schade. Nun, dann zeigen Sie mal her! Wir schauen es uns drüben zusammen an.“ Abdul zeigte in Richtung der teuren Ledersitzgruppe.

Florian nahm das Etui aus dem Rucksack und gab es Abdul, der um den monumentalen Schreibtisch herum auf ihn zugegangen war.

„Haben Sie den Zettel mit der Adresse und der Anfahrtsbeschreibung?“

„Ja, hier“, antwortete Florian, zog ihn aus der Jackentasche und gab ihn ihm.

„Verbrennen Sie ihn“, sagte Abdul und reichte ihn dem Leibwächter, der nun mit dem Papier den Raum verließ.

„Wissen Sie, ich wohne hier nicht, aber es ist das Haus eines Bekannten und es wäre mir unangenehm, wenn er Unannehmlichkeiten bekommen würde. Sie waren nie hier, das ist klar, oder?“

„Ja, klar“, erwiderte Florian Wolf.

„Machen Sie sich keine Sorgen, ich bin ein seriöser Geschäftsmann“, versicherte ihm Abdul und nickte ihm aufmunternd zu. Dann öffnete er das Lederetui und breitete die Diamanten auf einem großen Tuch aus, das auf dem Tisch schon bereitlag. Das Nachmittagslicht fiel durch die großen Fenster auf den Tisch und brach sich in den vielen kunstvoll geschliffenen Steinen, die ganz zart in den Farben des Regenbogens zu strahlen begannen. Es war ein faszinierender Anblick.

„Sagen Sie uns doch bitte, was Sie davon halten“, forderte Abdul den alten Mann auf, der eine Augenlupe in der Hand hielt und umgehend begann, sich Stein für Stein genau anzusehen.

Kurz darauf kam sein Beschützer wieder herein und blieb neben dem Eingang stehen.

„Nehmen Sie doch so lange Platz. Dürfen wir Ihnen etwas anbieten?“, fragte Abdul.

„Ein Wasser vielleicht, danke.“

Abdul gab seinem Untergebenen ein Zeichen.

Florian Wolf setzte sich in einen der großen schwarzen Ledersessel und sah dem alten Mann dabei zu, wie er die Steine begutachtete, während Abdul an die Fensterfront ging und hinausblickte.

Das war er also, Abdul, der große Unbekannte, Peters Abnehmer, für den Florian die letzten Jahre den ganzen Schmuck umgearbeitet hatte. Sein silbergrauer Anzug war aus edelstem Stoff, er trug dunkle Maßschuhe, ein rot-gelb gemustertes Halstuch statt einer Krawatte, und strahlte eine unerschütterliche Ruhe aus, sodass man unwillkürlich dachte, diesem Mann, der vielleicht gerade mal eins sechzig groß war, diesem Mann kann man vertrauen, der hat alles im Griff.

Der Leibwächter servierte ihm ein Glas Wasser und stellte sich wieder mit verschränkten Armen neben die Tür.

Der Gutachter, Florian schätzte ihn etwa auf Mitte siebzig, sortierte die Steine in mehrere Partien, akribisch und gewissenhaft, jeden hatte er angeschaut und gewogen. Nun begann er sie zu zählen und machte sich währenddessen Notizen auf einen Block. Schließlich holte er einen Taschenrechner aus seiner Aktentasche. Florian wartete. Mal beobachtete er ihn, mal nippte er an seinem Wasser, mal lehnte er sich nach hinten und schloss die Augen. Er hatte schnell gesehen, dass der alte Mann vom Fach war, der kannte sich zweifellos aus.

Nach etwa zwanzig Minuten rief er Abdul zu sich. Abdul beugte sich zu ihm herunter und der Mann flüsterte ihm etwas ins Ohr.

„Gut, Herr Florian, ich kann Ihnen unseren Preis nennen. Sie wissen vielleicht, dass ich immer bar bezahle und ein faires Angebot mache, aber nicht darüber verhandele, obwohl Sie das vielleicht von mir als arabischem Geschäftsmann erwarten. Aber ich denke, mit vierhunderttausend Euro können wir mit einem guten Gewissen auseinandergehen. Was meinen Sie?“, fragte Abdul mit abschätzendem Blick.

Florian Wolf schwieg einen Moment und sah Abdul in seine dunklen, warmen Augen. Peter hatte ihm schon gesagt, dass Abdul nicht feilschte.

„Gut, ich bin einverstanden.“

„Schön, das freut mich.“ Wieder gab er seinem sportlichen Beschützer, der aufmerksam zugehört hatte, ein Zeichen. Der Leibwächter verließ den Raum, kehrte aber gleich darauf mit einem Koffer zurück und legte diesen auf den Schreibtisch.

Abdul setzte sich hinter den Tisch, zog Handschuhe an, öffnete den Koffer, begann Geld zu zählen und Scheine in Stapeln zu fünfhundert und tausend Euro zu gruppieren. Florian schaute ihm ruhig zu. Er dachte an die letzten Tage, in denen alles schiefgelaufen war. Er war nun allein hier und sammelte all das Geld ein, das ihm eigentlich nichts mehr bedeutete. Hans war tot, und Toni und Max waren wahrscheinlich schon verhaftet, Kati war weg, seine klägliche Existenz war Vergangenheit. Was sollte er ohne seine Freunde mit all dem Geld?

„So, hier. Ich denke, das passt in Ihren Rucksack. Wollen Sie es nachzählen?“

Florian stand wortlos auf, nahm die Bündel und begutachtete sie.

„Ich denke, ich kann Ihnen vertrauen.“

„Schön, ich packe es Ihnen ein“, sagte Abdul freundlich, stopfte die Geldbündel in einen Plastiksack und schob ihn zu Florian herüber.

„Auf gute Geschäfte. Ich danke Ihnen“, sagte er, wieder mit diesem undurchschaubar herzlichen Lächeln.

Florian verstaute die Tüte bedächtig in seinem Rucksack und schulterte ihn.

„Eine angenehme Reise, Herr Florian“, wünschte Abdul, der aufgestanden war.

„Danke“, antwortete Florian Wolf, der begriff, dass der Deal gelaufen war, und schüttelte nochmals Abduls Hand.

Dann wendete er sich zum Ausgang und ging in Begleitung des Beschützers bis zur Haustür. Er lief über die Straße, öffnete das Wohnmobil, warf den Rucksack in den Fußraum vor den Beifahrersitz und setzte sich in seinen Bus.

Florian drehte den Zündschlüssel um, wendete, fuhr zurück auf die Promenade und bog nach rechts ab Richtung Tiefencastel.

Am Ortsausgang von Davos setzte sein Herz einen Moment aus. Am rechten Fahrbahnrand standen zwei Schweizer Polizeiwagen. Ein Polizist hatte eine Kelle in der Hand. Er unterhielt sich mit zwei weiteren Uniformierten, die Maschinenpistolen trugen. Sie hatten offenbar kurz zuvor einen Ford Focus mit Innsbrucker Kennzeichen herausgewunken, und ein ebenso bewaffneter Beamter kontrollierte gerade die Papiere der Insassen. Florian konnte unbehelligt weiterfahren. Die Graubündner Kennzeichen waren eine gute Idee gewesen. Jetzt würde man ihn wohl erst mal in Ruhe lassen.

Was sollte er mit dem Geld anfangen? Sich einen neuen Pass besorgen? Auf die Bahamas auswandern oder nach Rio? Was sollte er dort? Er kannte dort niemanden, und in den meisten infrage kommenden Ländern gab es keine Berge. Gut, da waren die Anden, aber das waren nicht die vertrauten Berge der Heimat. Er war zu alt und zu leer, um noch mal ganz woanders Wurzeln zu schlagen, er hatte nie eine andere Sprache wirklich beherrscht. Ein bisschen Englisch und Französisch, das schon, aber das langte nur im Urlaub zum Einkaufen oder mit Mühe im Restaurant.

Die Straße schlängelte sich dahin und er sah zu den tief verschneiten Bergen hinauf. Hier gehöre ich hin, dachte er, nicht in die Karibik oder an die Copacabana.

Aber wie er es auch drehte und wendete, eigentlich war schon alles verspielt, eigentlich konnte er nur noch Abschied nehmen, denn wenn er einfach dabliebe, würde er ziemlich bald im Gefängnis sitzen, und das würde er nicht durchstehen.

Dann hatte er plötzlich eine Idee. Einmal werde ich noch etwas richtig machen. Das ist es, dachte er, jetzt bringe ich die ganze Sache zu Ende.

45

Die Schneeglocke sah immer majestätischer aus, je höher der Helikopter stieg, der die Freunde zur Bielerhöhe bringen sollte. Die Alpinpolizisten hatten, da es wärmer wurde, nicht unnötig das Risiko eingehen wollen, beim Passieren des Klostertals von einer Lawine aus den steilen Flanken oberhalb verschüttet zu werden. Also wurden Hias, Kurt und Martin zuerst abtransportiert, die Polizisten und Josef würden danach folgen.

Schließlich verlor der Helikopter wieder langsam an Höhe, als er durch das Klostertal hinab Richtung Silvrettasee flog. Er passierte die Talverengung, in der die Klostertaler Hütte unter ihnen lag, und schon wenige Momente später verließ er das Tal und schwebte über die weite Fläche des schneebedeckten Sees auf die Gebäude in der Umgebung des Dammes zu.

Martin Keller sah sie schon während des Landeanflugs. Nadine winkte, neben ihr stand Markus Schuster.

Der Hubschrauber setzte auf dem Parkplatz unmittelbar neben der Staumauer auf, die drei stiegen aus, und während sie sich entfernten, hob ihr Transportmittel schon wieder ab, um die restlichen Männer zu holen.

„Martin!“, rief Nadine ihm zu.

Er ließ seine Ausrüstung fallen, lief auf sie zu und umarmte sie. Er wollte sie nur noch an sich drücken, er küsste ihren Hals, atmete ihren Duft ein und merkte, wie er langsam ruhiger wurde.

„Nadine, entschuldige bitte! Du hast mir so gefehlt!“

„Na na, da konntest du doch nichts dafür, oder? Aber ich habe ganz schön Angst gehabt.“

„Ja, das dachte ich mir, aber wir haben nichts machen können. Die haben uns da oben einfach festgehalten. Wie geht’s euch denn?“, fragte Martin lächelnd und strich ihr über den Bauch.

„Gut, keine Sorge. Uns geht es gut“, erwiderte Nadine und strahlte ihn mit feuchten Augen an. „Was waren denn das für Leute?“

„Das waren die vier Männer, die den Werttransport bei Sankt Anton überfallen haben, du hattest mir am Telefon davon erzählt. Einer ist leider tot."

„Nein!", rief Nadine überrascht. Ihr Lächeln war wieder verflogen.

„Doch", antwortete Martin und begann zu erzählen, was die letzten Tage alles passiert war.

Nachdem sie auch Markus versichert hatten, dass sie wohlauf waren, trotz des Turbans, der als Andenken an die Handgreiflichkeit auf der Hütte noch unter Hias' Mütze hervorlugte, entspannte sich die Stimmung langsam.

Als schließlich die Alpinpolizisten und die Bergretter gemeinsam mit Josef Brugger eingetroffen waren und die Hubschrauberbesatzung ihre Maschine abgestellt hatte, liefen sie alle zusammen zum Berggasthof Piz Buin.

Martin Keller hielt Nadines Hand, drückte sie ab und an und drehte immer wieder den Kopf zu ihr, um sie anzuschauen. Er war wieder bei ihr, er konnte ihre Stimme hören, er genoss das Gefühl der Gewissheit, dass die Tage im Klostertal vorbei waren. Als sie am Eingang standen, schaute Martin noch mal zum Großen und Kleinen Piz Buin hinüber, die in Richtung des Sees lange Schatten warfen. Dann gingen sie hinein, um etwas zu essen.

Bei Thusis verließ Florian Wolf seine Route und bog Richtung Innenstadt ab, wo entlang der Hauptstraße allerlei Geschäfte auf Kunden warteten. Er parkte am rechten Straßenrand und ging in eine Buchhandlung gegenüber, die auch Schreibwaren führte. Wie immer, wenn er ein solches Geschäft in den Bergen betrat, stöberte er in den Führern und Karten für die umliegenden Gebirgsgruppen, ließ aber nach einer Weile davon ab, als ihm bewusst wurde, dass das keinen Sinn mehr ergab. Er würde so bald keine Bergtour mehr unternehmen. Stattdessen erwarb er zwei große Briefumschläge, die in Folie eingeschweißt waren, sowie Briefmarken, Papier und drei verschiedene Stifte. Er zahlte bei der älteren Dame mit den gewellten grauen Haaren, die ihn aus dunklen Augen freundlich anlächelte. In seiner Börse waren genügend Schweizer Franken. Er hatte sie abgehoben, als sie den Bus in Klosters abgestellt hatten, um auf alle Eventualitäten vorbereitet zu sein.

Anschließend kaufte er in einem Supermarkt ein. Doch während er durch die Regale streifte, blieb sein Blick nur selten an etwas hängen. Er hatte Hunger, aber auf nichts Appetit. Vielleicht lag es an der Müdigkeit, die er langsam spürte. Schließlich nahm er einfach etwas Butter, Käse, Salami, einen Trinkjoghurt aus dem Kühlregal, zwei Tafeln Schokolade, eine Salatgurke, ein vorgeschnittenes Brot in einem Plastikbeutel, Müsliriegel, Wasser und ein paar Fläschchen Bier.

Lebensmittel wie Nudeln, Tütensoßen und Kaffee- und Milchpulver gab es im Bus, nur eben keine Dinge, die Gefahr liefen, einzufrieren, aber er brauchte jetzt etwas, das er während der Fahrt essen und trinken konnte. Außerdem hatte er zum Kochen keine Lust.

Um kurz nach sieben Uhr abends verließ er Thusis und nahm die ausgebaute Schnellstraße, die vom Tessin entlang der Via Mala kommend weiter Richtung Chur führte. Inzwischen war es dunkel geworden. Florian kämpfte mit dem Schlaf, aber er fuhr weiter, schreckte manchmal hoch, wenn er kurz weggenickt war. Bei Sargans bog er westlich ab, am Walen- und am Zürichsee entlang, über Zürich ging es ins Schweizer Mittelland, an Aarau und Olten vorbei, bis er etwa zwanzig Kilometer vor Solothurn gegen halb zehn Uhr abends die Autobahn verließ, nach rund zweihundertzwanzig Kilometern, um nördlich bei Balsthal im Jura einen Übernachtungsplatz zu suchen. Wenigstens noch ein paar Stunden Schlaf wollte er sich gönnen, damit er morgen bei sich war. Einmal noch durchhalten, dann konnte er loslassen.

Nach längerer Suche fand er einen Waldparkplatz an der Straße Richtung Scheltenpass/Passwang. Florian richtete sich zum Übernachten ein, schaltete die Standheizung an, belegte sich noch ein paar Scheiben Brot und trank dazu Bier. Grübelnd saß er da, die Bilder der letzten Tage gingen ihm durch den Kopf, er dachte darüber nach, wie seltsam es doch war, mit einem fremden Gefährt mit falschen Kennzeichen und vierhunderttausend Euro in der Tasche auf einem Parkplatz im Schweizer Jura zu stehen und Bier zu trinken, während seine Freunde jetzt wahrscheinlich schon im Gefängnis saßen und Hans tot war. Immer wieder sah er sein Gesicht vor sich, die leblosen Augen, die ihn anschauten, durch ihn durch blickten ins Nichts.

Er dachte an Kati. Was sie wohl gerade machte? Wie war es dazu gekommen, dass sie sich voneinander entfernt hatten? Warum hatte er nichts gegen seine Antriebslosigkeit getan? Warum hatte er sich stattdessen überreden lassen, sich an dem Überfall zu beteiligen?

Nun hatte er sie schon fast zwei Monate nicht mehr gesehen. Ab und an hatte er angerufen, E-Mails geschrieben, aber sie wollte das nicht mehr, sie wollte ihn vergessen, sich von ihm lösen können. Er hatte das alles nicht verstanden. Er liebte sie, und sie stieß ihn von sich.

Langsam legte sich eine Schicht auf sein Herz. So wie Schnee langsam niederrieselte, lautlos und unmerklich, erkalteten sein Schmerz und seine Liebe. Er spürte, wie die Tränen kamen, senkte den Kopf und legte ihn zwischen seine Hände.

Wieder so ein Moment der Verzweiflung, den er kaum aushalten konnte. Er war so machtlos, es gab nicht mehr viel zu tun. Nur morgen konnte er noch mal etwas richtig machen.

So saß er noch lange, trank noch etwas Bier, unfähig, seine Gedankenketten zu durchbrechen, verließ nur ab und zu den Bus, um eine der Zigaretten zu rauchen, die Hans im Bus deponiert hatte. Eigentlich hatte er es sich schon lange abgewöhnt, aber er schwankte in diesem Moment zwischen Ohnmacht, Trauer, Fatalismus und Nervosität. Irgendwann nach zwei Uhr schlief er ein.

DIENSTAG, 17. MÄRZ

47

Martin Keller folgte Hias' VW Camper die wenigen Kilometer hinab von Pians nach Landeck. Nadine saß neben ihm, Kurt hatte sich entschlossen, Hias Gesellschaft zu leisten.
Die letzte Nacht hatten sie alle zusammen in einer wunderbaren Ferienwohnung in Pians verbracht, die Wilfried Grieber ihnen über einen befreundeten Hüttenwirt aus dem Verwall vermittelt hatte. Thomas Farner, der Vermieter, hatte sie am Abend empfangen und sich sehr nett gekümmert.

Das Quartier war das ganze Gegenteil ihrer letzten Unterkunft. Hier konnte man zwar auch mit Holz heizen, aber der Kamin, an dem sie dann mit einem Glas Wein am Abend gesessen hatten, diente nur der zusätzlichen Behaglichkeit einer mit allem Komfort ausgestatteten Wohnung.

Im Bad hatte das Wasser Martin vom Schmutz der letzen Tage befreit, ein herrliches Gefühl. Fast regungslos hatte er es über sich laufen lassen, mit geschlossenen Augen und im immer sichereren Bewusstsein, wieder zurück in der zivilisierten Welt zu sein. Danach rasierte er sich und betrachtete sich nachdenklich im Spiegel. Er würde noch eine Weile brauchen, um zu verarbeiten, was in den letzten Tagen geschehen war.

Von der Bielerhöhe aus waren sie mit Bus und Bahn zurück zum Auto gelangt, hatten sich von Josef Brugger und Markus Schuster verabschiedet, waren das ganze Montafon hinaus auf die Arlbergroute gefahren und hatten im Lebensmittelmarkt schnell noch etwas eingekauft. Die drei Männer mussten noch für eine erste Aussage nach Landeck zur Polizeiinspektion, während Nadine ein paar Kleinigkeiten zu essen gerichtet hatte. Danach wurde es ein schöner Abend, der in erster Linie von der Erleichterung lebte, alles überstanden zu haben, ein Moment, in denen allen der Wert des Lebens gegenwärtig war. Zwar kannten die Männer dieses Gefühl von manch überstandener Bergtour, doch dieser Moment war von ganz anderer Intensität.

Der Clou der Wohnung aber war nicht das Bad oder der Kamin, sondern das Doppelbett im Dachgiebel, welcher auf einer Seite nur aus Fenstern bestand, deren Verdunklung sich per Fernbedienung regulieren ließ. So waren Nadine und Martin morgens aufgewacht, blieben eng aneinander geschmiegt im Bett liegen und öffneten mit einem Knopfdruck schmunzelnd den Blick auf die winterlichen Berge am Eingang des Paznauntals. Es war wie im 3D-Kino, nur dass man da nicht liegen konnte und hier alles echt war. Ein wunderbarer Augenblick. Drama und Glück konnten manchmal sehr nah beieinander liegen. Und nun, nach dem gemeinsamen Frühstück, ging es noch einmal hinab nach Landeck zu Chefinspektor Zangerl und seinen Kollegen.

Gestern hatten sie nur den Ablauf der mit den Tätern verbrachten Zeit besprochen, einfach versucht, chronologisch zu rekapitulieren, was vorgefallen war. Für Feinheiten und persönliche Eindrücke war wenig Platz geblieben. Das sollte heute nachgeholt werden.

Sie parkten um halb zehn auf den Besucherparkplätzen und alle gingen hinein.

Zangerl, Gruber und Lechleitner erwarteten sie schon. Sie wollten sich heute einzeln unterhalten und anschließend noch mal zusammensetzen. Nadine würde so lange von einer Beamtin in einem Nebenzimmer betreut werden. Martin verabschiedete sich mit einem Kuss von ihr.

„So, Herr Doktor Keller, dann machen Sie es sich mal bequem“, begann Zangerl, den Martin als Gesprächspartner hatte. „Möchten Sie einen Kaffee?“

„Nein, vielen Dank, wir hatten schon ein großes Frühstück.“

„Gut! Sie haben ja erst letzten Sommer nicht weit von hier eine unliebsame Erfahrung gemacht. Ich habe mir gestern Abend die Akte noch mal durchgeschaut. Des war ja a furchtbare Geschichte!“

„Das kann man so sagen. Ich bin bei meinen Bergerlebnissen in letzter Zeit nicht gerade vom Glück verfolgt", erwiderte Martin und atmete einmal tief durch.

„Ja, wirklich, Sie können einem leid tun. Aber vielleicht kann man des auch anders sehen, nämlich so, dass alles noch viel schlimmer hätte ausgehen können. Und wenn Sie das mal so betrachten, haben Sie auch wieder Glück gehabt."

Martin lächelte ein wenig und nickte zustimmend.

„Wenn Sie jetzt an die letzten Tage denken und sich an diesen Florian Wolf erinnern: Was fällt Ihnen zu diesem Mann ein? Er ist übrigens immer noch flüchtig und inzwischen international zur Fahndung ausgeschrieben."

„Hm, er war derjenige von den vieren, der am wenigsten dazugepasst hat. Er war eigentlich der Sympathischste, ein stiller Mann, er hatte etwas Nachdenkliches, Trauriges. Ich habe mich die ganze Zeit gefragt, wie der da nur hineingeraten ist."

„Durchs Bergsteigen, denken wir", erklärte Zangerl. „Er war mit den anderen Tätern schon seit Jahrzehnten unterwegs."

„Gut, aber deshalb beschließt man doch nicht, zusammen so einen Überfall zu machen."

„Na ja, des war halt sein Umfeld. Und so wie es ausschaut, hatten alle Geldsorgen, wobei der Florian noch am wenigsten, der hat noch etwas auf seinem Konto, wenn auch nicht viel. Was glauben Sie, wird der sich stellen? Sie haben gestern gesagt, Sie hätten sich ein paar Mal mit ihm unterhalten. Was wird er Ihrer Meinung nach tun?"

„Tja, wenn ich das wüsste. Mir tut er leid. Ich glaube nicht, dass er weit kommt, ganz allein. Er schien mir so schon einsam zu sein, auch mit den anderen."

„Hm. Sie haben doch beobachtet, wie er zu dem verunfallten Hans Kröll hinabgefahren ist, richtig?"

„Ja." Martin hörte Zangerl aufmerksam zu.

„Haben Sie da sehen können, ob er etwas von der Beute an sich genommen hat? Die Kollegen aus der Schweiz haben nämlich noch lange nicht alle Diamanten gefunden, auch wenn sie gestern Abend wegen der Dunkelheit und des Wetters die Suche erst mal einstellen mussten."

„Wir hatten schon ganz gute Sicht. Er hat erst mal seinen Freund ausgegraben und war dabei völlig bei der Sache. Beiläufig hat er hochgerufen, dass die Steine überall herumliegen würden, aber auch nur, weil der Max danach gefragt hatte. Ich habe nicht gesehen, dass er etwas eingesteckt hätte. So wie das von oben aussah, saß er dann da und hat geheult. Sie hätten seine Stimme hören müssen, die hat gezittert."

„Hat er die Sachen von Hans Kröll nicht untersucht?"

„Ich habe nur gesehen, wie er den Biwaksack aus dem Rucksack des Opfers geholt hat, um ihn drauf zu legen. Ich glaube, dem war in diesem Moment alles egal – wenn nicht schon vorher. Der hat geahnt, dass die Sache nicht gut ausgeht, aber irgendwie ging es ihm mehr um die anderen, als um sich selbst. Deshalb ist er ja auch die Rinne runtergefahren. Das war ja lebensgefährlich, aber er hat keinen Moment gezögert, als kein anderer wollte."

„Und seine Freunde Max und Toni, haben die nicht versucht, ihn zurückzuhalten? Hatten die nicht Angst um ihn?"

„Ich glaube, die waren insgeheim froh, dass er runter ist, die waren überfordert und vor allem mit sich und auch mit uns beschäftigt."

Zangerl schüttelte den Kopf.

„Und dieser Hans Kröll hatte alle Diamanten, als er verunfallt ist?", fragte er weiter.

„Ja, so haben sie es zumindest gesagt. Florian hatte ursprünglich auch einen Teil der Beute, aber den hatte er Hans gegeben, damit er sich um den Toni kümmern konnte, falls der nicht mehr weiter kam mit seinem verletzten Knie. Dann wären Hans und Max mit den Steinen weitergeflüchtet, und Florian hätte sich um Toni gekümmert. Dem ging es nicht um die Beute, der wollte, glaube ich, nur bei seinen Freunden sein", erklärte Martin.

„Seltsame Geschichte. Und jetzt ist er der Einzige, der entkommen ist. Ohne seine falschen Freunde."

„Tja. Und am besten wäre er daheim geblieben", antwortete Martin seufzend.

„Sie sagten übereinstimmend aus, er sei höchstens eins siebzig groß, zierlich und eher a feingliedriger Typ. Der Beschreibung nach war er also derjenige, der die Autos in die Umleitung gewunken hat.“

„Das passt, er schien mir nicht der Typ für einen gewalttätigen Überfall zu sein.“

„Erinnern Sie sich an irgendetwas, das uns vielleicht helfen könnte, ihn aufzugreifen? Hat er Ihnen möglicherweise etwas Privates erzählt?“

„Darüber habe ich heute Nacht auch schon nachgedacht. Aber nein, er hat manches erzählt, etwa dass er aus einer anständigen, großzügigen Familie stammen würde und so weiter, doch es war nichts dabei, was Ihnen weiterhelfen könnte. Er hat sich mehrfach entschuldigt für alles und sagte, er hätte uns sofort gehen lassen, wenn die anderen nicht gewesen wären, und das habe ich ihm auch geglaubt.“

„Haben Sie eine Ahnung, ein Bauchgefühl, was er vielleicht vorhaben könnte?“ Zangerl sah ihm eindringlich in die Augen.

Martin nickte leicht und erwiderte seinen Blick.

„Also, wenn Sie mich so fragen: Das habe ich, ja. Ich habe Angst um ihn.“

48

Der Ford Transit Camper rollte über die Autobahn Richtung Genf. Gerade war Florian Wolf an Lausanne vorbeigekommen, gleich würde er den Genfer See sehen, den Lac Léman, wie er auf Französisch hieß. Er hatte im Smartphone nachgeschaut, wo sein Ziel lag. Das Handy würden sie sicher nicht kennen und zu orten versuchen, er hatte es extra vorher besorgt und mit ausreichend Guthaben geladen.

Wenn er das erledigt hatte, wollte er nach Frankreich fahren. Es war sowieso egal wohin, die Chancen standen schlecht, der Polizei zu entkommen. Aber er wollte dieses völlig missratene Unternehmen auf seine Weise beenden. Irgendetwas Gutes sollte es noch gehabt haben, wenn auch nicht für ihn. Neben ihm lag der Rucksack mit dem Geld. Zwanzigtausend Euro hatte er rausgenommen, um noch etwas Taschengeld zu haben. Man wusste ja nie.

Bei Genf fuhr er gegen elf Uhr vormittags von der Autobahn ab Richtung Zentrum und folgte dem Navi zu seinem Ziel. Auf der großen Route de Lausanne ging es stadteinwärts, links lag der Genfer See, aber man sah ihn kaum, beidseits standen eine Menge Häuser, teils schöne alte Villen, teils flache große Bungalows, alle hinter Zäunen, Hecken und Mauern, und schließlich der Parc de l'Impératrice. Gleich nach dem Park bog er rechts ab in die Avenue de la Paix. Nachdem er den Park passiert hatte, überquerte eine Brücke die Bahngeleise und man sah rechts schon die Gebäude des Palais des Nations, einen riesigen Komplex, den zweitgrößten Sitz der Vereinten Nationen nach New York.

Florian Wolf suchte sich einen Parkplatz. Er zog seine Skihandschuhe an und steckte das Geld in einen der großen wattierten Umschläge, die er in dem Schreibwarenladen in Thusis gekauft hatte. Er schrieb einen kurzen Text auf einen Zettel, schob ihn in den Umschlag und klebte ihn zu. Dann malte er in groben Lettern die Adresse darauf. Anschließend stieg er aus und überquerte die Straße.

Die imposanten Gebäude lagen, umgeben von Parks, vor ihm. Der überwiegende Teil des Komplexes war in einer monumentalen Architektur gehalten, wirkte aber trotzdem nicht abschreckend. Allerdings kam Florian nicht an die Gebäude heran, er hatte sich das, ganz naiv, völlig anders vorgestellt. Er flanierte weiter über den Platz, den ein über zehn Meter hoher Stuhl aus Metall zierte. Ein Kunstwerk, das vor dem riesenhaften Portal des Palais des Nations, das noch weit weg hinter den Sicherheitszäunen lag, gigantisch wirkte. Rechts davon protestierte eine kleine Gruppe Demonstranten fröstelnd gegen die Ausbeutung Afrikas.

Rechts des Tores standen zwei Männer des Sicherheitsdienstes, ansonsten war da nichts als Zaun. Florian Wolf ging zu den Beamten und sprach mit ihnen, soweit es seine Mischung aus französischen und englischen Vokabeln zuließ. Diese deuteten die Straße hinab, die er gekommen war, und einer sagte etwas von „Palais Villesonne“, zumindest hörte es sich für Florian Wolf so an. Er musste wohl ein sehr fragendes Gesicht aufgesetzt haben, sodass der Sicherheitsmann es ihm noch einmal buchstabierte: „WILSON“, wie der ehemalige amerikanische Präsident.

„Ah, President Wilson! Merci!“, antwortete Florian und ging den Weg, den er hergefahren war, zurück über die Eisenbahnbrücke, hinab an die Kreuzung mit der Route de Lausanne. Links war der Parc de l'Impératrice, und weiter vorne lag offenbar das Palais Wilson. Er überquerte die Straße und fragte die Sicherheitsleute dort, die nach schräg gegenüber zeigten. Es war ein siebenstöckiges Gebäude mit großen, horizontal durchlaufenden Fensterflächen, die sich mit blauen Verkleidungen abwechselten.

Der Eingang lag zum Park hin, aber es war weit und breit kein Briefkasten zu entdecken. Florian Wolf grübelte. Im kleinen Empfangsraum, der wie eine Schleuse funktionierte, war links eine Theke, hinter der mehrere bewaffnete Sicherheitsleute Dienst taten. Dieser Eingang kam für ihn nicht in Frage. Er ging um das Gebäude herum und sah mehrere Menschen durch den lang gestreckten Hinterhof und die anschließende Durchfahrt laufen, eine Abkürzung hinab zur Route de Lausanne, die offenbar gerne genutzt wurde. Ein weißer Kleintransporter mit der Aufschrift „Restaurant – Service traiteur“ fuhr neben ihm die Rampe in den Hinterhof hinab und hielt unten.

Florian blickte ihm nach und lief kurz entschlossen mit ein paar anderen Passanten die Rampe hinab, der Wagen parkte nur ein paar Meter neben ihm. Rechts neben der Tür stand auf einem Zettel, der mit gelbem Klebeband befestigt war, etwas auf Französisch. Er verstand, dass man den Sicherheitsdienst rufen musste, wenn man etwas abgeben wollte, und dazu den schwarzen Knopf unterhalb drücken sollte, auf den ein roter Pfeil zeigte. Über der Tür hing eine Kamera. Die beiden Mitarbeiter stiegen aus und einer ging zum Tor und klingelte, während der zweite schon die Heckklappen öffnete und auszuladen begann.

Kurz darauf kamen zwei Sicherheitsbeamte und öffneten die Tür. Sie kannten offensichtlich die Leute des Cateringunternehmens, schauten aber dennoch in die Kisten, die die Männer brachten und nach dem Check dann ins Haus trugen. Der Wagen stand mit dem Heck in Richtung Ausfahrt, war also nicht vom Eingang oder der Kamera aus einsehbar. Florian Wolf überlegte einen Moment, dann wusste er, was zu tun war.

Er betrachtete noch mal kurz den Umschlag mit der Adresse „UNICEF, Palais des Nations, 1211 Genève 10, Schweiz“, dann steckte er ihn unter den Styropordeckel einer der Kisten, die als Nächstes ausgeladen wurden. Rasch ging er die Rampe hoch, um oberhalb, von der Brüstung verdeckt, zu warten.

Es dauerte nicht lange, bis er den Ausruf eines der Beamten hörte: „Qu'est-ce que c'est? Une enveloppe, merde, appelle le commando de sécurité, vite, vite, Charles!“

Florian ging zurück zu seinem Auto, stieg ein und fuhr los, am Gebäude der UNICEF vorbei. Er konnte nicht sehen, was weiter passierte, der Lieferanteneingang lag auf der Rückseite. Er bog links ab Richtung Autobahn und hielt nach etwa fünfhundert Metern auf einem größeren Parkplatz direkt am Ufer des Sees. Er stieg aus, lief die paar Meter zum Ufer hinab und blickte auf das Wasser, das in einer leichten Brandung an den kleinen Strand schwappte.

Einen Moment lang stand er ruhig da, schnaufte tief durch, das Herz klopfte, mehr noch als bei dem Überfall, während er leicht den Kopf schüttelte. Es war ein gutes Gefühl, er hatte es tatsächlich getan. Wenigstens seine Mutter wäre jetzt stolz auf ihn gewesen, wenn es auch sonst für sie in den letzten Jahren keinen Grund mehr gegeben hätte, mit ihm zufrieden zu sein. Vor allem war es ein Fehler gewesen, bei diesem beschissenen Überfall mitzumachen, aber das war nicht mehr zu ändern. Egal, dachte er, ich bin sowieso am Ende.

Er lief noch ein wenig umher, setzte sich auf eine Bank und sah emotionslos über den Genfer See hinüber zum großen Massiv des Mont Blanc. Links davon erkannte er die Aiguille Verte, rechts den Petit Dru, an dem er einst mit Hans die Directe Américaine geklettert hatte. Nun gab es sie beide nicht mehr, die Tour war 2011 mit einem riesigen Bergsturz ins Tal gerauscht und Hans mit einer Lawine in den Tod.

Im Hintergrund hörte er Sirenen, die aus der Richtung des UNICEF-Gebäudes kamen. Das hätte es doch wirklich nicht gebraucht, dachte er, ein Bombenbrief in einer Essenslieferung, das wäre doch stillos.

Seine wichtigste Aufgabe war erfüllt, jetzt musste er es nur noch irgendwie zu Ende bringen. Nachdenklich blickte er wieder auf den See. Auf der Wasseroberfläche funkelten tausende Sternchen, es war ein schöner, sonniger Tag. Er dachte nach. Schließlich stand er auf und lief zurück zum Bus.

Eine knappe halbe Stunde später passierte er die Grenze nach Frankreich, die Zöllner hatten keinerlei Notiz von ihm genommen. Florian Wolf wusste jetzt, wohin er wollte.

Auf der A40 rollte er nach Westen Richtung Lyon. Bei Ambérieu-en-Bugey verließ er die Autobahn, fuhr südlich nach Lagnieu und dann die Rhone hinauf. Er hatte in Genf erst einen Moment überlegen müssen, wo dieser Zeltplatz gelegen hatte, als sie damals im schönen, eher einsamen Bugey zum Klettern gewesen waren. Dann war es ihm wieder eingefallen.

Eine Brücke brachte ihn auf das nördliche Rhone-Ufer zurück. Auf dieser Seite stiegen die Hänge steil an und weiße Kalkfelsen ragten aus den Wäldern empor. Die Landschaft auf der südlichen Seite der Rhone war eher flach oder hügelig, mit Wäldern, Landwirtschaft und einzelnen verträumten Ortschaften. Bei Serrières-de-Briord bog er rechts ab Richtung Camping Du Point Vert. Er hielt vor der Schranke und meldete sich in der Rezeption an. Eine freundliche ältere Dame empfing ihn, drei Nächte bezahlte er ihr im Voraus, außerdem kaufte er zwei Flaschen Wein.

Auf dem Campingplatz war unter der Woche im März nichts los, er hatte also freie Auswahl. Als er einen schönen Platz fast am Fluss gefunden hatte, stellte er den Bus ab, stieg aus, lief wenige Schritte, setzte sich auf eine Bank am Ufer der Rhone und blickte in die letzten Strahlen der Abendsonne. Sie hatte jetzt Mitte März schon Kraft, und er spürte, wie das warme Licht in ihn eindrang. Er beobachtete die Schwäne, die direkt vor ihm vorbeischwammen. Bald würden sie brüten, er hatte sie dabei während eines Osterurlaubs beobachtet. Wie schön und elegant sie doch waren. Und stolz natürlich.

Der Stolz war so ziemlich das Letzte, was ihm vielleicht noch geblieben war, oder war es doch nur noch Verzweiflung, was er in sich spürte? Spürte er überhaupt noch etwas, außer der Dunkelheit seiner Depressionen, dem Gefühl der Ausweglosigkeit, des Nirgendwo-mehr-hin-Könnens? Nach Innsbruck konnte er nicht mehr zurück, sie wussten sicher längst, wer er war, und auch hier würden sie ihn mit Sicherheit irgendwann finden. Kati hatte ihn verlassen, der Traum von der Familie war geplatzt, seine drei besten Freunde waren tot oder verhaftet. Nein, hier war es zu Ende, es gab keinen Ausweg mehr.

Die Sonne ging langsam unter, die letzten Strahlen verschwanden am Horizont. Die Temperatur sank sofort und er stand auf und ging zum Campingbus zurück, um etwas zu kochen. Er öffnete eine Flasche Rotwein und goss sich ein Glas ein, während das Nudelwasser warm wurde.

Die letzten Jahre war es immer weiter abwärts gegangen. Nicht mal die Bergtouren machten noch so Spaß wie früher, er war schlechter geworden und es wurde immer anstrengender. Oft hatte er gar keine Lust mehr gehabt, das Haus zu verlassen, selbst bei bestem Bergwetter. Wenn die anderen ihn nicht immer mitgezogen hätten, wäre er wohl kaum noch gegangen.

Das Wasser kochte, und Florian Wolf schüttete die Nudeln dazu.

Mit leerem Blick schaute er aus dem Fenster auf den Fluss. Die Zeit stand still, so wie schon seit Jahren in seinem Leben.

Nach dem Essen legte er sich hin und versuchte etwas zu schlafen, es war inzwischen dunkel. Der Wein hatte ihm einen schweren Kopf beschert, die ganze Anstrengung der letzten Tage spürte er plötzlich. Er legte sich wie er war auf das Bett und zog den offenen Schlafsack über sich.

MITTWOCH, 18. MÄRZ

49

Nachts, so gegen halb eins, schreckte er durch ein Geräusch hoch. Scheinwerfer schienen grell durch die Fenster des Busses, aber das Auto bog ab. Es hielt vor dem Wohnwagen eines Dauercampers. Florian wusste, dass es so schnell nichts mehr werden würde mit dem Einschlafen, er hatte ohnehin die letzten Minuten vor sich hingrübelnd dagelegen. Er schlug den Schlafsack zur Seite, zog die Schuhe an, nahm sein Weinglas, griff die Flasche und ging hinaus an das Ufer der Rhone.

Silbern glänzte das Wasser vor ihm im Mondschein, ganz ruhig, unwirklich schön. Hier landen sie alle, die Schneekristalle der Berge, dachte Florian, sie fallen vom Himmel, sind anfangs von filigraner Schönheit, dann zerbrechen sie, werden zermahlen, zerschmelzen, wenn sie immer mehr Schnee über sich haben, wenn die Sonne scheint, wenn es regnet. Und dann tauen sie endgültig und ergießen sich in kleinen Bächen in kleine Flüsse und über diese in große Flüsse und über diese ins Meer, ins große Ganze. Werden und Vergehen, Werden und Vergehen, Werden und Vergehen, unendlich, bis die Erde nicht mehr existiert.

Florian saß auf der Bank und trank seinen Wein. Die Flasche war fast leer. Eine ganze Weile saß er so da, schaute ins Nichts, erstarrt, wie gelähmt.

Ein großer Schwan glitt majestätisch im fahlen Licht über das Wasser direkt auf ihn zu. Einen Meter vor ihm verweilte er und sah ihn an. Vielleicht möchte er ein paar Brotkrümel, dachte Florian zuerst und bewegte sich nicht, aber auch der Schwan verharrte fast regungslos und sah zu ihm. Dann ließ er sich ganz langsam abtreiben. Wie prachtvoll er war, wie anmutig.

Florian Wolf sah ihm nach, dann stand er auf und zog die Jacke aus, faltete sie ordentlich und legte sie auf die Uferböschung, dann seinen Pullover, sein Unterhemd, seine Schuhe, seine Hose, seine Unterwäsche, bis er nackt dastand. Zuletzt stellte er seine Schuhe auf die ordentlich gestapelten Sachen. Er blickte einen Moment über das Wasser, zog seinen Verlobungsring aus, betrachtete ihn, hielt kurz inne und legte ihn dann behutsam in einen der Schuhe.

„Warte, Schwan, ich komme mit", flüsterte er, ging ans Ufer und lief langsam in das eiskalte Wasser. Als es ihm bis zur Hüfte reichte, tauchte er ganz ein und schwamm los. Die Kälte schmerzte, er zitterte, aber er war voller Euphorie, schwamm immer weiter raus. Der Schwan war nur wenige Meter von ihm entfernt, blickte sich ab und an nach ihm um, das schmerzhafte Gefühl ließ nach, das Zittern nahm zu, sein Herz klopfte, aber Florian schwamm weiter. Er sah den Mond über sich, er legte sich auf den Rücken und tauchte den Kopf langsam unter. Nun sah er den Mond nur noch verschwommen, fern und unwirklich, ein seltsam waberndes, helles Etwas, umgeben von unendlicher Dunkelheit. Er trieb eine Weile im Wasser, wartete darauf, dass alles, was ihn quälte, sich in Nichts auflöste und zu Ende ging, dass es zu Ende ging mit ihm.

Dann ballte er plötzlich seine Fäuste, streckte den Kopf wieder über das Wasser und stieß einen Schrei aus. Etwas sträubte sich in ihm, es ging nicht, er konnte es nicht tun. Er blickte zum Schwan, der selbstverständlich im Wasser trieb, dann wendete er sich ab, schwamm zurück, immer schneller, das Ufer kam auf ihn zu, das Leben, er fror erbärmlich, er spürte die Kälte plötzlich so bedrohlich wie nie zuvor, die Kälte, die ihn gelähmt hatte, die so lange in ihm gewesen war, er würde sie abschütteln, jetzt, für immer.

Florian Wolf fühlte den Grund unter seinen Füßen, er rannte aus dem Wasser, sein Körper zitterte fast unkontrollierbar, er stolperte auf seine Sachen zu, zog sie an, es dauerte eine Ewigkeit, ließ den Ring mit Mühe in seine Hosentasche gleiten, schlüpfte in die Schuhe, lief schwankend zum Bus, öffnete ihn und kroch unter den Schlafsack. Sein Atem ging immer noch schnell, er schnatterte, aber langsam kam die Wärme zurück, die Gefühllosigkeit wich aus seinen Gliedern, Arme und Beine fingen an zu glühen. Dann bekam er feuchte Augen, er fing an zu schluchzen, die Verzweiflung löste sich langsam in Tränen auf. Ich lebe, dachte er, und es ist nichts Falsches daran.

Eine Stunde vielleicht lag er da, sah die Bilder der vergangenen Tage, den Überfall, das Gesicht des toten Hans Kröll, die blitzenden Diamanten, den mit allen Wassern gewaschenen Abdul, seine Freunde, Kati, die ihn hatte erdulden müssen, bis sie nicht mehr konnte, sein Geschäft in dem Haus, das ihn belastete, weil sein Opa es einer armen jüdischen Familie abgeluchst hatte, die damals um ihr Leben bangte, seine Eltern, die das sicher gewusst, ihm aber nichts erzählt hatten, Menschen, die er schon jahrelang nicht mehr gesehen hatte und die ihm irgendwann abhandengekommen waren, weil er sich nicht mehr gekümmert, sich zurückgezogen hatte, weil er diese Leere in sich spürte. Er sah die ganze Armseligkeit seiner Existenz während der letzten Jahre. Er spürte, wie er jetzt, in diesem Moment, alles loslassen, es hinter sich lassen konnte. Dass er einen Wendepunkt erreicht hatte, unwiderruflich begann, ein anderer oder einfach nur er selbst zu sein.

So beruhigte Florian sich langsam, hatte das Gefühl, sich mit allen Sinnen zu spüren, ganz wach und bei sich zu sein. Was jetzt kam, würde nicht einfach werden, aber es war unumgänglich. Er würde es akzeptieren, das war sein Schicksal. Also stand er schließlich auf, öffnete den Bus und lief zur Rezeption. Es dauerte eine Weile, bis die freundliche Dame ihm in einem bunten Nachtmantel verschlafen die Tür öffnete.

„Excusez-moi, madame. Appellez la police, s'il vous plaît!", sagte er in gebrochenem Französisch.

„Quoi? Qu'est-ce que vous voulez?", antwortete sie. „C'est deux heures du matin!"

„Oui, je sais, mais c'est vraiment important! J'ai besoin de la police. Merci!"

Die Chefin wendete sich kopfschüttelnd ab und schlurfte in ihren Pantoffeln zum Telefon.

Florian Wolf setzte sich auf die Treppe und wartete. Er musste vor nichts mehr fliehen.

Eine halbe Stunde später kam die französische Polizei und nahm ihn fest. Es hatte eine Weile gedauert, bis er den zwei Beamten, die ebenso lückenhafte deutsche beziehungsweise englische Sprachkenntnisse hatten wie er französische, erklärt hatte, weshalb er sich stellte. Jetzt bin ich frei, dachte er, als sie ihn schließlich mitnahmen.

EPILOG

Florian Wolf wurde zwei Tage später der österreichischen Polizei übergeben. Es war kein Problem, ihn zu identifizieren, er hatte seinen Pass dabei und sich darüber hinaus auf dem Campingplatz unter seinem Namen angemeldet.

Über den Verbleib der fehlenden Diamanten konnte er keine weiteren Angaben machen. Er sagte, er hätte sie am entscheidenden Tag nicht gehabt und sie seien offenbar beim Lawinenunglück aus dem Rucksack seines Freundes Hans Kröll geschleudert worden. Er habe zwar einzelne gesehen, während er Hans Kröll ausgrub, sie aber an Ort und Stelle gelassen.

Fünf Tage nach seiner Festnahme begegnete er seinen beiden Freunden wieder. Der Anlass war die Beerdigung von Hans Kröll. Jeder wurde von einem Beamten begleitet, an den er mit einer Handschelle gefesselt war. Bei der Trauerfeier durften sie noch nicht dabei sein, sie mussten etwas entfernt voneinander vor der Tür warten. Florian war im Grunde froh darum, er schämte sich abgrundtief.

Erst als der Trauerzug aus der Kapelle kam, schlossen sie sich an. Direkt hinter dem Sarg und dem Pfarrer sah er Hans' geschiedene Frau mit den zwei Buben, alle drei mit verweinten Augen, schluchzend, sich gegenseitig stützend, dahinter die ganzen näheren und ferneren Verwandten, Freunde, auch aus dem Alpenverein, die Florian teils kannte und denen er nur schwer in die Augen schauen konnte. Auch seine beiden Gefährten, Max Unterberger und Toni Schmid, der sich auf Krücken bewegte und eine Knieschiene trug, waren dazu nicht in der Lage, wie er aus dem Augenwinkel sah.

Unter den letzten, die herauskamen, war Kati. Sie ging direkt auf ihn zu. Er hielt den Kopf gesenkt, aber sie ließ sich nicht beirren und blieb schließlich vor ihm stehen.

„Hallo Flori."

„Hallo Kati. Es tut mir leid, dass mir uns so wiedersehen."

„Ja, ich weiß. Wie geht's dir?"

„I weiß nit. Wenn i das hier so seh ... i hab des nit gewollt!" Florian Wolf begann zu weinen. „Es tut mir so leid! Kati, es tut mir so unendlich leid, i hab alles versaut, verzeih mir!"

„I bin dir nit bös, Flori. Du solltest dich jetzt um di kümmern. Was gewesen is, kannst nimmer ändern."

„Ja, i weiß", antwortete Florian und die Tränen liefen ihm über die Wangen. „Des werd i tun, i versprech's dir!"

„Guat", sagte Kati, nickte seufzend, umarmte ihn und küsste ihn auf die Wange. Sie strich ihm über sein Haar, sah ihm in die Augen, lächelte kurz, wendete sich dann langsam ab und ging weiter.

Florian und seine beiden Komplizen schlossen sich dem Trauerzug an, der sich langsamen Schrittes zum offenen Grab bewegte.

Nach der Trauerrede, die sie etwas entfernt verfolgt hatten und während derer er Kati nur noch von hinten gesehen hatte, dirigierten die Polizisten sie zurück zu den Autos. Florian war froh, dass er nicht kondolieren musste, er fühlte sich miserabel, und die Tränen liefen zügellos. Doch was war schon seine Trauer gegen die der Familie? Sein Mitleid hätte sie nur noch mehr verletzt.

Florian sah durch die Fenster des Polizeiwagens, als sie zurück in die Justizvollzugsanstalt fuhren. Tropfen liefen daran herunter, es hatte begonnen zu regnen. Er war voller Trauer, nicht nur um Hans, sein altes Leben nahm endgültig Abschied, sein Elternhaus, das Juweliergeschäft, die Berge, seine Freunde, seine Beziehung. Trotzdem spürte er immer noch Katis Kuss, wie einen zarten Stempel, der sanft auf seiner Wange brannte und den er, da war er sich sicher, eigentlich nicht mehr verdient hatte.

***

In den Schweizer Zeitungen war die großzügige Spende eines Unbekannten tagelang ein Thema gewesen. Die UNICEF hatte eine Presseerklärung herausgegeben und sich entschlossen, das Geld zu akzeptieren, obwohl anonyme Spenden in dieser Höhe normalerweise nicht entgegengenommen werden durften. Aber wo sollte man hin damit, und gab es eigentlich einen besseren Zweck?

Die Reporter, auch in Deutschland und Österreich, spekulierten, woher das Geld kommen könnte. Eine spurentechnische Untersuchung des Umschlags und der Geldscheine hatte kein Ergebnis erbracht.

In dem Brief hatte man einen Zettel gefunden mit dem Text: *Pour les enfants de la terre.*

***

Nadine legte die Samstagszeitung auf den Frühstückstisch.

„Na, zwei Eier?"

„Natürlich!"

Sie lächelten sich an und Martin bestückte den Toaster. Er füllte die Tassen mit koffeinfreiem Kaffee, den sie seit ihrer Schwangerschaft tranken, und setzte sich an den gedeckten Tisch. Nadine nahm neben ihm Platz, ihr Bauch schien sie nicht zu behindern. Martin blätterte sich langsam durch die Meldungen.

„Gibt's was Interessantes?", fragte Nadine, nippte an ihrer Tasse und strich die Butter auf den Toast.

Martin antwortete erst nicht, er hatte auf der dritten Seite einen Artikel entdeckt, der ihn zunehmend einnahm.

„Ja", sagte er schließlich, „da hat jemand fast vierhunderttausend Euro für die UNICEF gespendet und keiner weiß, wer's war."

„Und werden sie das Geld annehmen?"

„Ja, werden sie."

„Wer macht denn so was?"

„Wenn ich das wüsste … Aber ich kann mir gut vorstellen, da auch mal eine größere Summe zu spenden."

Nadine lachte.

„Soso. Aber wir brauchen unser Geld wohl erst mal für was anderes, oder?“ Dann überlegte sie einen Moment und sagte: „Wir können aber gerne an Weihnachten ein bisschen was spenden, wenn's nicht gleich so viel ist.“

„Ja, das machen wir.“

Martin Keller beugte sich zu ihr und küsste sie.

Würden alle Diamanten den Kindern der Welt geschenkt, dachte Martin Keller, als er die Zeitung zur Seite legte, dann wäre die Welt besser.

Ein paar Wochen später besuchte er Florian Wolf.

Es war eine kurze, aber intensive Viertelstunde. Inzwischen wusste Florian, dass seine Gefängnisstrafe sicher wesentlich kürzer ausfallen würde als die seiner Mittäter. Er war eher ein Mitläufer gewesen und hatte beim Überfall zwar die Umleitung zu verantworten gehabt, aber bei der Tat selbst war er nicht dabei gewesen. Zwar hatte er als einziger die Flucht fortgesetzt, aber schließlich hatte er sich ja auch gestellt. Außerdem fiel sein psychiatrisches Gutachten strafmildernd aus.

Als Martin zu seinem Auto ging, hatte er ein gutes Gefühl, denn er wusste, dass er für Florian noch etwas tun konnte. Er gab die Adresse in sein Navigationssystem ein und fuhr nach Innsbruck.

***

Wenige Tage später, an einem Samstagnachmittag, klopfte der Wärter an Florian Wolfs Zelle und schloss dann die Tür auf.

„Guten Tag, Herr Wolf, Sie haben Besuch!“

„Ach ja? Des is schön. I komm sofort mit, Moment bitte.“

Florian, der lesend an seinem Schreibtisch gesessen hatte, legte ein Blatt in sein Buch, stand bedächtig auf und folgte dem Beamten. Er erwartete niemanden, aber in ihm war keine Angst mehr und eine Abwechslung würde ihm gut tun.

Sie stiegen über Metalltreppen einen Stock tiefer, dann ging der Wärter mit ihm durch eine Sicherheitsschleuse. Sie schlenderten einen langen Gang entlang, bis vor das Besuchszimmer.

Der schlaksige, leicht gebeugte Wärter öffnete die Tür und sagte freundlich: „Bitte, Sie haben fünfzehn Minuten!"

„Danke …", erwiderte Florian.

Mehr zu sagen war er nicht im Stande, denn nachdem er durch die Tür geschaut hatte, begannen seine Augen plötzlich zu strahlen.

Im Besucherraum saß Kati und lächelte ihn an. Er erkannte sie, aber es war ihm, als sähe er sie zum ersten Mal.

***

Martin Keller legte das Telefon zur Seite, nachdem das Gespräch beendet war. Er blickte hinaus in den Garten. Die Blumen reckten schon ihre Blüten der Sonne entgegen und das gelbliche Licht der morgendlichen Frühlingssonne schien heiter und wärmend durch die Fenster.

„Na, Martin, alles in Ordnung?", fragte Nadine und setzte sich inzwischen schon etwas angestrengter neben ihm auf das Sofa. Sie legte ihre Hand auf seine, er drehte sich zu ihr und sie schauten sich in die Augen.

„Ja, mir geht's gut. Dir auch?"

„Mir auch. Über was denkst du nach?"

„Ich hab mir gerade noch die kommende Woche frei genommen."

„Wirklich? Das ist schön. Und was wollen wir mit der freien Zeit anfangen?"

„Lass uns ans Meer fahren!"

„Das ist eine gute Idee", meinte Nadine.

Er lehnte sich zu ihr, küsste sie ganz sanft auf den Mund und strich ihr über die Wange.

„Keine Berge?", flüsterte sie.

„Nein", antwortete er lächelnd und schüttelte den Kopf.

„Und wann fahren wir los?"

„Jetzt!"

NACHWORT

Alle handelnden Personen dieses Romans sind frei erfunden, bis auf Edi Haueis und Toni Oberschmid. Edi bewirtet inzwischen nicht mehr das Madlenerhaus. Es gehört seit dem 1.1.2013 den Illwerken, die es von der DAV-Sektion Wiesbaden erworben haben. Es wird zur Unterbringung und Bewirtung der Arbeiter benutzt, die seit 2014 auf einer der größten Baustellen Österreichs damit beschäftigt sind, den Vermuntsee und den Silvrettasee in ein riesiges Pumpspeicherkraftwerk zu verwandeln. Wer Edi kennenlernen möchte, sollte das Hotel Gasthof Post in Strengen westlich von Landeck besuchen. Er hat die Bielerhöhe hinter sich gelassen, weiß aber manches darüber zu berichten.

Toni Oberschmid und seine Familie betreiben immer noch ihren Berggasthof Piz Buin und sind somit die letzten privaten Gastgeber dort.

Der Pegel des Silvrettasees wird nach Fertigstellung des Kraftwerks nicht mehr so stabil sein wie früher. Der Zugang zur Wiesbadener und zur Klostertaler Hütte wird möglicherweise zukünftig nicht mehr über den See möglich sein, sodass die Tourengeher im Winter in diesem Bereich nicht mehr lawinengeschützt den steilen Flanken an seinen Rändern ausweichen können. Die Sektion Wiesbaden des Deutschen Alpenvereins hat im Zuge des Verkaufs des Madlenerhauses als Anrainer auf ihr Einspruchsrecht verzichtet. Welche Auswirkungen diese Entwicklung auf den winterlichen Zugang zu beiden Hütten hat, bleibt abzuwarten.

Das Innere der Zollhütte auf der Schweizer Seite der Roten Furka habe ich nie gesehen. Auch ist mir nicht bekannt, ob es im Alpinkader der Graubündner Kantonspolizei bislang zu einer vergleichbaren Aktion kam, wenn ein neues Mitglied aufgenommen worden ist. In jedem Fall kann aber festgehalten werden, dass dieser Alpinkader viele sehr kompetente Mitglieder in seinen Reihen hat, die Alpinisten, Skifahrern oder

Bergwanderern in unzähligen Einsätzen helfen konnten, Unfälle aufnahmen, Vermisste suchten und vieles mehr. Somit sind sie eine verdienstvolle und bergbegeisterte Sondereinheit.

Die historischen Ereignisse sowie die beteiligten realen Personen wurden von mir nach bestem Wissen recherchiert und dargestellt.

Das Schicksal der Zwangsarbeiter, die für die Illwerke beziehungsweise für die von ihnen beauftragten Firmen gearbeitet haben, ist in den letzten Jahren zunehmend aufgearbeitet worden, aber dieser Prozess ist noch nicht zu Ende. Dic Illwerke selbst haben inzwischen ihre Verantwortung in diesem Zusammenhang erkannt. Besonders die Johann-August-Malin-Gesellschaft zur Erforschung der Zeitgeschichte in Vorarlberg hat sich nicht nur in dieser Sache über viele Jahre mit großem persönlichem Einsatz uneigennützig engagiert. Sie verdient es, unterstützt zu werden. Wünschenswert wäre in dieser Hinsicht, wenn die Illwerke ihre Archive zumindest für alle Historiker zugänglich machen würden, die an der Thematik der Zwangsarbeit während des „Dritten Reichs“ arbeiten.

Auch die Arisierung jüdischen Eigentums, hier am Beispiel der damals etwa vierhundert Mitglieder zählenden Gemeinde in Innsbruck angeschnitten, ist nicht nur in Tirol, sondern im ganzen Raum des ehemaligen Deutschen Reiches sowie darüber hinaus in den zeitweise besetzten Gebieten ein Thema, das weiterer Aufarbeitung und dauerhafter Erinnerung bedarf. Es kann für uns alle besonders erhellend sein zu sehen, wie sich der Antisemitismus auch in unserer Umgebung ausgewirkt hat. Ein Besuch des jüdischen Museums in Hohenems sei dem Leser an dieser Stelle ans Herz gelegt, es lohnt sich.

Die UNICEF teilte mir auf Anfrage mit, dass sie eine derartige anonyme Spende, wie im Buch geschildert, tatsächlich behalten würde. In Genf gibt es wirklich keinen Briefkasten dafür, jedoch am Sitz der UNICEF in Köln beispielsweise ist ein solcher vorhanden. Allerdings dürfte es für die meisten von uns allein schon aus steuerlichen Gründen immer noch sinnvoller sein, die Spende für die armen Kinder dieser Welt, denen es teilweise so unendlich viel schlechter geht als uns im weitgehend sorgenfreien Mitteleuropa, einfach zu überweisen.

Auch wenn es nicht gerade Weihnachten ist.

DANKE …

… an Martin Achrainer, Patric Behr, Werner Bundschuh, Bruno Falch, Wilfried Grießer, Edi Haueis, Hanno Loewy, Nicho Mailänder, Christian Neumeyer-Knaak, Familie Oberschmid, Stefan Rauch, Michael Sauter, Doro Schulte, Andi Weiskopf, Carlos Westerkamp, Barbara Wickenburg und viele andere mehr, ohne die es dieses Buch nicht geben würde.

ANHANG

Hier sollen noch ein paar Hintergrundinformationen ergänzt werden, die im Buch an anderer Stelle keinen Platz fanden, aber für den Leser interessant sein könnten.

Das Lawinenunglück in Galtür am 23.02.1999

Das Paznauntal war schon seit dem 6. Februar fast durchgehend gesperrt gewesen, die Lawinengefahr hatte die höchste Warnstufe erreicht. Bis zum 12. Februar gingen die meisten Lawinen, die das Tal bedrohten, zwischen Mathon und Kappl bis auf die Straße ab, am 18. Februar beobachtete man auf der Sonnseite bei Galtür mehrere Lawinen und am 20. Februar kam eine vom Gorfen herunter, so groß wie nie zuvor, aber es gab noch keine Opfer zu beklagen. An diesem und dem Tag darauf wurden viele Gäste ausgeflogen. Alle Straßen bis auf den Dorfkern Galtürs waren gesperrt.

Dann begann ein Schneesturm, der den darauf folgenden Montag über anhielt und erst am Dienstag, dem 23. Februar morgens nachzulassen schien, schließlich aber doch unbarmherzig weiterging. Die verbliebenen Gäste und die Galtürer veranstalteten an diesem Tag im Dorfzentrum bei weiterhin starkem Schneefall zur Ablenkung ein Fassdauben-Rennen, man wollte sich von der bedrückenden Situation nicht alles verderben lassen. Danach gingen die meisten Leute in ihre Häuser zurück.

Um vier Uhr nachmittags, manche befanden sich noch auf dem Heimweg, war ein dumpfer Knall vernehmbar, nichts Besonderes für die Galtürer, die an Lawinen seit jeher gewohnt waren. Aber eine Lawine solchen Ausmaßes wie jene, die an diesem Nachmittag vom Sonnberg abgegangen war, hatte der Ort noch nicht erlebt. Von der Abrissstelle in 2700 Metern Höhe bis in den Talgrund nahm die „Lahn“, wie man hier eine Lawine nennt, immer mehr Fahrt auf und raste schließlich mit weit über zweihundert Stundenkilometern und einer gewaltigen Druckwelle auf vierhundert Metern Breite auf den Ort zu. Ein paar Sekunden später war nichts mehr wie zuvor.

Den Überlebenden bot sich ein Bild totaler Verwüstung. Etliche Häuser, auch im Dorfzentrum, waren teilweise oder völlig zerstört, mit Schnee ausgefüllt, die Dächer abgehoben, Wände eingerissen, viele der Bewohner hatten keinerlei Chance gehabt, andere waren verschüttet und brauchten dringend Hilfe. Die Lahn hatte unerbittlich gewütet.

Während der Schneesturm sogar noch zunahm und immer weiter um die Häuser heulte, rückten die ersten Helfer aus, mit Schaufeln und Lawinensonden ausgerüstet, und gruben Verschüttete aus. Bergführer, Skilehrer, Bergretter, Feuerwehrleute, Gendarmerie-Beamte, Galtürer Bürger und Gäste, alle arbeiteten fieberhaft zusammen, allen war bewusst, dass sie erst einmal auf sich allein gestellt waren. Sie arbeiteten bis zur völligen Erschöpfung, bargen Verschüttete im Lawinenkegel, zwischen Trümmern, in Häusern, dazwischen lagen Hausteile, Autos, Hausrat und Gebrauchsgegenstände chaotisch verteilt in den Schneemassen.

Viele Opfer wurden lebend geborgen und umgehend medizinisch versorgt. Der Dorfarzt richtete eine provisorische, aber medizinisch bestens ausgestattete Notaufnahme ein, Opfer wurden reanimiert, ihr Kreislauf stabilisiert und Verletzte versorgt. Im Sportzentrum und im Hotel Galtürerhof sorgten deutsche Ärzte und Krankenschwestern, die unter den Gästen waren, unterstützt von der Wirtin des Galtürerhofs, für eine medizinische Betreuung. Auch sie reanimierten, intubierten, verbanden, betreuten Verletzte, leisteten Erste Hilfe, gaben Schmerzmittel und Infusionen.

Die Gendarmen hatten eine Liste der Vermissten erstellt, doch leider fehlten auch am späten Abend noch viele.

Am nächsten Morgen kam der erste Hubschrauber: der Beginn einer in Österreich nie dagewesenen Luftrettungsaktion, bei der schlussendlich österreichische und deutsche Militärhubschrauber vom Typ Sikorsky Black Hawk rund zweitausend Menschen evakuiert sowie unzählige Rettungskräfte, Gerät und Nahrungsmittel eingeflogen hatten. Die besonders gebirgs- und wintertauglichen Maschinen, die bis zu 25 Personen befördern können, erwiesen sich als sehr hilfreich, und so flogen sie unaufhörlich über den Köpfen der inzwischen zahlreichen Retter, die weiter gruben und sondierten, bis zum Samstag, bis das letzte Opfer gefunden war.

Und so gab es in diesen Tagen viele Schicksale, die zu begreifen oder zu verstehen nicht möglich war. Katastrophen, die solche Zerstörungen bringen, haben niemals einen Sinn, sie passieren einfach, machen keine Unterschiede, wüten wahllos, entscheiden über Leben und Tod nach dem Zufallsprinzip, sodass am Ende nur zu akzeptieren bleibt, was Herz und Verstand nicht mehr begreifen können.

Den einunddreißig Toten aus Deutschland, den Niederlanden und aus Galtür standen über zwanzig Lebendbergungen gegenüber. Im 20. Jahrhundert hatte es in Galtür zuvor nur eine große Lahn gegeben, die mehrere Opfer forderte. Sie war am 23.12.1919 über die Kinge abgegangen, am westlichen Ortsausgang. Einen Tag vor Heiligabend waren dabei fünf Geschwister zu Tode gekommen, nachdem dort seit über dreihundert Jahren keine Lawine mehr abgegangen war. Das an gleicher Stelle wiedererrichtete Haus wurde danach mit einer mächtigen Mauer geschützt.

Walther Flaig

Der Bergschriftsteller Walther Flaig wurde am 16. August 1893 im württembergischen Aalen geboren und wuchs in Stuttgart auf. Bereits damals entstand bei Aufenthalten in der Schweiz seine Liebe zu den Bergen. Im Ersten Weltkrieg kämpfte er als Infanterist, wurde schwer verwundet und schied als Leutnant aus der Armee aus. Nach seinem Studium, das er als Agraringenieur abschloss, begann er als Redakteur bei der Zeitschrift „Kosmos“ in Stuttgart.

In dieser Zeit lernte er seine aus Schruns im Montafon stammende Frau Hermine kennen, heiratete sie 1922 und zog ein Jahr darauf in die Nähe von Bludenz nach Vorarlberg. 1924 erschien sein erster Führer über die Silvretta-Gruppe, im Jahr darauf ein erstes Buch über die Bernina. Lehrschriften zum Bergsteigen folgten, der austrainierte Berggänger Flaig begann Kurse zu geben und brachte seinen Gästen das Klettern, Eisgehen und Skitourenlauf bei. In dieser Zeit erhielt er seinen Spitznamen: „Der Häuptling".

Er sammelte zahlreiche Erstbegehungen, schrieb wortgewaltige Erlebnisberichte in den damaligen Bergzeitungen sowie weitere Lehrbücher, zum Beispiel über Lawinenkunde, das Fels- und Eisklettern oder den alpinen Skilauf, und begründete so seinen seinen Ruf als leitungsfähiger Alpinist und Bergschriftsteller.

1929 siedelte Flaig mit seiner Familie nach Klosters ins schweizerische Graubünden über. In diesem am Fuße der Silvretta liegenden Ort arbeitete er für die rhätische Bahn, den Kanton Graubünden und die Gemeinde Klosters als Propagandist. Nebenher schrieb er weitere Bergbücher und übersetzte den Schweizer-Alpen-Club-Führer für die Bernina-Gruppe aus dem Französischen. Inzwischen war er auch in der Schweiz als Alpinschriftsteller anerkannt. Allerdings war er da bereits NSDAP-Mitglied und die damaligen Nachbarn berichteten, dass in der Stube der Flaigs eine Hitler-Büste stand und darüber eine Hakenkreuzfahne hing.

Walther Flaig war in dieser Zeit auch Kassierer für den Deutschen Hilfsverein in Davos (der nach 1945 im Zuge der Auflösung der NSDAP in der Schweiz liquidiert wurde). Davos war damals eine Hochburg der Nazis in der Alpenrepublik und der höchste Repräsentant der NSDAP-Auslandsorganisation in der Schweiz, Wilhelm Gustloff, lebte dort bereits seit 1917.

Mit dem späteren Wehrmachts-Generaloberst Eduard Dietl verband Flaig eine Bergfreundschaft. Dietl, ein Nationalsozialist der ersten Stunde, wurde 1940 zum Ehrenmitglied des Deutschen Alpenvereins ernannt. Flaig schrieb anlässlich dieses Ereignisses einen überschwänglichen Propaganda-Artikel für die Presse, der heute in Sprache und Inhalt nur noch schwer zu verdauen ist, weshalb an dieser Stelle darauf verzichtet wird, daraus zu zitieren. Der Artikel befindet sich im Archiv des Österreichischen Alpenvereins in Innsbruck.

Die glühende Verehrung für den Nationalsozialismus führte auch dazu, dass Walther Flaig nach dem Attentat auf Wilhelm Gustloff im benachbarten Davos seine Anstellungen, bis auf jene bei der Gemeinde, verlor. So kehrte er 1936 über Vaduz in Liechtenstein, wo er bis 1939 wohnte, nach Bludenz in Vorarlberg zurück.

1941 wurde Flaig, inzwischen Hauptmann der Reserve und schon vorher von Schweizer Seite insgeheim der Spionage verdächtigt, erneut einberufen und der „Abwehrstelle Salzburg" zugeteilt, einem Stützpunkt des Militärischen Geheimdiensts.

Der Bergsteiger und Nationalsozialist Robert Jenny, der später angab, von seinem Vorbild Flaig als Spion angeworben worden zu sein, wurde im März 1943 verhaftet, als er einem anderen Agenten in Zürich eine Nachricht überbrachte. Im Zentrum des Interesses der Spione standen bei dieser Mission ein Passfälscherring, der galizischen Juden zur Ausreise in die Schweiz verhelfen wollte, aber auch britische Staatsangehörige, Emigranten sowie eine Gruppe in Luzern, die Kommunisten über die Grenze half. Der mit Liechtensteiner Pass in Wien lebende Jenny war geständig und wurde im Februar 1944 zu zweieinhalb Jahren Gefängnis verurteilt. Dasselbe Strafmaß erhielt Walther Flaig in Abwesenheit, dem zusätzlich eine zehnjährige Landesverweisung auferlegt wurde, die später in eine lebenslange umgewandelt wurde.

Jenny saß schließlich nur ein Jahr ab, bevor er 1945 die Schweiz ebenfalls für immer verlassen musste.

Nach dem Krieg wurde Flaig von 1948 bis 1954 Schriftleiter der Bergzeitungen „Heimat und Berge" und „Der Bergsteiger". Danach arbeitete er als freischaffender Alpen- und Reiseschrifsteller. Rund dreißig Bücher schrieb er bis zu seinem Tod, darunter „Das Silvretta-Buch“, „Bernina – Festsaal der Alpen“, „Die Skiparadiese der Schweiz“, „Arlberg – Ski und Schnee“, Führer für das Rätikon, die Silvretta, die Samnaun-Gruppe, die Bernina, das Lechquellengebirge oder den Bregenzer Wald. Viele davon erschienen beim Bergverlag Rother.

Er war ein gefragter Vortragsredner, war Ehrenmitglied in einigen Sektionen des Deutschen und des Österreichischen Alpenvereins, wie Biberach, Hohenstaufen-Göppingen, Saarbrücken, Tübingen, Vorarlberg und Wiesbaden, und erhielt etliche Preise und Ehrungen, etwa die „Ehrengabe für Kunst und Wissenschaft“, das „Goldene Ehrenzeichen für sportliche Leistungen“ der Vorarlberger Landesregierung und die „Ehrenplakette in Gold“ der österreichischen Fremdenverkehrswerbung.

Seine Geschichte holte ihn nur noch einmal öffentlich ein. Im Jahre 1959 erschien ein Artikel mit dem Titel „Notwendige Durchleuchtung“ in der Neuen Zürcher Zeitung. Vordergründig als Buchbesprechung präsentiert, geriet der Aufsatz zu einer Abrechnung mit Walther Flaig, der als Koautor an dem Werk mitgewirkt hatte. Flaig antwortete der Zeitung ausführlich auf diesen trotz aller berechtigten Kritik reißerischen und polemischen Artikel, doch seine Zeilen wurden nicht abgedruckt. Der Verfasser des Artikels war bei dem Buchprojekt nicht zum Zuge gekommen und hatte auf diese Weise reagiert.

Flaig versuchte später noch mehrfach, die Einreisesperre in die Schweiz aufheben zu lassen, aber die Bemühungen blieben vergebens.

Walther Flaig starb am 20. August 1972 in Bludenz, vier Tage nach seinem 79. Geburtstag.

Eduard Dietl

Eduard Dietl wurde am 21. Juli 1890 in Aibling geboren. Nach dem Abitur an einem Rosenheimer Gymnasium trat er 1909 als Fahnenjunker in das 5. Infanterieregiment „Großherzog Ernst Ludwig von Hessen“ der Bayrischen Armee in Bamberg ein. 1911 wurde er Leutnant. Im Ersten Weltkrieg kämpfte er an der Westfront, wurde dreimal verwundet, mit dem „Eisernen Kreuz 1. Klasse“ ausgezeichnet und beendete den Krieg als Hauptmann.

Als Kompanieführer im rechtsextremen Freikorps des Franz Ritter von Epp wirkte er 1919 an der Zerschlagung der Münchner Räterepublik mit. In diesem Jahr begegnete er offenbar Adolf Hitler bei einer Versammlung der Deutschen Arbeiter Partei (DAP), die ab 1920 unter dem Namen NSDAP firmierte und zu deren ersten Mitgliedern Dietl zählte. Seitdem war er überzeugter Anhänger Hitlers und sollte später von diesem für seine Treue belohnt werden.

Im selben Jahr wurde er in die Reichswehr übernommen und Kompaniechef des III. Gebirgsjägerbataillons im Infanterieregiment 19.

1921 trat Dietl aufgrund des Verbots politischer Betätigung für Militärangehörige wieder aus der Partei aus, baute aber trotzdem die Münchener Sturmabteilung der SA mit auf.
Am 9. November 1923, dem Tag des gescheiterten Putschs von Hitler und Ludendorff, stand Dietl mit seiner Kompanie zur Unterstützung bereit, zu der es dann aber nicht kam.

Danach diente er an der Münchner Infanterieschule, bis er 1928 zum Bataillonskommandeur im 19. Infanterieregiment ernannt wurde. 1930 wurde er zum Major befördert, 1931 bestand er die Prüfung zum Heeresbergführer und am 1. Januar 1933 folgte die Beförderung zum Oberstleutnant. Nach der Machtübernahme durch die Nationalsozialisten stieg Dietl 1935 zum Oberst auf und befehligte das Gebirgsjägerregiment 99 in Füssen. 1938 wurde er nach dem Anschluss Österreichs Generalmajor und übernahm die 3. Gebirgsdivision in Graz, mit der er anschließend in das Sudetenland einmarschierte und zu Kriegsbeginn am Polenfeldzug teilnahm.

1940 schiffte er sich mit rund 2000 Soldaten nach Narvik in Norwegen ein und lieferte sich intensive Kämpfe mit den alliierten Truppen. Gemeinsam mit 2500 Marinesoldaten verteidigten sie ihre Stellung, auch begünstigt dadurch, dass die auf inzwischen über 20000 Mann angewachsene Übermacht britischer Soldaten nach dem Einfall deutscher Truppen nach Frankreich verlegt wurde.

In der Folge wurde Eduard Dietl in der deutschen Propaganda als „Held von Narvik“ aufgebaut, Goebbels sprach von einem „modernen Nibelungenlied“, Dietl wurde zum Generalleutnant befördert, mit dem „Ritterkreuz des Eisernen Kreuzes“ und als Erster mit dem „Eichenlaub zum Ritterkreuz“ ausgezeichnet und zum Kommandeur der Gebirgstruppe ernannt.

Ebenfalls 1940 wurde er Ehrenmitglied des Deutschen Alpenvereins, dessen „Führer“ inzwischen Reichsminister Arthur Seiß-Inquart war (der 1946 in Nürnberg zum Tode verurteilt wurde). Dietls Bergkamerad Walther Flaig schrieb zu diesem Anlass den bereits erwähnten überschwänglichen Artikel. Gleichzeitig erkannte ihm seine Münchner Alpenvereinssektion Bayerland, in der er seit ihren Anfängen Mitglied war, die Ehrenmitgliedschaft zu. Von 1922 bis 1925 war der ambitionierte Bergsteiger, der auch an Skirennen teilnahm, bei der Sektion Leiter der Jugendabteilung gewesen.

Die Bayerländer hatten sich 1895 im Zuge der Kontroverse um den Bau des Münchner Hauses auf der Zugspitze von der Sektion München abgespalten und sich dem Bergsteigen in seiner strengeren, traditionellen Form verschrieben. Eine Menge starker und auch teils sehr bekannter Bergsteiger waren in der Folge Mitglied, wie etwa die Wegbereiter des modernen Kletterns Hans Dülfer und Paul Preuß, auch Willo Welzenbach, der unzählige große Wände der Westalpen erstbestieg, Willy Merkl, G.O. Dyhrenfurth, einer der großen Himalaya-Pioniere, der nach der Machtergreifung Hitlers austrat und in die Schweiz emigrierte (er erhielt 1936 während der Sommerspiele in Berlin zusammen mit seiner Frau den „Prix olympique d'alpinisme“), sowie Paul Bauer (ein überzeugter Nationalsozialist), Otto Herzog (der 1919 bei der Münchner Räterepublik auf Seiten der Sozialisten stand und ausgerechnet von seinem Vereinskollegen Paul Bauer gerettet wurde) oder Anderl Heckmair, der maßgebliche Erstbegeher der Eiger-Nordwand. Welzenbach, Merkl und einige andere Bayerländer kamen später am Nanga Parbat ums Leben. Noch bis 1933 stand die Sektion jüdischen Mitgliedern offen – und sie hatte mit Preuß, Dyhrenfurth und einigen anderen sehr namhafte jüdische Alpinisten in ihren Reihen. Ende 1933 führte sie jedoch auf Empfehlung des Hauptausschusses des Deutschen und Österreichischen Alpenvereins den Arierparagraphen ein und schloss die letzten jüdischen Mitglieder aus der Sektion aus.

Dietl, der von seinen Gegnern den Beinamen „der Schlächter von Murmansk" erhielt, weil er dort seine Soldaten gnadenlos ins gegnerische Feuer geschickt hatte, wirkte noch beim Unternehmen „Barbarossa" in Finnland und der Sowjetunion mit und übernahm 1942 die Armee Lappland, die spätere 20. Gebirgsarmee. Im selben Jahr wurde er von Hitler in Finnland zum Generaloberst befördert.

Nach der Niederlage von Stalingrad proklamierte Goebbels den „totalen Krieg" und Dietl telegraphierte ihm die „uneingeschränkte Sympathie der Front".

Anschließend war Dietl Teil der Propaganda des Durchhaltens. Bei Veranstaltungen in München, Rosenheim, Ingolstadt und Graz gelobte er: „Der Frontsoldat weiß, dass es sich um den Schicksalkampf des Deutschen Volkes handelt, dass sich die Juden der ganzen Welt zusammengeschlossen haben zur Vernichtung Deutschlands und Europas. (…) Der Krieg ist der unerbittliche Läuterer der Vorsehung. Ich erkläre feierlich: Ich glaube an den Führer!"[1]

Am 23. Juni 1944 kam Dietl auf dem Flug von Graz nach Berchtesgaden, wo er an einer Besprechung mit Hitler teilnehmen wollte, beim Absturz der Maschine ums Leben. Ein

1 Der Donaubote (Ingolstadt) vom 15. November 1943; Tagespost (Graz – „Stadt der Volkserhebung") vom 17. November 1943; Rosenheimer Anzeiger vom 14. November 1943; Münchner Neueste Nachrichten vom 15. November 1943

Staatsakt zu seinen Ehren veranlasste Hitler zu einer Propagandarede, die live im Radio übertragen wurde und in der er seinem „ersten Offizier der Deutschen Wehrmacht, der in meine Gedankenwelt eingedrungen war“ in Lobeshymnen gedachte.

Dietl wird im Wesentlichen zweier Kriegsverbrechen beschuldigt: der Weitergabe des Kommissarbefehls der Heeresführung 1941, der zur Folge hatte, dass in seinem Befehlsbereich Kriegsgefangene zur Erschießung an den berüchtigten Sicherheitsdienst (SD) übergeben wurden, und der Ermordung von Strafgefangenen in seinem Verantwortungsbereich. In sogenannten „Konzentrationslagern für die Wehrmacht“ wurden in Finnland und Nordnorwegen Gefangene (unter anderem „Moorsoldaten“ aus den Emslandlagern) beim Bau von Rückzugswegen eingesetzt. Diese Arbeitseinsätze gehorchten dem Grundsatz „Vernichtung durch Arbeit“.

Auch in einem weiteren Fall war Dietl verantwortlich: Als Teil des „Bewährungsprogramms“ wurde ein Marsch von Rovaniemi nach Petsamo am Eismeer durchgeführt, bei dem schwächelnde Inhaftierte mit Genickschüssen getötet wurden. Deutsche Strafsoldaten, die bei ähnlichen Märschen nicht mitkommen wollten, wurden willkürlich misshandelt oder erschossen, wie Dietl es ihnen am 16. Juni 1942 angedroht hatte: „Wer nicht mitkommt, der fällt.“[2]

1964 wurde die Bundeswehrkaserne in Füssen „Generaloberst-Dietl-Kaserne“ getauft. Erst Ende der achtziger Jahre entbrannte eine hitzige Auseinandersetzung um den Namen. Nachdem sich der Füssener Stadtrat zweimal gegen eine Namensänderung ausgesprochen hatte, unter anderem unterstützt vom lokalen Bundestagsabgeordneten, und nach teils massiven anonymen Drohungen gegen die Initiatoren der Debatte, entschied 1995 der damalige Verteidigungsminister Volker Rühe, die Kaserne in „Allgäu-Kaserne“ umzutaufen.

---

2 MGFA Potsdam, „Generaloberst Dietl und die Feldstraflager I–III in Finnland“, 23. September 1993

Wilhelm Gustloff

Am 30. Januar 1895 kam Wilhelm Gustloff im mecklenburgischen Schwerin zur Welt. Nach einer Kindheit in kleinbügerlichen Verhältnissen verließ er 1917 die Schule ohne Abitur und absolvierte eine Lehre bei der Mecklenburgischen Lebensversicherungs- und Sparbank. Aufgrund eines Lungenleidens wurde er nicht zum Wehrdienst einberufen. Stattdessen zog er noch im Krieg nach Davos in die Schweiz, um dort sein Lungenleiden zu kurieren. Er bekam eine Anstellung am meteorologischen Observatorium, das er schließlich leitete. Dies hielt ihn nicht davon ab, in Schwerin die SA mit aufzubauen.

1921 trat er dem antisemitischen, rechtsnationalen „Völkischen Schutz- und Trutzbund" bei, 1929 dann der NSDAP. Ab 1931 wurde Gustloff von der Schweizer Polizei beobachtet, 1932 wurde er Führer der Schweizer Landesgruppe der Auslandsorganisation (AO) der NSDAP. Bereits in den Anfängen der AO wurden zwei Mitglieder ausgewiesen. Die Umtriebe der AO führten zu Auseinandersetzungen, da sie in der Schweiz lebende Deutsche und Gäste zur Mitgliedschaft nötigte, massiv Propanda betrieb und staatliche Institutionen zu unterwandern versuchte. Gustloff und die AO organisierten militärische Stützpunkte und bespitzelten die Bevölkerung mit dem Ziel des Anschlusses der Schweiz, so der Verwurf der Gegner aus dem sozialistischen, kommunistischen und bürgerlichen Lager in der Schweiz.

So waren Gustloff und seine Organisation Gegenstand mehrerer Aufrufe und kritischer Artikel in der Presse, Interpellationen an die Kantonsregierung Graubünden sowie an den Bundesrat, die aber zu keinen Sanktionen führten. Auch Forderungen nach einer Ausweisung Gustloffs wurden zurückgewiesen. Trotzdem war die Schweizer Bevölkerung zunehmend besorgt ob der Umtriebe in ihrem Land, insbesondere nach der Ermordung des österreichischen Bundeskanzlers Dollfuß durch Nationalsozialisten am 25. Juli 1934.

Allzu erfolgreich scheint Gustloffs Arbeit in der Schweiz jedoch nicht gewesen zu sein. Auf Anfrage der Landesregierung behauptete er, die AO in der Schweiz habe circa 5000 Mitglieder, tatsächlich waren es aber höchstens halb so viele, was bei rund 130 000 Deutschen, die seinerzeit in der Schweiz wohnten, keinen allzu großen Organisationsgrad bedeutete.

Gustloff erhielt immer wieder Morddrohungen, sodass er begann, mit einem Attentat zu rechnen. Trotzdem ließ seine Frau am Abend des 4. Februar 1936 den jüdischen Medizinstudenten David Frankfurter ein und bat ihn, im Arbeitszimmer auf ihren noch telefonierenden Gatten zu warten.

Als dieser dann einige Minuten später ins Zimmer trat, feuerte Frankfurter vier Mal auf ihn. Drei Schüsse trafen. Der Täter floh und Gustloff erlag wenig später seinen Verletzungen. Kurz darauf stellte sich Frankfurter der Polizei und gab die Tat unumwunden zu.

Beim nachfolgenden Prozess, der unter großer Anteilnahme der Presse Ende 1936 in Chur stattfand, versuchte Goebbels, der das Verfahren von deutscher Seite im Hintergrund an sich gerissen hatte, eine Verschwörung des „Weltjudentums" zu konstruieren und das Attentat propagandistisch auszunutzen, doch alle Bemühungen dahingehend verliefen im Sande. Ausschreitungen und Pogrome gegen Juden in Deutschland waren zu diesem Zeitpunkt politisch unpassend, da zwei Tage nach dem Attentat in Garmisch-Partenkirchen die Olympischen Winterspiele begannen, und im Sommer folgten dann die Spiele in Berlin, die schon von Boykottbewegungen aus den USA, Frankreich, Großbritannien und den Niederlanden bedroht waren.

So gab es dann am 12.2.1936 einen Staatsakt in Schwerin, bei dem Hitler sprach und Goebbels, Himmler und Heß anwesend waren, um aus dem bis dahin weitgehend unbekannten Gustloff einen Märtyrer zu machen. Über zehntausend Angehörige von NSDAP, Hitler-Jugend und SA wurden zu diesem Ereignis beordert, um dem Staatsakt den für die Propaganda passenden Rahmen zu verleihen.

David Frankfurter, 1909 geboren und 1933 aus Deutschland emigriert, gab unmittelbar nach der Tat an, Gustloff erschossen zu haben, weil er ein „Hasser des deutschen Systems“ und „weil er Jude sei“. Frankfurter berichtete, er habe bei seinem letzten Besuch 1935 in Berlin miterlebt, wie sein Onkel von Jugendlichen am Bart gezogen und verspottet wurde („Jude, hepp, hepp …“). Sein Onkel, noch wohnhaft in Berlin, widersprach später dieser Aussage, sehr wahrscheinlich auf Druck der deutschen Behörden. Sicher ist, dass Frankfurter über die Entwicklung in Deutschland auf dem Laufenden war. Die Pistole, die er bei der Tat verwendete, hatte er kurz davor ohne Schwierigkeiten in einem Berner Waffengeschäft erworben.

Er wurde schließlich zu 18 Jahren Zuchthaus mit anschließender Landesverweisung verurteilt.

1937 wurde ein neues „Kraft durch Freude“-Schiff im Beisein Hitlers, nach dem es erst benannt werden sollte, auf den Namen Wilhelm Gustloff getauft. 1938 ging es auf Jungfernfahrt. Nach einigen regulären Kreuzfahrten wurde das über zweihundert Meter lange Schiff zum Truppentransporter umfunktioniert und schließlich zum Lazarettschiff. Am 30. Januar 1945 evakuierte die Gustloff über 10 300 Menschen (überwiegend Flüchtlinge sowie 1500 Wehrmachtsangehörige) aus Gotenhafen bei Danzig. Um 21.16 Uhr torpedierte ein russisches U-Boot die Gustloff, die in einer noch offenen Fahrrinne durch die bei minus 20 Grad Celsius zugefrorene Ostsee unterwegs war.

Das Schiff sank eine Stunde später. Mit circa 9300 Toten ist der Untergang der Gustloff der bis heute opferreichste der Seefahrtsgeschichte.

1945 wurde dem Begnadigungsersuch von David Frankfurter stattgegeben und er reiste umgehend nach Israel aus.

Einige Jahre danach äußerte er sich in einem Interview der Bündner Zeitung nochmals zu den Beweggründen seiner Tat:

„Unbegreiflich waren mir der Mangel an Mut und Weitblick, dem Drohenden ins Auge zu sehen. (…) Weit und breit niemand, weder Staaten noch Staatsleute, Organisationen, Parteien, niemand machte auch nur den leisesten Versuch, der Lawine etwas entgegenzustellen." Und: „Leider blieb die Reaktion aus. Die Welt und vor allem mein Volk musste es blutig, mit Millionen Menschenopfern zahlen. Gerne hätte ich mit meinen schwarzen Prognosen Unrecht behalten."[3]

Frankfurter hatte im Holocaust fast alle seiner Verwandten verloren.

Er starb am 19. Juli 1982 in Tel Aviv.

---

3 „Für seine Überzeugungen mit Taten einstehen", in: Bündner Zeitung vom 31. Januar 1976

EMPFEHLENSWERTE BÜCHER UND QUELLEN ZU DEN THEMEN DES BUCHES

Albrich, Thomas: Jüdisches Leben im historischen Tirol, Band 3: Von der Teilung Tirols 1918 bis in die Gegenwart. Haymon-Verlag, Innsbruck-Wien 2013

Bode, Sabine: Kriegsenkel – Die Erben der vergessenen Generation. Klett-Cotta Verlag, Stuttgart 2012

Frischknecht, Jürg: Wie der Bernina-Poet Walther Flaig einen Spion in die Schweiz schickte, in Daniel Anker (Hrsg.): Piz Bernina – König der Ostalpen. AS Verlag, Zürich 1999

Fuhrer, Armin: Tod in Davos. Metropol Verlag, Berlin 2012

Gassmann, Jens: Zwangsarbeit in Vorarlberg während der NS-Zeit unter besonderer Berücksichtigung der Situation auf den Illwerke-Baustellen. Dissertation am Institut für Zeitgeschichte Univ. Wien 2005. (Leider liegt von dieser Arbeit, deren Verfasser als bisher einziger Historiker die Archive der Illwerke studieren durfte, nur ein Exemplar im Landesarchiv in Bregenz aus.)

Gemeinde Galtür (Hrsg.): Galtür – Zwischen Romanen, Walsern und Tirolern. Galtür 1999

Grass, Günther: Im Krebsgang – Eine Novelle. Steidl Verlag, Göttingen 2002

Loewy, Hanno und Milchram, Gerhard (Hrsg.): Hast du meine Alpen gesehen? Eine jüdische Beziehungsgeschichte. Bucher Verlag, Hohenems 2010

Mailänder, Nicholas: Im Zeichen des Edelweiss – Die Geschichte Münchens als Bergsteigerstadt, AS Verlag, Zürich 2006

Pichler, Meinrad: Nationalsozialismus in Vorarlberg. Opfer. Täter. Gegner. StudienVerlag, Innsbruck 2012

Ruff, Margarethe: Um ihre Jugend betrogen – Ukrainische Zwangsarbeiter/innen in Vorarlberg 1942–1945, Studien zur Geschichte und Gesellschaft Vorarlbergs, Band 13, Bregenz 1996

Welsch, Walter: Geschichte der Sektion Bayerland des Deutschen Alpenvereins e. V. Die Zeit des Ersten Weltkrieges und der Weimarer Republik 1914–1933. München 2010

Welsch, Walter: Geschichte der Sektion Bayerland des Deutschen Alpenvereins e. V. Die Zeit des Dritten Reiches 1933–1945. München 2013

Rother Bergkrimi – bereits erschienen:

ISBN 978-3-7633-7041-2

Tobs Thanner, der eigentlich nichts anderes tun möchte als bergsteigen und klettern, entscheidet sich notgedrungen für einen Job, der ihm, so hofft er, genug Freiräume lässt: Als Privatermittler will er sich um so lapidare Angelegenheiten wie das Beschatten vermeintlicher Ehebrecher oder die Rückführung eines gestohlenen Autos kümmern.
Doch gleich sein erster Auftrag wird zur Katastrophe. Der Fall lässt Thanner in tiefe menschliche Abgründe blicken und teilhaben an einer Beziehungsgeschichte mit grauenvollem Ausgang.
Hart, psychologisch fein geknüpft und mit einem melancholischen Grundton erzählt Stefan König diesen Krimi. Immer am Rand des Abgrunds – und dann auch darüber hinaus …

ISBN 978-3-7633-7071-9

Rother Bergkrimi – bereits erschienen:

ISBN 978-3-7633-7062-7

Eigentlich könnte es Martin Keller bestens gehen: Er arbeitet erfolgreich bei einer Konstanzer Pharmafirma, hat eine attraktive neue Freundin und wohnt in unmittelbarer Nähe zu seinen geliebten Bergen.
Doch dann entdeckt er durch Zufall etwas, was er nie hätte erfahren dürfen. Nun muss er wählen zwischen Loyalität und ärztlichem Gewissen. Um sich über seine Situation klar zu werden, fährt er in die Tiroler Berge. Doch während einer Rast auf dem Gipfel muss er mit ansehen, wie zwei Männer seinen Campingbus im Tal aufbrechen und anschließend in seine Richtung loslaufen.
Eine gnadenlose Verfolgungsjagd durch das Gebirge beginnt, die für einen der Beteiligten tödlich endet.